Originaire du Nord-Aveyron, au pied des monts d'Aubrac, et fils d'un tonnelier dont il a conservé le savoir-faire, ***Louis Mercadié*** *est un passionné. Auteur de plusieurs monographies historiques et d'une thèse en histoire, géographie et sciences humaines, il a notamment été salué pour la qualité de sa biographie de Marie Talabot. Chevalier des Arts et des Lettres, conférencier, membre de la Société des lettres, sciences et arts de l'Aveyron, il n'a de cesse de parcourir l'histoire du département, notamment celle de ces femmes qui ont vécu un destin remarquable.*

POUR MA SŒUR

DU MÊME AUTEUR

Aux éditions De Borée

L'Ange blanc
L'Enfant du buron
L'Enfant trouvée
Marie Talabot, une Aveyronnaise dans le tourbillon du XIXe siècle, Terre de poche, prix Félix de Beaujour de l'académie des sciences, lettres et arts de Marseille et premier prix littéraire du conseil général de l'Aveyron

Autres éditeurs

Il était une fois Sainte-Eulalie-d'Olt
Les Fraisières en pays d'Olt
Sainte-Eulalie-d'Olt en Rouergue
Saint-Geniez-d'Olt en Rouergue

45, rue du Clos-Four – 63056 Clermont-Ferrand Cedex 2

Louis Mercadié

POUR MA SŒUR

de Borée

Avertissement de l'auteur

Les personnages et les situations de ce récit sont purement fictifs, même si certains lieux, personnages décrits et personnalités évoquées ont marqué leurs temps.

Toute ressemblance avec des personnes ou des situations existantes ou ayant existé serait entièrement fortuite et indépendante de la volonté de l'auteur.

Première partie

DÉPARTEMENTS DU CANTAL ET DE L'AVEYRON, PLATEAU DE L'AUBRAC

I

Le puisatier

ALPHONSE DELARBRE était un maçon de la Creuse qui vivait de petits travaux. Il était passé maître dans le creusement des puits, métier fort dangereux et que peu d'ouvriers voulaient faire. Il savait monter les murailles rondes de pierre, en forme de voûte, celles qui allaient faire la solidité de l'ouvrage. Habile de ses mains, solide comme un roc, jamais fatigué, il se louait pour différentes tâches, allant d'un village à un autre, rendant de nombreux services, ce qui lui permettait de bien gagner sa vie. Sa liberté, il ne l'aurait galvaudée pour rien au monde. Il venait d'épouser Jeanne, lorsque la Seconde Guerre mondiale éclata. C'était une jeune et jolie brune, aux beaux yeux en forme d'amande, qui avait déjà une fille de quatorze ans prénommée Mathilde. Toujours en mouvement sur les routes, changeant très souvent de logis au fil de ses pérégrinations, le maçon n'avait pas été mobilisé car, à la suite d'un accident de travail, il lui manquait deux doigts à la main droite. Jeanne, qui avait été institutrice, n'aspirait, elle aussi, qu'à la liberté. Après son mariage, elle avait quitté l'enseignement pour suivre son époux et se consacrer à l'instruction de sa fille, enfant précoce à l'intelligence vive et à l'esprit ouvert. Depuis qu'elle avait grandi, Mathilde ne rechignait pas à la besogne. Auprès de sa mère et de son père adoptif, elle rendait aussitôt le service demandé avec joie et bonne humeur.

En cette mi-septembre 1939, Alphonse, Jeanne et Mathilde arrivaient dans le département du Cantal. Excellent sourcier, Alphonse n'avait pas son pareil pour trouver l'endroit précis où l'eau coulait, puis édifier consciencieusement la maçonnerie circulaire de l'ouvrage. Déjà, en Corrèze, on lui avait confié le creusement de plusieurs puits. On lui en demanda un autre dans le Cantal, pour un hameau reculé qui n'avait alors qu'une fontaine perdue. Elle sourdait en plein champ, et l'été le soleil la buvait comme une vache tarit un bassin en quelques coups de langue. En peu de temps, le vent finissait de la sécher. L'hiver, ce n'était guère mieux puisqu'elle gelait jusqu'au cœur. Alphonse accepta de rechercher le bon débit. Avec sa baguette de coudrier, une baguette douce, caressée maintes fois par ses mains calleuses, la même qu'il utilisait depuis que ce don lui avait été transmis par son père, il sut rapidement où il fallait creuser pour trouver le bon filon d'eau, et à quelle profondeur.

C'était tout en haut du hameau, à la lisière d'une éteule rase, qu'il avait établi son chantier. Chaque soir, il redescendait à la maison qu'on lui avait fournie, et qu'il habitait le temps des travaux avec sa famille. Vaillamment, il repartait à l'aurore pour s'enfoncer à nouveau dans le sol. Il rejetait alors par-dessus son épaule la terre fraîche afin d'agrandir les bords. Quand il sortait de son trou de terre, tout gluant de glaise, Jeanne, son épouse, devait le laver à grands seaux d'eau.

Alphonse voulait atteindre le rocher. D'ailleurs, il disait que c'était là, sur la roche profonde, la meilleure veine pour l'eau, et qu'ainsi le puits ne tarirait jamais. Il était un homme opiniâtre, doublé d'un grand travailleur honnête, voulant toujours aller jusqu'au bout de ce qu'il faisait. Pour se redonner du courage, il choisissait un beau chêne ou un gros hêtre, et l'enlaçait de ses deux bras étendus, se collant à lui. Durant deux ou trois minutes, parfois plus, il s'imprégnait ainsi de son énergie.

— L'arbre, disait-il, est une matière vivante et chaude qui, comme la chair, saigne lorsqu'on le blesse. Il possède une énergie incroyable et vous la transmet avec générosité.

Après s'être ressourcé, Alphonse se sentait animé d'une vigueur nouvelle et reprenait son travail avec entrain.

* *
*

C'était un jour ordinaire. Descendant des hauteurs, une brume épaisse ensevelissait progressivement le pays. À midi, on ne voyait plus aucun rayon de soleil, et Alphonse creusait inlassablement. La nuit allait venir plus tôt que d'habitude. Bientôt l'on ne verrait plus rien. Ce soir-là, il ne rentra pas à la maison. Il faisait nuit noire lorsque Jeanne, munie d'une lanterne, décida de partir à sa rencontre. Il s'était mis à pleuvoir et l'eau tombait avec rage. Arrivée sur le chantier, au bord du trou, elle ne vit rien, sinon l'obscurité totale que ne pouvait transpercer la faible lueur de sa lampe. Elle appela longtemps au-dessus de l'ouverture où s'escrimait habituellement son mari. Seul un silence accablant lui répondit. Dépitée, elle alla frapper aux portes du hameau où on la rassura en lui disant que, vu le temps, il était impossible qu'il puisse creuser, qu'il avait dû s'abriter quelque part et qu'elle le verrait le lendemain.

Dès l'aube, Jeanne remonta au chantier avec quelques hommes du hameau. Un calme oppressant s'étendait autour d'eux. Dès qu'ils arrivèrent au bord du trou, ils comprirent qu'un éboulement s'était produit. Aussitôt, ils se mirent à déblayer les pierres et la terre qui avaient obstrué partiellement le futur puits. La pauvre Jeanne se mit alors à crier, à se rouler par terre, à se frapper la tête contre le sol : elle devenait folle ! Alphonse avait trouvé la bonne source à près de cinq mètres de profondeur, et voilà que tout s'était effondré sur lui ! On la ramena en son logis dans un état pitoyable. Son mari allait suivre… sur un brancard. Il avait été étouffé par la glaise. Sur l'étroite charrette où se perchent habituellement les paysannes lorsqu'elles se rendent aux champs, on y allongea le corps d'Alphonse. Les bœufs avançaient péniblement sur une terre glissante, grasse et profonde qui encerclait leurs pattes presque jusqu'aux genoux.

Quand Jeanne arriva chez elle, il y avait encore son bol de lait sur la table. Elle s'en était saisie et avait aspergé une statuette représentant sainte Barbe, patronne des pompiers, canonniers, mineurs et de tous ceux qui creusent la terre. Le lait coula et colora son visage souriant puis son buste. Jeanne se mit à crier :

— C'est bien la peine que je te prie tous les matins et tous les soirs pour que tu protèges mon homme quand il descend dans son trou ! C'est bien la peine ! Qu'as-tu fait de mes prières ? Hein, Barbe ? C'était à toi de le protéger ! Tu peux me répondre ? Tu peux me donner une explication ?

Elle se traîna sur les genoux, se roula au sol, autant en pleurs qu'en colère. On essaya de la calmer mais l'on n'y parvint pas.

— Jamais plus je te prierai ! Jamais plus je t'invoquerai, Barbe ! Tu ne m'as pas écoutée. Tu as tué mon mari...

Et elle s'effondra sur le sol dallé, telle une marionnette disloquée.

Le jour des obsèques, un calme noir et de tristesse s'étendit sur les maisons. On n'entendit même pas les coups de marteau du forgeron qui, habituellement, battaient le rythme du hameau. Les gens rasaient les murs, on parlait à voix basse, ce puits était devenu le puits du malheur !

Trois mois plus tard, après avoir revendu les outils de maçon dont elles n'auraient plus besoin, la mère et la fille avaient empilé sur une charrette leurs maigres baluchons et la série de livres que possédait l'institutrice. Jeanne se révolta contre Dieu, le trouvant injuste de lui avoir pris son mari, elle qui ne faisait de mal à personne et dont la conscience était nette. Elle ne voulut plus lui parler, ni à lui ni à ses saints ! Dès lors, la mort dans l'âme, les deux femmes prirent la route vers un autre destin...

II

Au lavoir

On aurait dit que le printemps n'allait pas pointer le bout de son nez en cette mi-mai 1940 sur le versant sud des monts d'Aubrac[1]. Il avait fait chaud plus que d'habitude les mois précédents, et février s'était révélé d'une douceur exceptionnelle. Mais à présent, le froid s'étendait anormalement sur toute la région, et les gels matinaux avaient déjà détruit les jeunes pousses des végétaux. On frissonnait encore dans les chaumières.

Au-dessus de la grosse bourgade de Saint-Just-d'Aubrac vivaient, dans une opulente et riche demeure, le jeune châtelain, Édouard de Foncourrieu et sa famille. Celle-ci, composée de ses parents, de sa grand-mère et de deux vieilles tantes, occupait de nombreux domestiques qui œuvraient autant pour le fonctionnement de la grosse ferme que pour l'entretien du château. Le fils aîné, Guillaume, était à l'étranger depuis plus d'un an. C'était lui le digne successeur de son père.

Édouard, le fils cadet, qui commerçait avec de nombreuses villes de province et l'Italie, avait dû reprendre provisoirement les affaires de son père, Georges, affaires qui incomberaient naturellement à son frère aîné dès son retour. En effet, à la suite d'un

1. *Hauts plateaux du Massif central, situés au sud de l'Auvergne. Ils s'étendent sur trois départements : le Cantal, la Lozère et l'Aveyron.*

accident de cheval qui l'avait laissé impotent et considérablement diminué, le père ne pouvait ni assurer ses devoirs ni se déplacer seul à l'extérieur. Dès lors, son épouse, Geneviève, le promenait en fauteuil roulant, soit dans la cour, soit dans les longs couloirs du château.

Au lendemain de la guerre franco-prussienne, sous l'impulsion de son épouse, Georges de Foncourrieu avait décidé d'aider les femmes du pays dans leur labeur. Labeur qui ne s'arrêtait jamais, même durant une grossesse. Il savait la dureté du lavage qui épuisait bien des ménagères et avait cherché à l'adoucir. Il avait donc échafaudé un plan, celui de construire un lavoir pratique où les lavandières pourraient effectuer leur travail sans pénétrer dans l'eau glacée. Son château, une bâtisse sévère aux portes voûtées et flanquée d'une haute tour carrée, se terminant par une toiture à la forme pyramidale, était édifié non loin d'une source abondante qui gronde en torrent les jours d'hiver mais reste toujours vive en été. Elle cascade jusqu'au pied du château et forme plus loin un étang profond dans lequel le maître des lieux élevait carpes, tanches et anguilles. D'ailleurs, on l'appelait « l'étang aux carpes ».

À la fin du XIXe siècle, ce fut donc sur ce ruisseau, qui serpente jusqu'au village, et juste après l'étang aux carpes, que le châtelain avait fait bâtir un grand et splendide lavoir[1]. Une massive charpente, reposant sur huit piliers de pierre basaltique, soutenait harmonieusement un toit à quatre pentes couvertes de lauzes épaisses. Tout le sol était dallé. Très commode, les lavandières n'étaient plus obligées de rentrer dans l'eau glacée jusqu'aux genoux pour laver et rincer leur linge. Ce lavoir était la fierté du châtelain. Toutes les femmes de la commune pouvaient l'utiliser. Notable de la grosse bourgade de Saint-Just-d'Aubrac, Georges de Foncourrieu l'avait officiellement écrit sur un acte, stipulant que ce lavoir était à la disposition de tous, bien qu'il soit situé sur ses propres terres. Il se sentait heureux de cette décision, et les femmes le regardaient avec déférence.

1. *De nos jours, si les lavoirs ne servent plus guère, ils restent un élément important de l'architecture vernaculaire.*

De plus, il avait fait sculpter ses armes nobiliaires sur l'un des piliers de l'ouvrage qui contenait trois bassins successifs.

Ce mois de mai, au temps pernicieux et encore froid qui bouleversait tout, notamment la nature, était aussi l'époque de la grande lessive. Deux ou trois fois par an, le lavoir ne désemplissait pas. Pourtant, ces femmes des hauts plateaux, aussi solides dans leur corps que dans leur vie, assumaient leurs tâches harassantes sans se plaindre. Quel que soit le temps, la corvée de lessive ne se reportait pas ! De plus, le linge était forcément très sale, autant de sueur que de crasse, car le lavage ne s'effectuait que trois ou quatre fois l'an, et la chemise de chanvre ou de lin, blanche à l'origine, faisait office de chemise de jour comme de nuit[1] !

Désormais, grâce à l'abri sous l'épaisse toiture, et surtout le corps et les pieds au sec, les femmes se rendaient avec plus d'entrain au lavoir, même si parfois le froid alourdissait copieusement leurs tâches. Lieu de rassemblement et de bavardage, il devint, comme partout ailleurs, le salon du peuple, où l'on faisait et défaisait les réputations, où naissaient les rumeurs ; ce fut-là que se confiaient les secrets féminins et s'ébauchaient parfois de singuliers projets.

En ces jours de lessive, un va-et-vient continuel s'établissait entre le village, le château et le lavoir. Leurs corbeilles sous le bras ou sur une brouette, les femmes y allaient de bonne humeur, savourant ce moment laborieux, rehaussé d'intimité féminine, où l'on parlait de tout, où l'on apprenait des nouvelles, bonnes ou mauvaises, une naissance, un mariage, un décès... Elles pouvaient chanter, pleurer ou plaisanter si le cœur y était... parfois cancaner sans que les hommes les entendent. D'ailleurs, ceux-ci n'auraient guère été admis sous cet abri ! Malicieusement, ils blasonnaient ce lavoir de « maison du bavardage » ou encore « d'aire aux poules d'eau ».

1. *En certaines campagnes, le lavage du linge ne s'accomplissait qu'une ou deux fois l'an, ce qui explique l'importance des trousseaux personnels et des grandes armoires, où il n'était pas rare de compter soixante à soixante-dix chemises par personne et autant de draps.*

Ils s'en moquaient et se retrouvaient au bistrot devant un verre de vin et un jeu de cartes... pendant que leur épouse ou leurs filles échangeaient, certes parfois en riant, mais travaillaient :

— Au moins, on est à l'abri ici, disait une vieille femme. Avant la guerre de 1870, alors que le lavoir n'était pas encore construit, on devait aller soit à l'étang, soit plus haut dans le ruisseau. Depuis, j'ai d'affreux rhumatismes. Ah ! Les jeunettes, vous n'avez pas connu ça... dans l'eau jusqu'aux genoux !

— Comment faisiez-vous quand tout était gelé ? demanda une gamine qui frottait vigoureusement un pantalon.

— Bien simple, il fallait d'abord casser la glace avant de pénétrer dans l'eau.

— Avec un temps comme maintenant, ça ne devait pas être rigolo !

— On attrapait l'onglée, nos jambes, nos mains, nos pieds en étaient tout violacés. Si vous saviez comme on en souffrait... Tiens, regarde mes mains, petite, elles sont tout abîmées. Et mes pieds ! Mon Dieu, je ne pourrai bientôt plus marcher ! Les médecins appellent ça l'arthrose. Ils disent que c'est l'eau trop froide qui provoque douleurs et déformations !

— Le châtelain nous a fait un beau cadeau, dit soudain une paysanne au teint rougeaud. Chacun a le droit d'utiliser le lavoir, même les femmes du village voisin. Bien sûr, ça fait un peu loin pour elles, mais il est si commode !

— D'une façon ou d'une autre, elles l'apprécient, car il est tellement bien conçu ! répondit sa voisine. Elles viennent jusqu'ici avec leur brouette, et finalement gagnent même du temps. D'ailleurs, avec le gel tardif qui esquinte tout, elles sont bien contentes d'en profiter !

— Décidément, il n'y aura aucun fruit cette année, se plaignait une robuste paysanne au chignon plat. Pourvu que les châtaigniers n'en prennent pas un coup ! Déjà, l'an dernier, la récolte avait été bien maigre ! Heureusement qu'il y avait assez de glands pour nourrir les cochons !

— Le temps est détraqué ! Ça, c'est depuis la dernière guerre, avec toutes ces bombes qu'ils ont lâchées... Il paraît que dans le Nord il n'y a plus de maison debout ni de champ à cultiver. Certes, quelques-uns de nos hommes sont prisonniers, mais ils nous restent...

— Oh ! Parlons pas de guerre ! Tout le monde en souffre et on ne sait quand l'actuelle finira. Vous en faites pas, le soleil reviendra, ne serait-ce que pour sécher notre linge !

III

Une fille de rien

Après avoir quitté le département du Cantal, à la suite de la mort accidentelle de son époux Alphonse, Jeanne Delarbre était arrivée au bourg de Saint-Just-d'Aubrac, accompagnée de sa fille, Mathilde, et d'un chien abandonné rencontré sur leur chemin, et qu'elles avaient adopté. Sur son museau, un cœur se dessinait, par la décoloration du poil. Aussi, Mathilde l'appela-t-elle « Joli-Cœur ». Ce soir-là, une pluie continuelle tombait, le froid saisissait méchamment les marcheuses lorsque, à la sortie du village, elles découvrirent une petite maison en partie ruinée et laissée à l'abandon. Le toit avait perdu quelques tuiles et des pierres jonchaient le sol. Elles décidèrent d'y passer la nuit. Il y avait encore une table bancale, deux ou trois chaises, une paillasse et du bois sec. Un bon feu fut allumé. Elles firent sécher leurs vêtements et surtout purent se réchauffer. Mais le lendemain, Jeanne avait une forte fièvre et dut garder sa couche. Il lui fallut plusieurs jours pour se remettre. Personne ne vint les déranger. Aussi, s'y trouvant bien, elles décidèrent de rester, vivant de peu. Progressivement, elles aménagèrent la vieille demeure sur une partie encore correcte, où la toiture était en bon état. Dans le grenier, elles dégotèrent de la vaisselle et quelques outils et accessoires divers. Tout près, un enclos, qui avait été autrefois un jardin, contenait quatre ou cinq groseilliers, un vieux prunier aux branches qui touchaient le sol et un pommier sur lequel pendaient encore quelques pommes chétives. La nuit close, cette maison isolée en bordure d'une forêt semblait disparaître dans la solitude...

Au fil de leur périple, Jeanne et Mathilde avaient ressenti que, progressivement, une ambiance morose s'installait dans les campagnes. On se souvenait encore avec frayeur de la Grande Guerre et l'on pressentait, dans une lourde atmosphère, un avenir de plus en plus incertain. Le conflit qui grondait ailleurs paralysait les affaires du pays, les foires notamment. Cependant, sur les hauts monts de l'Aubrac, la pitance n'était pas rare. Les bêtes de ferme assumaient largement la nourriture. D'une façon ou d'une autre, les deux femmes allaient se débrouiller.

Dans le village de Saint-Just, on ne savait trop d'où elles venaient et, de ce fait, l'on s'en méfiait. On n'avait pas l'habitude de voir des gens s'installer. Cependant, certains avançaient qu'elles étaient arrivées du Nord, de là-haut, du haut de la France, un pays très éloigné et que l'on ne connaissait pas... D'aucuns pensaient que la mère devait être veuve, peut-être veuve de guerre, et l'on supposait beaucoup de choses... Ainsi, au lavoir, parlait-on de cette nouvelle habitante et de sa fille. Cela intriguait les gens du pays qui n'aimaient guère être dérangés dans leur quiétude ou leur façon de faire. Mais un jour, les femmes virent que les yeux de leurs hommes s'attardaient volontiers sur cette nouvelle personne, car elle était bien faite et fort jolie. Longue comme une liane, le teint couleur de pomme mûre, une chevelure ébène qui ondulait sur ses épaules, elle avait de très beaux yeux en amande et un sourire communicatif doucement posé sur ses lèvres ourlées. S'étant aperçue que l'on parlait fréquemment d'elle sous cape, Jeanne ne sortait plus guère à cause des commérages dont elle avait horreur, et ne venait au lavoir qu'au matin, assez tôt, préférant se trouver seule. Elle évitait ainsi les regards qui coulaient sur elle, et des paroles aussi venimeuses qu'une langue de serpent. Les femmes du pays l'appelèrent

« la Jeanne », façon de la désigner comme une femme peu appréciée que l'on devait tenir à l'écart.

* *
*

Le temps avait passé et l'ambiance restait la même, comme les échanges de propos. En cette période de grande lessive, tous les jours que Dieu faisait, les femmes du pays se retrouvaient au lavoir. De très bonne heure parfois, celles qui n'appréciaient pas trop les discussions acides ou calomnieuses qui s'y déroulaient venaient y faire leur lessive. Elles s'en échappaient dès l'instant où l'essentiel de la troupe des blanchisseuses arrivait, au son des roulements de brouettes, de charrettes et de caquetages incessants. Ce jour-là, elles se dépêchaient, car la pluie tombait dru, et l'abri du lavoir se révélait bien utile.

— Quel mauvais temps ! Et froid en plus ! On a tant besoin de soleil. Même les hommes ne peuvent aller aux champs. Les bœufs s'embourbent dans les terres grasses.

— Il paraît que M. le curé veut dire une messe pour que le beau temps arrive enfin !

— L'an dernier, il avait fait pareil pour la sécheresse. De toute façon, il n'avait pas plu pour autant.

— C'est parce qu'il y avait une mauvaise personne dans l'assistance, répondit Ursule, la vieille sage-femme.

— Sûr ! Il en suffit d'une pour enlever le pouvoir de la prière, renchérit une autre.

— C'est peut-être la Jeanne Delarbre ! persifla Lucienne, couturière et marguillière[1], véritable grenouille de bénitier et totalement inféodée au curé de la paroisse. Vous savez bien, celle qui est venue habiter avec sa fille dans cette maisonnette à moitié ruinée en bordure du bois de Bonnecombe. C'est une traînée, toujours enveloppée dans des châles d'un criard que c'en est une honte ! Et vous

1. *Personne qui s'occupe de fleurir et d'entretenir l'église.*

avez vu ses cheveux qu'elle laisse libres, qui tourbillonnent au vent comme pour attraper les hommes ! Elle pourrait mettre un foulard, tout de même ! Elle cherche toujours à les séduire, surtout depuis qu'elle vit seule. Sa fille, qu'elle appelle Mathilde, est allée se louer dans la vallée...

— De toute façon, elle ne va jamais à la messe. C'est pas elle !

— C'est pas elle ? Tiens ! N'empêche que c'est une sorcière, cette femme, une fille de rien. Elle est toujours en train de lire ! Oh ! Ces lectures ne doivent pas être très catholiques... Et puis elle est enceinte, va-t'en savoir qui est le père !

— Moi, avec mon mari, ça fait trois ans qu'on est mariés, on fait le nécessaire le plus souvent possible, et dans des positions, je vous dis pas ! Oh là, là, il a des idées, le coquin ! On s'est même rendus à l'abbatiale de Conques[1], exprès pour toucher le gros *barrou*[2]. Rien à faire, je reste plate !

— T'as qu'à aller lui demander comment elle a fait ! lui suggéra sa voisine dans un grand éclat de rire.

— Je n'aime pas les sorcières, renchérit Lucienne. D'ailleurs, M. le curé a du mal à approcher la Jeanne. Il voudrait qu'elle vienne à l'église, mais elle le remballe à chaque fois. Elle lui aurait même lancé des pierres, à ce qu'on dit.

— Ça, ça m'étonnerait ! intervint une lavandière. Parce que le curé, il ne rigole pas ! Il se serait rebiffé !

— Il aurait eu raison ! interrompit violemment Lucienne. Si les paroissiennes écoutaient un peu plus M. le curé, il n'y aurait pas ces âmes damnées qui se promènent autour de nous. Avec sa conduite scandaleuse, la Jeanne ira brûler en enfer !

— Toi, tu n'iras pas en enfer, Lucienne ! D'ailleurs, tu n'as jamais connu d'homme. Tu ne sais pas ce que c'est...

---

1. *Abbaye bénédictine aveyronnaise, lieu de passage des pèlerins de Saint-Jacques-de-Compostelle.*
2. *Mot patois signifiant « verrou », que les époux devaient toucher discrètement, ce qui permettait aux femmes d'accéder à la maternité. Ce type de pratique, même s'il se passait près de saints lieux, demeurait fortement réprouvé par les prêtres.*

Une franche rigolade inonda à nouveau le lavoir à l'attention de cette Lucienne, célibataire, fière de l'être et rigide comme un coup de trique. À chacun, elle opposait sa vertu comme un bouclier.

— Riez, riez tant que vous voudrez ! Moi, je respecte le sacré... et M. le curé avec !

— Il me fait peur, ce curé, osa avancer une jeune femme toute fluette. D'ailleurs, il pose de ces questions lorsqu'on va se confesser...

— Ah ! T'as remarqué ? la coupa une autre. Pour moi, c'est pareil. Je préférais celui d'avant. Il était gentil, lui !

— C'est bien vrai, ça ! ajouta la lingère du château. L'ancien curé ne semblait pas aussi indiscret. Moi, ce nouveau, il me fait rougir ! Heureusement qu'il fait noir dans son confessionnal...

IV

Un bébé à venir

MATHILDE, LA FILLE DE JEANNE, qui approchait de sa quinzième année, voulut se louer, un moyen comme un autre pour manger à sa faim et, tout simplement, vivre. Malgré sa jeunesse, déjà volontaire, désirant s'émanciper, et en accord avec sa mère, elle avait décidé de partir travailler « à la ville ». C'est ainsi qu'elle avait regagné Saint-Geniez-d'Olt, petite cité aveyronnaise de la vallée. Bâtie sur les deux rives reliées par un joli pont qui enjambe la rivière du Lot, de belles et riches demeures émaillent largement l'agglomération bourgeoise dotée d'un cloître et de plusieurs édifices religieux. On lui avait dit qu'elle y trouverait du travail, car l'activité ne manquait pas. Elle devint ainsi bonne à tout faire chez un vieux couple de personnes aisées, qui vivait rue de la Rivière, dans une maison proche de celle où mourut l'illustre prélat Mgr Frayssinous[1]. Dans le pays, on parlait encore avec déférence de cet homme qui avait été le premier aumônier des rois Louis XVIII et Charles X ainsi que le précepteur du duc de Bordeaux. Le vieil homme, son patron, qui toute sa vie avait été en admiration devant cet évêque aveyronnais, devenait intarissable lorsqu'il l'évoquait.

1. *Denis, Antoine, Luc Frayssinous, 1765-1841. Prélat aveyronnais, pair de France, ministre de l'Instruction publique et des Cultes. Sous le Consulat, il entreprit des conférences aux Carmes puis à Saint-Sulpice.*

Cela intéressait fortement Mathilde, curieuse de l'histoire de ceux qui avaient façonné le pays. Tous les dimanches, alors qu'elle les accompagnait à la messe en leur tenant le bras, il était de tradition d'aller s'incliner devant le gisant du prélat[1].

Désormais seule à Saint-Just, Jeanne ne restait pas pour autant inactive. Peu à peu, elle avait aménagé cette vieille ruine que personne n'avait revendiquée en un endroit douillet et s'y trouvait bien. Elle avait retourné le jardin au moyen des quelques outils qui traînaient encore dans un cabanon, et il lui arrivait parfois de faire tâcheron pour des menus travaux sur les terres des gens du village ou des environs. Cela lui permettait de ramener soit quelques sous, soit des légumes ou un morceau de viande. Toujours très discrète, elle ne s'épanchait pas, effectuait le travail demandé et rentrait chez elle, où elle adorait lire. Trop seule certainement, il lui était arrivé d'accueillir des hommes dans sa maison ruinée, des bûcherons, des paysans qui allaient faire du bois... Cela dérangeait quelque peu la vie de la bourgade, et les ménagères ne voyaient pas d'un très bon œil cette personne seule à l'attitude imprégnée d'une liberté trop évidente. Évidemment, cela amplifia le courroux des bonnes âmes... Au lavoir, les discussions allaient bon train !

Cependant, Jeanne ne se confiait jamais, à tel point qu'aucun de ses amants ne sut d'où elle venait. Elle était libre, libre dans sa tête, libre dans son corps, ne voulant être dirigée par aucune loi, et redoutait que l'on s'occupe de sa personne. D'ailleurs, le fait qu'elle ne participe aucunement à la vie religieuse de la paroisse intrigua immédiatement toutes les dévotes, et surtout le nouveau curé, Antonin Chaprouze. Celui-ci était un homme de glace, d'une pâleur de cire et d'une maigreur terrifiante. Nerveux comme un coup de gourdin, il ne se déplaçait qu'avec son bâton de cornouiller dont le bas était fourchu. « Pour coincer plus facilement les serpents, l'animal qui symbolise si parfaitement le mal », disait-il

1. *Son tombeau de marbre, remarquablement exécuté par Raymond Gayrard, est exposé dans une chapelle de l'église paroissiale.*

lorsqu'on l'interpellait à ce sujet. Son buste long, supporté par des jambes aussi longues, son visage triangulaire, son profil aigu et ses yeux de flamme intriguaient ses paroissiens. Intransigeant auprès des femmes, pour lui le corps même était un péché ! Surtout en temps de guerre car, les hommes étant partis, ils les laissaient seules avec les saisonniers et ceux qui n'avaient pas été réquisitionnés ou faits prisonniers. La tentation devenait trop forte, il convenait de surveiller ces ensorceleuses, ces filles d'Ève qui se faisaient si aisément entraîner dans le péché... Avec sa barrette collée sur le crâne, sa soutane en partie crottée, il gambadait, d'un hameau à l'autre, surveillait, corrigeait, invectivait parfois ses ouailles craintives.

Depuis quelque temps, une équipe de dix bûcherons travaillait dans le bois de Bonnecombe. Une grande longueur de coupe avait été vendue et, du matin jusqu'au soir, la forêt résonnait de leurs coups de cognée. Le plus jeune d'entre eux, Francisco, un Espagnol d'une trentaine d'années, avait rencontré Jeanne qui ramassait son bois et l'avait aidée à le ramener. Il était beau et fort, et la jeune femme succomba à ses avances. Durant plusieurs semaines, ils s'étaient aimés. Les coupes de bois terminées, Francisco était reparti vers d'autres horizons, ne sachant pas qu'il laissait sa maîtresse enceinte.

Au tout début de l'année 1941, Jeanne comprit qu'elle attendait un enfant. Dès lors, elle s'efforça d'enfouir dans sa mémoire le souvenir de son histoire, d'ailleurs aussi fugace que flamboyante, avec le bel Espagnol. Elle ne pensait plus qu'à son futur bébé. Très heureuse de son état, elle se mit alors, avec beaucoup de soins, à tout préparer dans la ruine de la forêt. Au fond du grenier, elle avait découvert un berceau fait de lattes de châtaignier, au fond arrondi, ce qui permettait de le bercer du bout du pied lorsqu'on est assis. Elle le lava consciencieusement et le fit sécher au vent, puis confectionna un matelas de fougère douce fanée au soleil. Dans une vieille couverture, elle en recoupa de plus petites aux dimensions du berceau et fit pareil avec un drap usagé. Jeanne chantait du matin au soir tout en préparant le nécessaire pour accueillir son futur bébé.

Elle chantait pour lui, débordant déjà d'amour et de tendresse. Bientôt, tout fut prêt pour la naissance. Sa poitrine ne cessait de gonfler, et elle avait déjà ressenti deux ou trois fois dans son ventre de petits coups furtifs et agréables, témoignages indéniables d'une nouvelle vie.

Hortense, une veuve du pays qui ne la jugeait pas, s'était quelquefois arrêtée pour la saluer. Et lorsqu'elle avait su qu'elle était enceinte, elle lui avait apporté du linge dont elle n'avait plus l'utilité. De temps à autre, lorsqu'elle venait en forêt pour ramasser un fagot de bois mort, elle lui laissait un peu de fromage, un morceau de pain, quelques pommes. La plupart du temps, si la porte était fermée, elle déposait discrètement son présent sur le rebord de la fenêtre. Hortense Lacourt, dite Lacourette dans le pays, était une femme au port altier. À près de soixante et onze ans, son corps tonique portait la trace d'une vie laborieuse, une vie de maîtrise de soi qui avait creusé de belles rides volontaires sur son front.

Il était arrivé que les deux femmes se rencontrent sur le chemin ou sur le pas de la porte, mais c'était souvent un échange assez bref et courtois, ni l'une ni l'autre ne souhaitant échanger davantage. Cependant, Jeanne lui demanda un jour :

— Pourquoi êtes-vous si aimable avec moi ? Ce n'est pas de coutume dans le pays...

— Oh ! Tu sais, faut pas faire attention à ça, avait-elle répondu en souriant. Depuis toujours les gens sont méfiants... surtout de ceux qui viennent d'ailleurs...

— Peut-être ! Mais vous, vis-à-vis de moi...

— Je suis seule et j'ai perdu une fille comme celle que tu as... Elle devait avoir à peu près le même âge que Mathilde. D'ailleurs, quand je la regarde, je pense beaucoup à la mienne... Elle s'appelait Simone et avait treize ans... lorsqu'elle m'a quittée.

Les yeux d'Hortense fixaient Jeanne avec une expression pathétique.

— Comment l'avez-vous perdue ?

— Elle a pris froid, la pauvre, et ne s'en est jamais relevée, répondit-elle à travers le brouillard de ses larmes. Depuis, je suis seule.

Mon mari n'est jamais revenu de la Grande Guerre… Je ne sais pas où il est exactement. On m'avait apporté un papier sur lequel il est marqué « Mort au champ d'honneur sur le Chemin des Dames[1] ». Je ne sais pas où c'est ! Au nord de la France, il paraît. De toute façon, le nom de mon époux est bien inscrit sur le monument aux morts, sous la date de 1914-1918. Je te montrerai ce papier, mais…

Elle s'interrompit, prise dans une sorte de rêverie, attendit un moment, le regard plongé dans le vague. Puis elle reprit d'une petite voix :

— J'aurais tant aimé pouvoir réunir dans la même tombe ma fillette et mon mari… C'est dur, tu sais ! Ça m'aurait un peu consolée…

Jeanne la réconforta à son tour, l'entraide se devant mutuelle. Ce jour-là, les deux femmes échangèrent plus que d'habitude.

— Entrez, Hortense, allons boire une tisane ! J'ai de la verveine et du thé d'Aubrac[2], mais aussi un livre de géographie avec des cartes. Je vous montrerai où est tombé votre pauvre époux.

---

1. *Ce lieu est un étroit plateau du Soissonnais d'une vingtaine de kilomètres de long sur trois, qui s'étend entre les vallées de l'Aisne au sud et de l'Ailette au nord. Il constitue un promontoire qui domine la plaine entre Laon et Reims.*

2. *Appelé « calament à grandes fleurs », très présent sur les hauts plateaux basaltiques de l'Aubrac, ce thé sauvage est apprécié, notamment pour ses qualités diurétiques, digestives et son goût remarquablement fin.*

V

Une petite Olympe

À LA VUE DE LA GROSSESSE DE JEANNE, quand on sut dans le pays que personne n'en connaissait le père, les langues allèrent bon train. Et celle de Lucienne, la couturière, n'était pas la dernière !

— Voyez où nous mène la débauche ! disait-elle à celles qui voulaient bien l'écouter. Un enfant sans père ! Que va-t-elle faire cette Jeanne dans sa ruine, maintenant encombrée de ce bâtard ? Elle ne voulait pas écouter M. le curé, eh bien, tant pis pour elle !

Jeanne, cette femme libre, qui n'allait pas à la messe, qui batifolait et séduisait les hommes de passage sur son chemin, et même pire, des hommes de la paroisse, ne pouvait être qu'une fille de rien. Elle venait de signer ouvertement son sacrilège avec l'attente d'un enfant illégitime. Désormais, les gens du pays ne voyaient plus que sa « bedaine agressive », son « ventre dégoûtant » : un ventre qu'elle pointait avec fierté, avec une certaine ostentation provocante, disait-on facilement. Lorsqu'elle allait acheter son pain ou se rendait à l'épicerie, la jeune femme pouvait-elle le rentrer ? Pouvait-elle le cacher ? Sur son passage, certains villageois crachaient de dégoût, d'autres se signaient, d'autres enfin stigmatisaient déjà « cet enfant du péché » alors qu'il n'était pas encore né ! De tout cela, Jeanne s'en moquait. Le prêtre de la paroisse vociférait souvent en chaire, fulminant comme un diable contre ce péché, contre ces femmes perverties par la débauche, l'infamie ou le vice et qui, indubitablement, iraient brûler au feu de la luxure. Il tonnait contre l'indécence de certaines épouses ou jeunes filles qui offraient trop généreusement à la vue leurs épaules et leur gorge. D'ailleurs, lorsqu'il prêchait, on aurait dit un démon animé par on ne savait quel feu, un feu que dardait avec violence son regard de reptile. Les fidèles écoutaient attentivement, puisqu'il y en allait de leur salut !

Le bébé de Jeanne naquit une nuit de septembre. Quand il ouvrit les portes de la vie pour entrer dans le monde, et cela avec un redoutable cri, elle craignit son impatience mais célébra sa vigueur. C'était une petite fille brune, à la peau mate. Jeanne n'en fut pas surprise, car elle connaissait le père, lui aussi très brun. Sachant que personne ne viendrait l'aider, en future mère attentive, elle avait tout préparé autour d'elle et allumé un grand feu. Dès qu'elle vint au monde, elle nettoya son petit corps et sa minuscule bouche avec un tissu imbibé d'huile, puis elle la maintint contre son propre corps, lui offrant son mamelon qui fut aussitôt happé avec vigueur. La maman avait de beaux seins pour sa petite, de beaux seins, roses et durs, légèrement veinés de bleu ; elle en était heureuse : c'était du bon lait, elle était une bonne nourrice et serait une bonne mère !

L'abbé Chaprouze était passé discrètement deux semaines plus tard près de sa maison. Il avait appris que l'on ne la voyait plus depuis peu, et que peut-être elle avait accouché. Parmi ses ouailles se trouvaient toujours de bonnes âmes, dont Lucienne sa marguillière, pour lui indiquer les travers, les vices ou les écarts des paroissiens dans telles ou telles déviances. Et, naturellement, Jeanne se trouvait parmi les premières fautives ! Plusieurs fois, le moralisateur avait essayé de l'approcher, mais elle n'aimait pas sa façon de faire et ne lui faisait pas confiance. Elle préférait s'en tenir à l'écart. À chacune de ses visites, le prêtre était reparti, maugréant, tourmenté, haineux. Ces femmes qui restaient en marge de sa religion, il ne pouvait les supporter. Il leur jetait facilement l'anathème, les considérant comme des filles perdues. Cependant, il ne voulait surtout pas rater la jeune âme qui venait de naître à la lisière de la forêt. Si sa mère était une impie, il avait décidé de sauver cette nouvelle paroissienne. Il fallait qu'il la dérobe au démon qui habitait sa mère. Son rôle était là ! Et si celle-ci devait brûler en enfer, malgré toutes les interprétations qu'il avait formulées à son égard, tant pis, il prémunirait cet enfant contre le Malin !

Désormais, la maison de Jeanne, jusqu'ici morne et silencieuse, retentissait des cris de l'enfant. La maman était fière de son bébé qui mettait déjà de bonnes joues. Elle lui fredonnait des comptines pour l'endormir et lui fabriquait des hochets avec des morceaux de laine, des feuilles ou des brindilles de bois. Alors que le curé de la paroisse passait dans le chemin, non loin de chez elle, il entendit les vagissements du bébé. Il s'approcha de la porte, écouta un moment. Jeanne chantait. Cet homme intolérant, qui ne pouvait concevoir qu'une femme soit heureuse, ressentit cette gaieté comme une offense à Dieu. Alors, il poussa la porte et entra sans frapper. Il n'y avait, pour éclairer l'étroite pièce, qu'un quinquet posé sur un appui de l'unique fenêtre. Assise sur une chaise branlante, les pieds près du foyer, la jeune femme tenait dans ses bras son enfant. Aussitôt, apercevant cette longue robe noire fermée par une ribambelle de petits boutons et son air surexcité, elle se leva et déclara nettement :

— Que venez-vous faire ici, monsieur le curé ? Ce n'est pas un endroit pour vous ! Je ne veux pas de vos salamalecs. Je vous l'ai déjà dit plusieurs fois.

Comme s'il n'avait rien entendu, il fit quelques pas vers le centre de la pièce, avançant son visage anguleux, presque famélique. Ses yeux, d'un vert jaune délavé, faisaient deux taches vides sur sa peau de cire.

— Jeanne, Dieu est très fâché contre toi !

— Et pourquoi donc ?

— Tu aurais dû venir te confesser avant d'accoucher[1] !

— Dieu me protège, je n'ai pas besoin de vous !

— Comment appelles-tu ton petit ? dit-il avec une animosité refoulée.

— Je ne lui ai pas encore donné de nom, et puis c'est une fille et ça ne vous regarde pas !

Elle portait une mauvaise jupe de cotonnade et un corsage mauve à l'échancrure trop ouverte qui faisait loucher le prêtre. Lui était là, les bras ballants, les manches de sa soutane retroussées, le front en sueur.

— Ça me regarde, parce que c'est une enfant de Dieu ! Tu dois me la présenter.

— C'est d'abord mon enfant !

— Tais-toi, tu blasphèmes ! Tu appelleras ta fille Jeanne, comme toi ! D'ailleurs, je vais la baptiser !

Aussitôt, il sortit un flacon de la poche de sa soutane et aspergea d'eau bénite, autant la mère que son enfant, tout en prononçant à voix haute les paroles sacrées.

Surprise, Jeanne se recula vers le fond de la pièce tout en essuyant le visage de sa petite.

— Sortez d'ici, monsieur le curé, ma fille a faim ! J'allais la nourrir quand vous êtes arrivé et je ne vous ai pas appelé !

Mais il ne bougeait pas pour autant. Alors, elle tira sur le cordon qui nouait bien peu sa chemise sur sa gorge opulente, et libéra ostensiblement ses seins lourds.

— Je dois nourrir ma fille, l'abbé ! Vous êtes venu chez moi, eh bien, maintenant, regardez mes seins gonflés de lait. Vous, vous n'y avez pas droit ! Et pourtant ils vous plaisent, ils vous attirent, comme tous les hommes qui les ont vus, qui les ont palpés, embrassés, léchés. Eh bien, ils sont maintenant pour ma petite, rien que pour ma petite !

---

1. *Devant le nombre important de décès, tant des mères que de leurs enfants, les prêtres recommandaient aux femmes qui devaient accoucher de se confesser, afin de se présenter pures et exemptes de péchés devant Dieu si elles venaient à mourir.*

Le prêtre fit un bond, comme s'il avait été piqué par un taon, les yeux ébahis où brûlait une flamme bizarre venue on ne savait d'où. Jeanne avait une envie folle de rire au nez de ce petit curaillon. Elle avait son caractère et ce n'était pas comme cela qu'on pouvait la tordre !

— Fille de luxure, fille de Satan ! s'exclama-t-il. Rends-toi, vile scélérate, ou tu subiras les foudres du Ciel ! Tu iras brûler en enfer !

— C'est de vous qu'il faut se méfier ! Vous ressemblez à un démon, dit-elle goguenarde en s'avançant vers l'homme de Dieu, la poitrine offerte. Mes seins vous font peur, et pourtant vous blâmeriez Dieu pour les toucher !

— *Vade retro, Satanas*[1] *!* cria-t-il hors de lui.

Et de jeter à son intention toute une série d'injonctions latines qui le faisaient transpirer de plus belle. Son bébé sur les bras, la jeune femme se tourna aussitôt vers lui, le poing serré.

— Je ne vous ai pas appelé, lui rappela-t-elle, la poitrine toujours outrageusement dénudée.

Et elle lui donna un coup de pied dans un tibia, tout en lui assenant plusieurs petits coups de poing de son bras libre, à tel point qu'il en perdit sa barrette. Jeanne était à deux doigts de pouffer de rire.

— Mais tu es une diablesse !

— Peut-être ! Allez ! Ouste ! Et laissez-moi tranquille, je vous ai dit que ma fille avait faim et elle passe avant tout !

Jeanne se baissa, ramassa la barrette toujours à terre et la lança au-dehors par la porte entrouverte. L'homme d'Église sortit enfin, récupéra sa coiffe aussi rigide que lui, et s'enfuit aussitôt à toutes jambes, remonta le chemin à une allure folle, retroussant sa soutane des deux mains sur ses membres décharnés. Il courut à perdre haleine, le visage crispé, pour enfin regagner son église, où il s'affala de tout son long sur les dalles de pierre.

1. *Locution latine se traduisant par « Retire-toi, Satan ! ».*

L'abbé Antonin Chaprouze resta ainsi prostré de longues minutes sur le sol froid, jusqu'à ce que son essoufflement se calme un peu. Sur le moment, il ne put se relever. Alors, rouge de honte et de colère, il rampa jusqu'à la sainte table, s'y accrocha pour enfin se redresser sur ses longues jambes. Il se rua vers la sacristie et empoigna le lourd registre recouvert de cuir où se trouvaient consignés baptêmes, mariages et sépultures. Dans son énervement, il laissa choir l'ouvrage. Des feuillets s'éparpillèrent au sol. Il dut tout ramasser et se pencha enfin vers le grand livre qu'il ouvrit à la bonne page. Sa colère semblait partiellement tombée. Il se mit à écrire doucement, mais d'une main tremblante, le prénom puis le nom de sa dernière baptisée : « Ce jour, 18 septembre 1941, j'ai baptisé chez elle, car sa mère n'a pas daigné venir sur les fonts baptismaux, Jeanne Delarbre, née de père inconnu et fille de Jeanne Delarbre, arrivée dans le village au cours de l'hiver 1939-1940. » Il inscrivit patiemment prénom et nom à l'envers, car on ne savait qui était le père... Et l'ecclésiastique se mit à ruminer, sachant qu'il n'aurait de repos tant que cette femme damnée continuerait à vivre ainsi en toute liberté. Il comptait bien sur l'aide divine pour l'envoyer en enfer...

Après le départ véloce du curé, et un bon rire dont elle conservait encore l'empreinte sur le visage, alors que le bébé tétait avidement son sein, Jeanne lui murmura doucement :

— Toi, tu ne t'appelleras par Jeanne comme l'a dit pour te baptiser ce démon de curé. Ah non ! Moi, je t'appellerai Olympe. Tu ne sais pas encore, ma petite chérie, mais l'Olympe, c'est la résidence des dieux, et toi, tu es ma petite déesse. Et puis, c'est aussi le prénom d'une femme qui ne s'est jamais laissée intimider[1]. Tu vois, un peu comme moi. Et je sais, rien qu'à te voir téter si vigoureusement, que tu seras quelqu'un de fort et que tu ne te laisseras pas faire ! N'est-ce pas, ma petite Olympe ? Quand tu seras un peu plus

1. *Marie Gouze, dite Olympe de Gouges (1748-1793). Féministe, notoire défenseur de l'émancipation et des droits de la femme, elle mourut sur l'échafaud.*

grande, je te lirai ses écrits, et tu verras comme ils ne manquent pas d'intérêt[1] ! Ta grande sœur, Mathilde, est partie travailler dans la vallée. Quand elle reviendra, elle te bercera. Je suis sûre que vous allez bien vous entendre. D'ailleurs, je vais lui écrire. Il faut bien qu'elle sache que tu es née, que tu es très jolie et que tu fais mon bonheur... Je crois même que je ne l'ai pas encore avertie de ta venue... Que veux-tu, mon petit amour, tu encombres totalement mon cœur, et c'est si bon...

1. *Ce fut en 1791 qu'elle écrivit sa* Déclaration des droits de la femme et de la citoyenne.

VI

Les fraisières

Toujours à Saint-Geniez-d'Olt, dans la maison du vieux couple, Mathilde restait à son service du matin au soir et ne pouvait bénéficier que de l'après-midi du dimanche, après les vêpres. Elle profitait alors de ces quelques heures pour se promener sur les bords de la rivière ou sur les places de la ville. C'était très peu, mais elle ne s'en plaignait pas. Ses patrons, fort plaisants avec elle, se révélaient assez généreux. Le dimanche matin, tous trois quittaient la maison, qui n'était qu'à peu de distance de l'église paroissiale. Mathilde devait les aider, l'un après l'autre, pour monter le grand escalier d'accès[1]. Alors, ils assistaient à la messe solennelle puis reprenaient le chemin inverse. Les jours de foire, tous trois traversaient le pont qui enjambe de Lot. C'était alors un moment de répit pour le vieux couple qui s'appuyait sur la rambarde et observait les pêcheurs de truite. Plus loin, en aval, des barques à fond plat naviguaient paisiblement. Lieu d'observation et de rencontre pour les badauds de la ville, ce pont, qui reliait l'ancien au nouveau quartier, était encore le passage obligé des troupeaux transhumants.

Après cette halte, Mathilde entraînait ses employeurs jusqu'au cloître des Augustins, au cœur de la ville. Le couple s'asseyait alors sur les murettes de pierre et passait plusieurs heures à contempler

1. *Remarquable et monumental escalier à double révolution édifié au* XVIII*e siècle.*

l'animation de la cité. Durant ce temps-là, Mathilde disposait d'un peu de liberté. Elle allait faire son marché, puis se chargeait à nouveau de ses patrons.

En ces années de guerre, les foires s'étaient considérablement affaiblies. Les nouvelles circulaient mal et l'on avait d'autres soucis. Ce qui se passait ailleurs n'intéressait guère, car le conflit absorbait tout. L'hiver passa et, à la suite du décès du vieil homme dans la maison où elle travaillait, Mathilde perdit son travail. Mais vint le mois d'avril, avec la période des fraises, qui générait une besogne intense pour tout le monde. Marcellin Combacau, un commerçant de la ville, l'embaucha aussitôt pour travailler sur ses fraisières[1]. En effet, la culture de ce fruit représentait une part de première importance dans la vie de la cité[2]. Lorsque la jeune fille se rendit sur les grandes étendues de cette plantation, elle en fut très étonnée et, curieuse, posa de nombreuses questions à celui qui l'employait.

— Je n'avais jamais entendu qu'une si grosse fraise était cultivée ici, dans cette vallée ! C'est vraiment étonnant, monsieur Combacau.

— Cette fraise, on la doit à la sagesse et à l'opiniâtreté d'un jeune garçon de quinze ans, tu vois, il avait à peu près ton âge quand il a repiqué ses premiers plants ! Il s'appelait Antoine Sannié[3] et vivait avec sa famille à Combatelade, un hameau qui domine la cité.

— Mais, qu'a-t-il fait ? Comment a-t-il pu planter tant de fraisiers ? questionna Mathilde, fort intéressée.

— C'était à la fin du siècle dernier, je crois, vers 1862, qu'il avait repiqué ses premiers plants sur une terre que lui avait laissée son

1. *Terrain planté de fraisiers. Depuis l'introduction d'une fraise exceptionnelle dans la contrée de Saint-Geniez-d'Olt, on n'employa que ce mot pour désigner un champ planté de fraisiers.*

2. *La culture de la fraise, qui avait commencé intensivement à la fin du* XIX*e siècle, alors que les filatures fermaient les unes après les autres, était venue bien à propos dans l'économie du pays. Désormais, la vallée et ses coteaux regorgeaient de fraises. D'une fraise exceptionnelle par sa qualité gustative, et unique par son parfum, elle inondait à présent les marchés des grandes villes.*

3. *Né et mort à Saint-Geniez-d'Olt (1847-1939).*

père. Au lieu de manger les belles fraises qu'on lui avait données, il les conserva, les fit sécher et recueillit les akènes[1], qu'il ressema afin d'obtenir de petits pieds. Peu à peu, il planta plusieurs champs de fraises qu'il appela « les fraisières ». Il donna des plants à tous ceux qui en voulaient et ainsi se développa cette culture dans la vallée de Saint-Geniez. Des usines de draps, qui fermaient alors les unes après les autres, les ouvriers rejoignirent la terre de leurs ancêtres. Celle-ci allait leur donner un travail rémunérateur. Comme tu peux le voir, ce fraisier s'adapte admirablement à notre terre argilo-schisteuse.

— Il fut un bienfaiteur, cet homme-là. Il apporta beaucoup grâce à son bon sens et sa juste appréciation !

— Tu ne peux mieux dire, Mathilde ! Antoine Sannié est mort il n'y a pas longtemps, la même année que débuta la guerre. Toutefois, son action bénéfique est plus que remarquable et perdurera. Beaucoup de gens, ici, vivent de la fraise. Ce fut un homme de bien. Actuellement, une centaine de gars plantent de la fraise. Avant la guerre, il y en avait presque deux cents ! Le conflit a fait péricliter un peu la production, mais dès que nous serons en paix, tu vas voir, petite, que ça va reprendre ! On avait créé une coopérative avant-guerre. Bientôt, il en faudra une deuxième[2], j'en suis sûr !

— Quelle histoire, monsieur Combacau ! C'est encourageant tout ça ! Vos paroles pleines d'optimisme font du bien.

— Merci ! Mais sache qu'Antoine Sannié, ce petit gamin, était justement plein d'optimisme. Grâce à sa volonté et à sa bonne perception de l'avenir, il a réussi ! Ses contemporains l'ont suivi comme un seul homme dans cette culture originale et lucrative. Il est un exemple pour notre cité et pour la jeunesse... Grand travailleur, levé à l'aube, toujours actif, il n'arrêtait jamais, hormis pour se rendre aux offices de la paroisse. Il s'est éteint doucement, à quatre-vingt-douze ans, sans maladie, comme une lampe qui n'a plus d'huile.

---

1. *Graines de la fraise.*
2. *Une coopérative fut créée en 1934 afin d'expédier les fruits principalement à Paris. Une seconde naquit en 1947. Elles fusionnèrent en 1956.*

— Les gens du pays doivent être fiers d'avoir connu un homme comme lui.

— Fiers, certes, mais aussi reconnaissants ! Lors de ses obsèques, une foule incroyable est venue lui rendre hommage, et l'on parle de donner son nom à une rue de la ville ! Il le mérite largement. Tu sais, Mathilde, Saint-Geniez a donné naissance à des femmes et des hommes exceptionnels. Tu iras voir la salle des Illustres, à la mairie, et tu en seras étonnée. Un jour, il y aura son portrait accroché aux cimaises[1]. J'en suis persuadé !

— Vous me démontrez qu'un homme simple, parmi les plus humbles, a permis de rendre courage à ses contemporains par le bon sens et le travail à un moment où la draperie périclitait. Voyez, monsieur Combacau, son action est vraiment louable !

— Le pays renaîtra grâce à ce fruit, dès que la guerre se terminera. J'espère qu'elle ne se prolongera pas comme la grande, celle de 1914-1918 ! Au moment de la récolte, ça sent bon dans le pays, les filles sont jolies, les gars pétillent de malice ! Et puis il y a la fête des Fraises. Tu pourras aller au bal, ma petite. Ah ! Tu verras comme ça va te plaire...

* *
*

De l'aube au crépuscule, plus de la moitié de la population se penchait sur les longues planches de fraisiers qui tapissaient chaque lopin de terre accroché aux coteaux. Les fraises cueillies devaient être, une à une, convenablement disposées dans un panier tressé, fait de languettes de bois[2]. Chaque panier garni, quelle que soit sa

---

1. *Le portrait d'Antoine Sannié, peint par Roger Serpantié (1891-1974), artiste local, figure en effet dans la galerie, salle des Illustres. Celle-ci avait été établie en 1809 par Simon Rogéry, maire de la ville.*
2. *Plus tard, la culture de la fraise se développa à tel point que l'on se mit à fabriquer des paniers en bois de peuplier. Dans les années 1960, quatre fabricants « d'emballages-légers-bois » œuvraient laborieusement dans la petite ville de la vallée du Lot. Ils fabriquaient alors quelque 25 millions de paniers et 7 millions de cageots.*

taille, devait ensuite recevoir un papier cristal protecteur tenu par un élastique. Il était alors disposé dans un cageot au côté des autres. Le cageot rempli était amené à l'ombre d'une cabane, et le soir on ramenait la récolte totale à la coopérative, où les fruits étaient pris en charge, soit par le train, à la gare de Campagnac-Saint-Geniez[1], soit par camion. Ceux-ci allaient rouler toute la nuit pour arriver de bon matin sur les étals parisiens.

On devait partir tôt vers les versants des collines pour cueillir le précieux fruit, avant que les rayons ardents du soleil ne brûlent le dos et les sentiers terreux. Aux heures les plus chaudes, une pause était respectée. À l'ombre des grands arbres ou sur les bords d'un ruisseau, les fraiseuses, aux doigts tachés de rouge, appréciaient ces quelques moments de détente émaillés de bonne humeur. La plupart du temps, on mangeait un repas froid arrosé de vin clairet. La jeunesse locale, subjuguée par les nouveaux arrivants, tissait là de nouvelles relations, amicales ou passionnées, qui pouvaient durer tout l'été... parfois davantage ou toute une vie.

D'une fraisière à l'autre, les filles et les garçons s'interpellaient à tue-tête. C'est ainsi qu'il arrivait que des gars dégourdis donnent rendez-vous à leurs consœurs sur le pont de la ville, à la tombée de la nuit, rendez-vous qu'elles n'honoraient pas toujours... Ainsi était le jeu amoureux qui se concrétisait parfois lors du bal de la fête des Fraises... Mathilde découvrait là, dans une ambiance colorée, une facette de vie insoupçonnée !

---

1. *Gare SNCF sur la ligne Paris-Béziers. Un agent était spécialement détaché pour en assurer le suivi.*

VII

L'accident

HABITUELLEMENT, quand on sonnait la cloche de l'église au village de Saint-Just-d'Aubrac, c'était pour des raisons religieuses. Et le nouvel abbé, Antonin Chaprouze, voyait alors arriver la quasi-totalité de sa paroisse. Mais ce jour-là, personne ne s'attendait à entendre ce branlement de cloche, car ni enterrement ni mariage n'était annoncé. De plus, le tintement n'était pas ordinaire et semblait même s'affoler.

On ouvrit les fenêtres, on questionna son voisin, on sortit sur le perron puis dans la rue, à la recherche des nouvelles, car chacun s'interrogeait.

— Que se passe-t-il ?

— Nous n'en savons rien ! Allons voir à l'église, il doit bien se passer quelque chose. Ce doit être M. le curé qui sonne comme ça !

Enfin, on se rendit sur la place du village. Soudain, une femme minuscule, toute cassée, arriva, les sabots claquant sur les pavés, un bonnet blanc sur la tête. Son visage était ridé, ses yeux noyés d'eau. C'était Rosalie, qui s'occupait de l'intendance du presbytère. Elle sortait affolée du sanctuaire, criant à s'arracher les poumons, levant ses bras maigres vers un ciel qui ne semblait pas vouloir l'entendre.

— Un malheur est arrivé, venez vite ! C'est là-bas, au lavoir. C'est là-bas... dans l'eau. J'étais la première ce matin... C'est... je sais pas... Elle flotte... Oh ! Mon Dieu ! Elle est morte...

Les villageois se ruèrent alors vers le lavoir. On aurait cru voir dévaler tout un régiment. On se bousculait en disant : « Mais qu'y a-t-il enfin ? Que se passe-t-il ? » Et tous, haletant, de se grouper autour des trois bassins. Les premiers arrivés stoppèrent là leur discussion affolée. Les femmes se signèrent, les hommes, aux regards ternes derrière leurs moustaches, fixaient, ahuris, cette forme immobile dans ses vêtements gonflés... Ses longs cheveux noirs s'étalaient autour de sa nuque. Elle flottait sur le ventre dans cette eau limpide. Auprès de son corps ondoyaient quelques linges. Il y en avait aussi au sol, dans une corbeille. Tous les badauds restaient là, sans bouger, abasourdis d'une telle découverte.

— Laissez-moi passer ! cria bientôt une forte femme aux cheveux gris d'une quarantaine d'années. Laissez-moi passer ! Poussez-vous, non de non, il faut aller la chercher !

C'était Marcelle, l'épouse du garde champêtre. Une grande personne aux bras solides et musclés, à la poitrine opulente et aux fesses qui ne l'étaient pas moins. Quel homme elle aurait fait, disait-on dans le pays ! Rien qu'à entendre son pas, droite comme un pieu, dotée d'une moustache mince et pourtant bien visible, elle en imposait. Aussitôt, on se retira pour la laisser agir. Soulevant ses jupes, laissant ses sabots au pied du bassin, elle l'enjamba et marcha dans l'eau afin de sortir la pauvresse du lavoir. Alors que toutes les autres femmes faisaient le signe de croix et n'osaient s'approcher davantage, les hommes regardaient bêtement, s'écartant pour la laisser passer. Ce fut elle qui, à bout de bras, la sortit de l'eau pour l'étendre sur l'herbe. Elle la coucha sur le dos et les longs cheveux de cette femme se plaquèrent sur son visage. Marcelle, qui s'était mise à genoux près du cadavre, dégagea sa chevelure et l'on reconnut celle qu'on appelait la Jeanne Delarbre...

Quelqu'un courut avertir le maire et le garde champêtre, tandis qu'un autre rechercha le curé de la paroisse. Mais ce dernier était absent. De très bonne heure, il était parti visiter un malade pour lui donner l'extrême-onction. Alors, suivant les directives du maire, on attela une paire de bœufs à une charrette et l'on ramena la dépouille de la pauvre femme au couvent de religieuses Sainte-Thérèse, situé tout en haut du village, non loin de l'église. On l'étendit sur un lit de fer dans une cellule inoccupée. Dans le même temps, deux femmes qui pensèrent à son enfant s'empressèrent de regagner le logis de la pauvresse. Elles trouvèrent le bébé qui dormait dans son berceau. Alors, l'une des deux suggéra de le prendre chez elle, le temps de trouver une nourrice. Elle l'enveloppa convenablement dans une couverture et l'emporta. Dès qu'elle arriva, au bout d'une longue course, elle confia l'enfant hurlant à sa cousine qui eut aussitôt le geste instinctif de la mère, le réflexe immortel, celui de la vie : en manière de consolation, elle lui présenta son sein flétri, et le bébé se mit aussitôt à sucer avidement. Puis on lui donna du lait de chèvre qu'il dut partager avec un petit chevreau.

L'après-midi, une religieuse du couvent, accompagnée d'une nourrice, se rendit au domicile de celle qui avait recueilli le bébé.

— L'abbé Chaprouze souhaite que l'on confie cet enfant à la Providence, dit-elle dès qu'elles eurent franchi la porte. Notre mère supérieure, sœur Pilar[1], est prête à le recevoir. Il aura les meilleurs soins ! Notre nourrice que voilà va s'en charger.

* *
*

Les gendarmes arrivèrent bientôt, suivis du maire et du garde champêtre. Après avoir vu le corps de la malheureuse exposé dans une cellule du couvent, ils descendirent jusqu'au lavoir, sur le bord duquel un groupe de curieux s'était amassé, parlant à voix basse. Chacun y allait de son opinion. Les badauds, avec le respect que

1. *Cette religieuse était issue de l'émigration espagnole du tout début du XXe siècle. Elle était une fille de ces ouvriers qui, chassés d'Espagne par la misère, avaient rejoint le département de l'Aveyron, afin de trouver du travail dans les mines de charbon ou les usines du bassin de Decazeville.*

l'on voue inconsciemment aux officiels, se turent aussitôt. On posa quelques questions, on mesura la profondeur et l'emprise des bassins, mais on ne s'éternisa pas plus que nécessaire sur les lieux. Sur cette noyade, les gendarmes n'y virent rien de criminel, juste un accident ou un suicide. Rien d'autre...

Le maire avait demandé au menuisier du village de fabriquer un cercueil au prix le plus bas. Il fit alors une caisse avec des planches de vieilles voliges, sur lesquelles il passa un badigeon noir, puis traça une croix branche sur le couvercle. L'on y enferma rapidement le corps plié dans un vieux drap. L'enterrement eut lieu le surlendemain.

Le curé avait habillé de voiles noirs son église, et tout le village se pressa pour assister aux funérailles. Il était curieux de constater qu'il y avait autant de monde, car la plupart d'entre eux n'avaient pas une bonne opinion de la Jeanne. Cependant, lorsqu'on avait appris la mort tragique de cette jolie personne, une impulsion de curiosité malsaine s'était manifestée. La foule s'était rassemblée au-devant de l'église, sur la petite place dominée par la grande croix des Missions[1]. On parlait bas, on évoquait à mots couverts cette femme étrange et troublante, au corps magnifique, arrivée depuis peu dans la commune. Chacun racontait son histoire ou l'inventait. Certains lui souhaitaient l'enfer, d'autres disaient qu'elle ne valait pas que l'on célèbre une messe pour le salut de son âme. D'autres enfin affirmaient : c'est une pauvrette, elle mérite bien le Ciel...

Dès que le cercueil avait été installé dans l'église, on s'y précipita, car le temps avait changé. Le tonnerre gronda et il se mit à pleuvoir un orage de grêle qui fit éclater un vitrail. On vit là une semonce du Ciel. Les bavardages qui n'avaient guère cessé, surtout dans les tribunes, s'arrêtèrent spontanément.

1. *Au lendemain de la Révolution, jusqu'au début du XXe siècle, on érigea généralement ce type de monument en souvenir d'une mission prêchée dans la paroisse.*

Ce furent des obsèques rapides, presque bâclées par l'abbé dont le visage blafard laissait s'écouler de grosses gouttes de sueur. Son anxiété, son sermon très court et désordonné, son attitude maladroite, le sursaut qu'il fit lorsque le vitrail éclata interpellèrent les paroissiens. On pensa qu'il avait accordé une faveur exceptionnelle à la défunte, car elle ne fréquentait pas l'église. Cela ne pouvait que le rendre nerveux ! Une longue file de vêtements noirs, de blouses de paysan et de parapluies suivit le cercueil jusqu'au cimetière. Mais tous ces gens ne représentaient finalement qu'une communauté froide, aux yeux secs, qui étaient là davantage par indélicatesse que par compassion…

Le champ des morts n'étant pas trop éloigné, on eut vite fait de prendre le cercueil, de le placer au fond de la fosse des pauvres, qui était à demi pleine d'eau, de reboucher le trou et de matérialiser la tombe par une simple pierre posée au pied de la bosse qu'elle formait. On ajouta un panonceau sur lequel ses nom et prénom étaient tracés.

VIII

Une maison vide

ALORS QUE L'ESSENTIEL DES TRAVAUX des champs se terminait, que la cité de Saint-Geniez soufflait un peu d'une activité somme toute assez forte, ce fut le moment où Mathilde put prendre quelques jours après une année bien remplie. Son patron ne pouvant lui assurer un travail pour la saison d'hiver, elle trouva une autre place chez un voisin, le Dr Marcel Benoist, qui vivait rue de l'Hôtel-de-Ville, en une très belle et opulente bâtisse du XVIIe siècle[1]. Dans cette grande demeure où deux femmes et un domestique travaillaient déjà, tant à la lingerie, à la cuisine qu'au ménage général, on avait besoin d'une autre personne, notamment pour l'accueil des patients du médecin. Lors de leur première rencontre, ce dernier avait aussitôt apprécié l'attitude délicate de Mathilde et sa vivacité d'esprit. De plus, elle était une jeune fille agréable, charmante et jolie, ce qui ne gâtait rien !

La date d'entrée au service du médecin ayant été fixée, ce fut dans cette période plus calme, loin de la guerre, que Mathilde put prendre quelques jours, afin de revoir sa mère. Cela faisait un an et demi qu'elle l'avait quittée. Absorbée par un travail intense dans la cité de Saint-Geniez, elle n'avait pas vu le temps passer. Elle avait

---

1. *Construite par l'architecte Jean Parate, face à l'église des Augustins, elle possède un magnifique escalier intérieur et porte de nos jours le nom d'« Hôtel de Fajole ».*

écrit quelquefois à sa mère, précisant que son travail se révélait intéressant et qu'elle se faisait de nombreux amis. Rassurée par ces bonnes nouvelles, sa mère lui avait répondu qu'elle aussi travaillait à de petites tâches et qu'Hortense était toujours aussi attentionnée à son égard. Elle finissait ses lettres par l'empreinte de la patte de Joli-Cœur, le chien perdu qu'elles avaient trouvé sur leur route, et que Jeanne badigeonnait d'encre violette. Cependant, depuis quelque temps, Mathilde ne recevait plus de réponse à ses courriers...

* *
*

Lorsque la jeune fille arriva au village de Saint-Just-d'Aubrac, le jour était presque tombé. Il faisait froid et ses lèvres étaient gercées. Elle marcha jusqu'à la sortie du bourg, dans la rue vide et glacée, accompagnée du seul écho de ses pas. Il n'y avait âme qui vive. Alors, elle se dirigea vers la petite maison qu'habitait sa mère, en bordure du bois. Lorsqu'elle l'aperçut, la cheminée ne fumait pas, ce qui l'étonna. Elle frappa, poussa la porte, appela : il n'y avait personne. Elle alluma une bougie, puis le feu. Les quelques biens que sa mère possédait se trouvaient toujours là. Elle pensa tout d'abord qu'elle avait changé de lieu d'habitation, qu'elle n'avait encore pu tout emporter... Cela semblait correspondre au fait qu'elle n'eût pas reçu de réponse à ses lettres, ses propres missives n'ayant certainement pas été transmises. Fatiguée, elle décida alors de rester là jusqu'au matin. La cheminée possédait encore ses hauts landiers et ses cailloux ronds dans les petites cages supérieures. Lorsqu'ils furent réchauffés, Mathilde put les prendre avec elle, dans sa couche, afin de recueillir un peu de chaleur, comme elle le faisait lorsqu'elle vivait ici avec sa mère.

Debout à l'aurore, elle aperçut, par l'étroite fenêtre, le petit jardin qui semblait à l'abandon. Elle parcourut les alentours, appela sans obtenir aucun retour, et se rendit alors au village afin d'en savoir davantage en frappant à de nombreuses portes.

— Je cherche ma mère, vous savez, Jeanne Delarbre, qui habite au bas du village, vers le bois de Bonnecombe. Je ne comprends pas, la maison est vide… comme abandonnée… Savez-vous où elle a pu aller ?

Certains avaient reconnu la fille de la Jeanne, et bien souvent on referma tout simplement la porte sur elle en lui lançant plus ou moins les mêmes réponses :

— On ne sait pas. C'est pas notre affaire. Va voir le curé et laisse-nous tranquilles…

Ailleurs, elle se fit refouler avec des regards chargés de mépris, des paroles aiguisées comme des lames.

— La Jeanne n'est pas de chez nous… ça ne nous regarde pas… On ne sait rien… Va voir ailleurs !

Mathilde s'entêta, continua à cogner aux portes comme aux fenêtres, jusqu'à ce qu'une femme d'une quarantaine d'années lui ouvre son domicile. La réponse fut cinglante :

— Ta mère est morte, ça fait bien un bon bout de temps. Elle est morte et enterrée. Elle s'est noyée dans le lavoir. Ici, personne la regrette, elle n'était qu'une Marie-couche-toi-là, ricana-t-elle. J'en sais quelque chose, elle avait séduit mon mari !

— Que dites-vous ? Ma mère est morte !

— Oui ! Et tout le monde en est bien content.

— Pourquoi ? Mais pourquoi dites-vous ces choses-là ? Ma mère n'a jamais fait de mal à personne !

— C'était une traînée, que je te dis ! Une briseuse de ménage. Si elle s'est noyée, c'est de sa faute ! Va voir le maire, le curé, les sœurs ou n'importe qui, ils étaient tous à l'enterrement. Moi, je n'y étais pas ! Je n'allais tout de même pas prier pour elle alors qu'elle m'avait volé mon mari. Et maintenant, fiche le camp d'ici, on t'a assez vue !

Le bord de ses yeux rougissait sous le voile argenté de ses pleurs. Mathilde ne comprenait pas que l'on soit si méchant, si odieux. Avec difficulté, elle tenta de réprimer les tremblements de ses membres. « Ce n'est pas possible, maman n'est pas morte ! », pensait-elle en parcourant les rues du village. « Ce n'est pas possible, on doit me confondre avec une autre... » Elle erra un moment dans les rues presque vides, ne sachant que faire, s'abstenant de frapper à d'autres portes ou de poser des questions. Elle en avait assez entendu, ces gens-là distillaient une pure méchanceté !

* *
*

Des nappes de brume montaient de la vallée. Le soir tombait précocement sous un ciel gris ardoise lorsqu'elle bifurqua dans une venelle. Grelottant autant de froid que de peine, elle mourait littéralement de faim. Elle sentit soudain des effluves de soupe aux légumes qui lui tortillèrent les boyaux, mais pour rien au monde elle n'aurait demandé l'aumône d'un peu de bouillon. Les insultes de ces villageois qu'elle ne connaissait qu'à peine couraient dans sa pauvre tête. Jamais elle n'avait entendu pareilles offenses. Prise d'une envie de désespoir, les joues ruisselantes de larmes, Mathilde se rendit au cimetière. Elle aimait sa mère, la respectait et savait toute la peine qu'elle avait eue lorsque son mari était mort tragiquement. À la suite de ce deuil, Jeanne n'avait plus prié, n'avait plus suivi aucun office, alors qu'auparavant elle n'en aurait manqué aucun ! Elle poussa la porte métallique du champ des morts, qui grinça affreusement sur ses gonds rouillés, puis avança à petits pas entre les allées. Elle n'était jamais entrée dans ce cimetière et regarda, une à une, les sépultures : les riches et les moins riches, celles qui étaient abandonnées, celles qui bénéficiaient d'un entretien régulier, celles qui ne devaient recevoir que quelques rares visites. Plus loin, un carré semblait réservé aux indigents. Il y avait des croix de bois, droites ou de guingois, plus ou moins solides sur leur base. Mathilde s'approcha et vit une tombe marquée par une pierre oblongue, fichée au pied. Quelqu'un avait placé un panneau de bois sur lequel apparaissait encore une inscription laconique faite à la peinture blanche : « Ici est enterrée Jeanne Delarbre. » Rien de plus.

Mathilde s'inclina mais ne sut prier. Un flot de larmes s'écoula sur son visage. C'était donc vrai, sa gentille maman, sa chère maman était morte. Elle reposait là, sous ce tas de terre, abandonnée de tous, certainement baignée dans une haine qu'elle n'arrivait pas à cerner. La jeune fille tomba à genoux sur cette glèbe collante qui recouvrait le corps de sa mère.

— Oh ! Maman ! Mais que s'est-il passé ? Maman, qu'est-ce qu'on a pu te faire ? hurla-t-elle d'une voix blanche.

Elle éprouvait en son être un frisson glacé, comme si elle percevait ce que sa mère pouvait désormais ressentir au fond de son trou : l'humidité de la glaise, la crainte de l'obscurité et du silence absolu… Elle resta là, longtemps, abasourdie, murmurant à la défunte :

— Ma petite maman chérie, la terre te cache, là dans ton cercueil, mais mon cœur te voit. Il te voit comme je te voyais quand nous étions ensemble. Tu es partie sans que je puisse te serrer une nouvelle fois contre moi, sans ces gestes qui font tant de bien. Tu es partie comme on tire la porte dans une maison déserte où nul ne viendra plus. Tu me disais que, lorsque quelqu'un se souvenait d'un défunt, il ne mourait jamais. Alors, je te le promets, jamais je ne t'oublierai, tu resteras toujours dans mon cœur. Tu seras toujours là, près de moi…

Elle regarda cette motte encore gonflée sur laquelle poussaient déjà quelques herbes. Cependant, elle fut intriguée de découvrir qu'une partie de la terre qui constituait cette bosse semblait aplatie et représentait une forme circulaire. Perplexe, elle pensa que l'on avait posé à cet endroit une corbeille de fleurs, ou qu'une personne s'était assise… Elle observa la croix qu'une âme attentionnée avait plantée, certainement une personne pauvre, car elle était faite de deux morceaux de branche ficelés. Mathilde se faufila hors du cimetière comme un chien battu et repartit en empruntant les ruelles les plus silencieuses du village, ne souhaitant rencontrer personne. Tout en se dirigeant vers la maisonnette où habitait sa mère, elle se ravisa et décida d'aller voir le curé de la paroisse. Le presbytère n'était pas loin.

« Lui, au moins, sera plus humain que ces gens-là ! raisonna-t-elle. Un prêtre a de la mansuétude, de la générosité, de l'attention envers ses paroissiens… Il saura me réconforter. »

IX

La Providence

LE CŒUR LOURD DE PEINE et d'incompréhension, Mathilde sonna à la porte du presbytère. Elle entendit le trémolo d'une clochette qui résonna dans le couloir, puis des pas. On tira un verrou et le curé, l'abbé Antonin Chaprouze, apparut dans l'encadrement. Sans un mot, il resta un moment sur le palier à la dévisager. Il l'accueillit avec une froideur indéniable, ne prononçant que ce mot : « oui » !

— Monsieur l'abbé, je vous prie de m'excuser pour ce dérangement. Je suis Mathilde, la fille de Jeanne Delarbre. Je ne savais pas que ma mère était décédée, et je souhaiterais vous en parler. Pourriez-vous me recevoir ?

Le prêtre se racla la gorge et dit d'une voix étranglée :

— Entrez !

Mathilde le suivit dans une pièce austère. Une odeur de vieux papier, mêlée à celle de bois en partie consumé, la prit à la gorge. Tout ici rappelait la sobriété, la rigueur, l'abstinence : une table lisse, trois chaises au dossier droit, un Christ de métal posé sur une étagère à côté d'un bréviaire. Rien de plus.

— Votre mère est morte noyée ! dit-il sèchement, sans même l'inviter à s'asseoir. Dieu ne peut être partout ! Vous comprenez, il ne peut sauver tout le monde, surtout ceux qui s'éloignent de lui, mais il saura s'occuper des âmes qui montent vers lui… Ça s'est passé au lavoir de M. de Foncourrieu, le châtelain… On l'a trouvée le matin. Ses obsèques furent célébrées deux jours après le décès. Elle est ensevelie au cimetière, dans la fosse des indigents. C'est tout au fond du cimetière… la dernière bande de terre. Une pierre et un panonceau matérialisent sa tombe. Le cercueil a été offert par le bureau de bienfaisance de la commune. Vous ne me devez rien pour la cérémonie religieuse. C'est ainsi pour tous les nécessiteux. Sachez aussi qu'elle a bénéficié des funérailles chrétiennes, bien qu'elle ne le méritât pas !

Mathilde resta un instant sans voix devant cette litanie de phrases lapidaires, sortie d'une bouche hostile, sans un brin de sollicitude. Elle aurait voulu poser d'autres questions, mais la froideur du prêtre l'interloqua. Ce fut lui qui reprit, d'une voix bizarre, qu'il avait baptisé sa fille.

— Sa fille, dites-vous ! Sa fille ! J'ai donc une sœur ?

— Comment ! Vous ne saviez pas que votre mère venait d'avoir un enfant ?

— Non ! Pas le moins du monde.

— Ah ! Quelle tragédie, dit-il en se signant, votre mère ne pratiquait pas la religion et refusait le prêtre. Pas étonnant qu'elle tombât si lourdement dans le péché !

— Je ne juge pas ma mère. Elle a eu ses misères… Elle a beaucoup pleuré… Pauvre maman… Elle a été une bonne maman pour moi, ça, je puis vous l'assurer !

— Mais elle ne pratiquait pas ! coupa-t-il hargneusement. Elle ne venait ni à la messe ni aux diverses cérémonies religieuses et ne confessait jamais ses fautes ! Votre mère vivait en état de péché mortel, formula le prêtre en s'énervant, et pourtant je l'ai accueillie dans mon église !

Il allait à droite, à gauche, en grandes enjambées, tout en rejetant autour de lui des paroles dures sans aucune aménité. Ses longs bras gesticulaient comme les pales d'un moulin à vent. La patience ne semblait pas son fort !

— Vous vous rendez compte, elle n'a même pas présenté sa fille à l'église ! Elle a accouché sans demander le sacrement de l'absolution, là-bas, dans sa maison, sans aucun concours de la religion ! Ah ! Mademoiselle, c'est grave, c'est très grave !

Mathilde restait sans voix devant cet énergumène dandinant qui lui provoquait une certaine peur. Celui-ci reprit de plus belle :

— Alors que votre mère aurait pu demander le sacrement et se rendre sur les fonts baptismaux, j'ai dû aller chez elle afin de baptiser son enfant pour qu'elle puisse rejoindre les filles de Dieu ! Je lui ai donné le prénom de Jeanne, comme elle. Cette enfant a été confiée au couvent des religieuses du village. Seule la mère supérieure, sœur Pilar, pourra vous donner de ses nouvelles.

— J'irai chercher ma petite sœur et je m'en occuperai, dit-elle avec aplomb. On ne sera pas trop de deux à nous souvenir de notre maman...

Mathilde tourna aussitôt les talons, sortit du presbytère complètement déconcertée et se dirigea vers le vieux logis. Elle avança comme un automate dans les rues glaciales, réchauffant ses mains sous ses aisselles. « Décidément, pensa-t-elle, il n'y a aucune charité dans cette bourgade. Le curé lui-même est incapable de sollicitude ! Pas un mot amical ou sympathique n'a franchi le seuil de ses lèvres... Mais que doit-il prêcher ? »

Bouleversée et le cœur gros, après cette visite au presbytère, où elle aurait pensé trouver un minimum de compréhension, d'aide ou de charité, tout s'assombrissait autour de Mathilde. Une lourde omerta semblait se refermer sur le décès de sa pauvre mère. Mais que s'était-il donc passé pour que tant de haine déborde ? Et voilà que, maintenant, elle apprenait l'existence d'une petite sœur...

Le lendemain, Mathilde se rendit au couvent et, d'emblée, il lui sembla que l'on ne voulait rien lui confier, que pour cela il fallait qu'elle rencontre la mère supérieure et qu'il était nécessaire qu'elle attende plusieurs jours, car elle était indisponible. Là encore, le brouillard s'épaississait. Elle ne comprenait pas cette difficulté.

Après tout, Jeanne était sa sœur, et elle était en droit de la voir, de la connaître enfin. Pourquoi fallait-il encore attendre ?

Ce ne fut que cinq jours plus tard que la mère supérieure, sœur Pilar, une Espagnole rigide et sévère, consentit à la recevoir. Elle était une femme grande et forte, aux hanches larges. Un nez long et épais, au-dessus d'une bouche aux lèvres fines et dures, lui donnait l'air impitoyable. De grosses lunettes cerclées de fer renforçaient une autorité prégnante. Lorsque sa voix nasale résonnait dans le couloir, cela portait aussitôt l'angoisse dans l'âme des autres sœurs. Quand enfin elle apparut dans le parloir, les mains dans les manches de son vêtement, elle lui dit, sans un geste d'accueil, ce simple mot :

— Venez !

Mathilde la suivit dans les longs couloirs aux dalles glacées qui renvoyaient le choc nerveux des talons de la religieuse. Marchant derrière, elle emprunta un vaste escalier jusqu'au deuxième étage, pour atteindre un vestibule sombre. Lorsqu'elles le traversèrent, la mère faillit heurter une petite nonne, menue comme une souris, qui surgissait d'un recoin. Elle s'effaça aussitôt en s'excusant. Ignorant les excuses, la supérieure continua d'un pas vif et agité. Dans ce couvent, cette petite religieuse n'était qu'une personne discrète, que ses sœurs considéraient comme demeurée. Elle errait dans le dédale des couloirs en égrenant son chapelet accroché à sa robe sombre, remplaçait les cierges après les offices, fleurissait la chapelle, balayait les couloirs, faisait la vaisselle. On lui confiait encore toutes les besognes les plus basses et les plus humiliantes de la communauté.

Suivant la mère supérieure, Mathilde pénétra enfin dans son bureau, une pièce au haut plafond, dominée par un grand Christ en bois. Un bureau en bois de noyer, sur lequel étaient posés une statuette de la Vierge et un Christ d'ivoire, quelques chaises, une commode et une armoire représentaient l'essentiel du mobilier.

La religieuse s'approcha d'une large fenêtre et, tournant le dos à Mathilde, resta un moment sans mot dire, comme figée ou attentive à ce qu'il pouvait se passer à l'extérieur. Enfin, elle se retourna vers la jeune fille.

— Asseyez-vous ! Je sais ce qui vous amène. Mais, au préalable, je voudrais vous dire que je compatis à votre douleur, celle de la mort tragique de votre mère. On n'a pas compris le drame, on ne sait ce qui s'est passé. Prions pour le repos de son âme, c'est tout ce que nous pouvons faire. Que Dieu nous protège !

— Je vous remercie de me recevoir, répondit Mathilde, et je n'oublierai jamais ma mère. J'ai appris sa disparition en revenant à Saint-Just. Je suis allée sur sa tombe et j'ai rencontré M. le curé, qui m'a conseillé de m'entretenir avec vous et de…

— Oui, je suis au courant ! coupa-t-elle.

— Voyez-vous, je suis ici pour savoir ce qu'est devenue ma petite sœur. M. le curé m'a dit qu'on vous l'avait confiée. D'ailleurs, en arrivant ici, j'ignorais que j'en avais une. Cela fait presque deux ans que je suis partie de Saint-Just, et avec la guerre les déplacements sont difficiles. J'arrive de la vallée et je me faisais une joie de revoir ma chère maman… Je n'ai reçu que des insultes et des mots méchants des gens du pays… Ils n'aimaient pas ma mère. Et maintenant je me retrouve seule en sachant que j'ai une petite sœur qui doit…

— Ma fille, coupa-t-elle à nouveau sèchement, cette enfant nous a été confiée. Nous devons absolument la protéger du monde extérieur.

— Je le conçois très bien, ma mère, et je voudrais la connaître… Vous comprenez, je n'ai plus qu'elle…

— Cette petite n'est finalement que votre demi-sœur… Il vous faut savoir qu'elle est de santé… comment dirais-je… fragile… très fragile, laissa-t-elle flotter d'une voix doucereuse mais qui sonnait faux. Elle semblait mal nourrie quand nous l'avons recueillie. Vous comprenez que notre devoir est de veiller sur elle, nous devons lui rendre la santé, si possible… et sauver son âme… Vous êtes trop jeune pour comprendre ces choses-là. Laissez faire la Providence !

Elle la regarda calmement, les poings serrés, et eut l'impression qu'une barrière infranchissable se dressait devant elle.

— Je voudrais la voir. C'est certainement possible de…

— Non, ma fille. Non ! trancha d'une façon péremptoire la mère supérieure. Comprenez que, lorsqu'on nous confie un nourrisson de quelques semaines, qui plus est de nature délicate, nous avons sa vie en charge. Une lourde responsabilité, dictée par la santé de l'enfant, nous impose une discipline de fer. Le couvent n'est pas n'importe quelle structure d'accueil. Un règlement élaboré depuis longtemps permet justement de mener à bien notre mission. Nous devons nous y tenir, et vous également ! Retournez à votre vie. Nous nous occuperons de cette enfant avec toute notre attention.

Le visage de Mathilde prit une expression pathétique, on aurait dit qu'elle allait pleurer et qu'une grande colère retenait ses larmes. Une boule de feu brûlait dans sa poitrine.

— Je ne pourrai donc pas la voir... seulement la voir...

Fermant sa face revêche, la mère supérieure se leva et ouvrit la porte. L'entretien était terminé !

X

Un joli poupon

DANS LA VIEILLE RUINE qu'elle avait habitée avec sa mère, Mathilde s'y réfugia, allumant une flambée pour se réchauffer. Elle avait essuyé une sérieuse averse en sortant du couvent, et par la chaleur du feu ses pieds mouillés laissaient s'échapper une vapeur tiède. Toute la soirée, elle ressassa les paroles dures et sans aménité, tant du prêtre de la paroisse que de la mère supérieure. Elle savait qu'un couvent devait obéir à certaines règles, et concevait aisément que, pour mener un tel établissement, une sérieuse discipline se devait indispensable. Mais, tout de même, ce n'était pas enfreindre le règlement que de lui montrer sa petite sœur ! Elle ressentit une véritable injustice et surtout un lourd mensonge dans les paroles et l'attitude de la religieuse.

Recroquevillée, prisonnière de sa souffrance, elle pleura devant l'âtre, murmurant :

— Oh, maman ! Maman... Pourquoi tout ça ? Que va devenir notre petite Jeanne ? Et toi, pourquoi tu es partie ? J'ai besoin de toi, maman... Que vais-je faire ? Que puis-je faire ?

Alors que le feu palpitait encore dans son épaisseur de cendres, elle se coucha frileusement et ne cessa de penser à sa pauvre mère qui reposait à cinq pieds sous terre. Les minutes passaient, lentes et pénibles, sans lui apporter le moindre réconfort. Pire, son tourment s'accrut. La jeune Mathilde murmura alors une courte prière en implorant Dieu de lui porter secours. Mais sa prière, bien que lancée au Ciel avec ardeur, ne dépassait pas le toit de la vieille maison... Elle passa une nuit affreuse, plus seule que jamais, une nuit perturbée de cauchemars pernicieux. Le matin la trouva aussi chamboulée sinon plus que la veille. Mathilde ne savait que faire... Le tumulte persistait dans sa tête, le désarroi la touchait, l'angoisse l'étreignait. Autour d'elle ne s'étendait qu'un univers hostile, peuplé de méchants, un monde terrifiant dont elle ne pouvait mesurer l'ampleur.

Abîmée dans ses pensées, elle se mit à casser des branches sèches et à préparer le feu. Ses mains tremblaient de plus en plus, autant de froid que d'inquiétude. Une petite flamme s'étira bientôt au-dessus du bois mort pour grandir et réchauffer le logis. Cette chaleur lui fut bienfaisante. Elle grignota sans faim quelques vivres qu'elle avait fait suivre depuis la vallée. Soudain, il lui sembla entendre des pas. C'était la brave Hortense, qui passait non loin de là, celle qui parfois laissait un présent sur le bord de la fenêtre, lorsque la Jeanne était encore en vie. Voyant qu'un peu de vie animait cette misérable demeure, elle vint frapper à la porte. Elle était accompagnée d'un chien. Mathilde ouvrit et le chien se rua à l'intérieur, sautant joyeusement, jappant de joie, faisant une fête incroyable à la jeune fille.

— Joli-Cœur ! Mon Joli-Cœur ! C'est toi qui viens me retrouver ? s'enthousiasma-t-elle aussitôt.

— Ah ! Il fallait que je te le ramène, c'est le tien ! s'exclama Hortense en finissant d'entrer.

— Entrez, entrez ! Hortense... quel plaisir de vous voir ! Mais calme-toi, Joli-Cœur, oui, c'est moi, c'est bien moi...

Cependant, le chien continuait à sauter à ses pieds, à la lécher, à la mordiller dans un éclatement de bonheur si sensible que Mathilde en était émue.

— Je ne voudrais pas te déranger, Mathilde, mais quand j'ai vu la fumée, j'ai pensé que tu t'étais réfugiée ici. J'ai appris hier au soir ton retour au pays et il fallait que je te ramène ton Joli-Cœur. En tout cas, je suis contente de te revoir, viens que je t'embrasse.

— Moi aussi, Hortense, moi aussi ! Une personne amie, ça fait tellement de bien... surtout en ce moment. Je suis venue voir maman... et j'apprends que je n'en ai plus, se mit-elle à sangloter. Et puis les gens m'ont vraiment mal accueillie. Regarde Joli-Cœur, regarde l'amour qu'il me donne, soupira-t-elle en caressant son pelage doux.

— Je le sais, ma petite, je le sais ! Ils n'ont pas été très gentils avec toi. Certains ont même été odieux, inhumains ! Ça m'a retourné le cœur... Mais je puis te dire que j'appréciais ta maman. Jamais elle n'aurait pu dire des paroles aussi blessantes que celles que tu as reçues. Elle valait bien plus ! Tu ne le sais peut-être pas, mais avec ta mère on se voyait assez souvent. On ne discutait pas longtemps, juste quelques mots. Lorsque j'allais chercher mon bois, je passais devant la maison... Tu sais, elle n'aimait pas beaucoup parler, et moi non plus d'ailleurs. C'était suffisant... Je crois d'ailleurs qu'on s'estimait... Mais que tu as changé ! Tu as grandi, tu es devenue jolie comme un cœur... Tu es presque une femme... Dis-moi, tu as un galant ?

— Restez un peu avec moi, implora Mathilde en esquivant la question. Je me sens si seule et ce que vous me dites me fait tant de bien.

* *
*

Avec un joli sourire, Hortense rendait mille services, et ce fut naturel pour elle de répondre à la demande de Mathilde.

— Ma pauvre, tu ne savais pas que ta maman était décédée ! Personne n'a cherché à te joindre ! Si tu savais comme je regrette de ne pas t'avoir informée... C'est vrai, je ne connaissais pas ton adresse, je savais que tu étais partie te louer dans la vallée, quelque part... mais où ? Jamais je ne suis allée si loin ! À partir de maintenant, nous correspondrons. Quel choc cela a dû être pour toi en apprenant cette mauvaise nouvelle !

— Je n'ai plus que vous pour me relier à ma mère et à ma sœur. Alors, dites-moi, Hortense, parlez-moi d'elles ! Il faut tout me dire, j'en ai besoin !

La vieille dame resta un moment, lui confiant des choses que la jeune fille ne connaissait pas, et qui revenaient à présent dans sa mémoire. Mathilde écoutait ses paroles réconfortantes venant du cœur, les premières, douces et gentilles, qu'elle entendait depuis son arrivée à Saint-Just.

Hortense aimait cette petite qui avait tant grandi depuis son départ et, surtout, qui avait atteint un degré de maturité incroyable. Lorsqu'elle évoqua l'abbé Chaprouze, elle lui dit d'emblée :

— Ta mère n'aimait pas ce curé, moi non plus ! Il veut dicter sa conduite à tous et ne cherche qu'à blâmer les femmes. Il est infernal en confession, d'ailleurs, les paroissiennes ne savent parfois plus où se mettre. De plus, il est capable de les offenser jusqu'en chaire ! Et lorsqu'elles vont se confesser, ce sont des pénitences à n'en plus finir.

— Oh ! C'est bien simple, elles n'ont qu'à plus y aller !

— Que veux-tu, il leur fait peur ! Il les menace des pires maux. Tu sais, il a eu le toupet de venir ici, dans cette maison, pour baptiser ta petite sœur de force. Ta mère m'a raconté comment elle l'avait expédié. Je peux te dire que j'étais de son avis et que j'en aurais fait tout autant. Lorsqu'on en parlait, on rigolait bien !

— Je n'oublierai jamais son regard méchant quand, l'autre jour, il évoquait maman, comme si elle avait été un être malfaisant, une fille de mauvaise graine. Il ne semblait pas charitable, c'est le moins que je pourrais dire... Quand je pense au curé du Cantal, lors de l'enterrement de mon père, enfin du mari de ma mère, j'y vois toute la charité, l'empathie et la douceur qu'il pouvait dispenser ! Il a même dit : « La plus belle des sépultures, c'est la mémoire des hommes. » Voyez-vous, Hortense, ce jour-là, c'était la première fois que j'assistais à un enterrement. J'ai vu les visages autant teintés de pâleur que de chagrin. Ils étaient tous venus pour soutenir ma pauvre mère. Ils avaient tous mis leurs beaux habits sombres, et les paysans, leur blouse propre. J'ai vu des mains se serrer, des têtes baissées, des visages en pleurs. Je me souviens encore du discours du curé, un discours où la bienveillance dépassait tout… Quel contraste !

— Je te comprends, ma petite ! Garde dans ton cœur ces belles paroles : « Ceux qu'on a aimés ne sont pas au cimetière, ils sont dans nos cœurs. » C'est là où j'ai ma propre fille, ma petite Simone…

— Merci de ces bons mots. Mais, s'il vous plaît, Hortense, parlez-moi de ma sœurette Jeanne, que je n'ai pas connue et qui a été confiée aux religieuses du couvent.

— C'est le curé qui a décidé du prénom du bébé. Il a dû l'inscrire ainsi sur le registre des baptêmes. Il te faut savoir que ta mère n'a jamais voulu l'appeler Jeanne, elle a choisi Olympe.

— Olympe ! C'est joli, Olympe, s'enthousiasma aussitôt Mathilde. Elle avait bon goût, maman !

— Ta mère n'arrêtait pas de me dire : « Cette fille, c'est la mienne, pas celle du curé. Elle est ma petite Olympe ! » Et elle ajoutait : « Quand ma douce Mathilde reviendra, elle sera aux anges ! »

— Pauvre maman ! se mit à sangloter la jeune fille. Pauvre maman, comme elle avait raison !

— Tu avais une bonne mère, murmura Hortense. Elle était toujours gaie. Je l'entendais chanter lorsque je passais sur le chemin. C'était des chansons douces. Quand je la voyais, la petite dans ses bras, son visage plein de vie et de soleil, un fol espoir brillait dans ses yeux. Qu'elle était belle, la petite ! Avec les mêmes yeux que ta mère, des yeux uniques et inoubliables, noirs et profonds, un peu comme les tiens aussi… Mais les gens du pays ne l'aimaient pas, car elle ne faisait pas comme eux. Elle était instruite et possédait un esprit libre, ta maman… Et, comme moi, elle avait un solide caractère !

— La supérieure du couvent n'utilisait que le prénom de Jeanne. Elle ne doit pas savoir que ma mère l'appelait Olympe, balbutia la jeune fille.

— Tu as raison, elle ne savait pas ! Il est certain qu'avec ta mère nous étions seules à l'appeler ainsi. Mais je n'apprécie pas davantage cette supérieure que le curé ! Elle est une personne qui dirige ce couvent d'une main de fer et sans aucune clémence. Je pense qu'elle n'a jamais ri de sa vie !

— C'est bien possible, répondit Mathilde. Elle semble ne posséder aucune sensibilité. Elle a écourté notre entretien, me faisant bien sentir qu'il ne s'agissait « que » de ma demi-sœur. Visiblement, je la gênais. Dès demain, Hortense, je retourne la voir ! Je veux savoir où est ma sœur. Quand même ! Elle ne peut m'empêcher de la connaître ! Elle m'a dit qu'elle était fragile, mal nourrie, que sa santé était en danger...

— C'est pas vrai ! s'insurgea aussitôt la vieille femme dans un sursaut dynamique auquel on ne s'attendait pas. Ce bébé était un joli poupon. Je peux te dire qu'il tétait bien et qu'il avait une belle santé et de bonnes joues. C'est pas possible qu'on dise de telles bêtises ! Bien sûr, c'est une bonne sœur, elle n'a jamais eu d'enfant... Elle ne peut pas savoir...

XI

La petite nonne

LORSQUE MATHILDE revint au couvent, elle tomba nez à nez avec la petite nonne rencontrée la première fois, celle que la supérieure avait failli heurter dans le couloir. Elle sortait de la chapelle, tenant comme un cierge un bouquet de fleurs, tandis que les grains du rosaire cliquetaient dans les plis profonds de son vêtement. C'était la sœur Marie-Véronique, l'une des plus anciennes du couvent, une personne menue, au museau pointu de souris, qui semblait trottiner inlassablement au ras du sol. Elle n'avait plus de dents et sifflait plus qu'elle ne parlait. Soumise, elle subissait sans faille les messes célébrées avant l'aurore et les pénitences imposées. De petits bonheurs, parfois, venaient amuser sa vie, comme les rires s'échappant des gorges des sœurs, sous le regard irrité de la mère supérieure qui ne pouvait croire à la joie. D'une toute petite voix sifflante, elle s'adressa à Mathilde :

— Ah ! Vous êtes revenue, mademoiselle. Je suis heureuse de vous croiser. Si vous voulez bien m'accompagner, j'ai quelque chose à vous dire.

D'abord étonnée, Mathilde la suivit naturellement. Il était curieux de voir le visage de la nonne, resté enfantin, se brouiller de mystères tandis qu'elle entraînait Mathilde, en lui saisissant la manche, jusqu'à un édicule éclairé par une petite fenêtre géminée.

— Ici, nous serons bien. Personne ne nous dérangera, chuchota-t-elle comme seules savent le faire les religieuses. Vous savez, je ne suis qu'une petite nonne sans importance dans ce grand couvent. Je suppose que vous allez voir sœur Pilar, notre supérieure ?

— En effet, je souhaite voir ma petite sœur Jeanne et…

— N'y allez pas ! Vous n'obtiendrez rien de notre supérieure. Je vais vous dire ce que je sais, mais gardez le secret.

La religieuse fit un signe de croix et joignit les mains. Après un instant de silence, elle se rapprocha de Mathilde et murmura :

— D'abord, laissez-moi vous dire pour votre maman… Quand on a apporté son corps ici, au couvent, on me l'a confié. Vous savez, on me confie les défunts pour la dernière toilette… Je suis un peu leur préposée. De toute façon, cela ne me gêne absolument pas ! Avec l'aide de *lo plégayre*[1], nous avons mis votre maman dans son cercueil et je me suis aperçue, lors de la toilette funèbre, que son cou portait sur l'arrière une trace sombre, comme un hématome… comme si quelqu'un lui avait maintenu la tête sous l'eau en la saisissant à cet endroit. Il est vrai que ses longs cheveux empêchaient de voir cette marque. De ce fait, je suis persuadée que votre pauvre maman[2] ne s'est pas suicidée, comme on l'a laissé dire ! Après être venus jusqu'au couvent pour voir son corps où l'on venait de le déposer, les gendarmes n'ont décelé aucune trace apparente de bagarre ou de violence. Il est vrai qu'ils ne l'ont pas examinée. Ils sont descendus jusqu'au lavoir pour continuer leur enquête en questionnant les lavandières. Les choses ont été rapides : ils ont conclu qu'elle avait dû aller chercher un linge emporté par le flux de l'eau et qu'en entrant dans le bassin elle avait dû glisser sans pouvoir se relever. Ce qui est sûr, c'est qu'elle venait au lavoir quand il n'y avait personne, tôt le matin, et que si elle était tombée accidentellement on n'aurait pas pu l'aider. Enfin, les gendarmes auraient

1. *Ce mot patois signifie littéralement « celle qui enveloppe », c'est-à-dire celle qui enveloppe le corps dans un linceul avant de le mettre dans la bière.*

2. *Dans ce cas-là, lorsqu'on parlait des morts dans le pays, on disait traditionnellement « la pauvre maman », « le pauvre Joseph », « la pauvre mémé »…*

conclu à un accident ou à un suicide... Nous-mêmes, ici au couvent, nous n'avons pas été entendues. Quand je me suis rendu compte de cette marque, je suis allée voir notre mère. Elle m'a répondu que je ne connaissais rien à ces choses-là, que je devais faire ce que l'on me demandait, ni plus ni moins ! Par la suite, j'ai su que presque toutes les femmes qui allaient régulièrement au lavoir avaient jeté l'opprobre sur votre maman, sans aucune charité, sans un tant soit peu de retenue, affirmant le suicide, ce qui permit de clore l'enquête. Moi, je n'y crois pas ! D'ailleurs, quand j'ai compris ce que je viens de vous dire, je me suis permis de glisser une image de la Vierge entre ses doigts, avant de refermer le cercueil. L'attitude de ces gens-là m'a fait beaucoup de mal, et si aujourd'hui je vous révèle ces choses, c'est justement pour rétablir un peu de vérité. D'ailleurs, il est normal que vous la connaissiez...

La sœur Marie-Véronique se tut un moment. Aux yeux de Mathilde, sous sa coiffe blanche, dans ce discret édicule, elle lui paraissait irréelle.

— Et puis, reprit-elle doucement en lui prenant la main, votre maman tenait beaucoup à sa petite. D'ailleurs, près de son corps flottaient des langes du bébé qu'elle venait laver. C'est Léonce, du hameau du Bez, lo plégayre, qui a ramassé les langes. Vous pouvez aller la voir, elle vous dira comme moi. Elle aussi est perplexe, je puis vous l'assurer ! Mais j'ai l'impression que personne ne veut parler. Lorsqu'elle eut connaissance du drame, Léonce du Bez est partie avec une autre femme s'occuper de la petite. Elle dormait encore à poings fermés dans sa corbeille. Tout était prêt sur la table pour que sa mère puisse la langer à son retour du lavoir. C'est un signe suffisant pour dire que votre maman allait revenir s'occuper de son bébé.

Les douces paroles de la nonne pénétraient Mathilde qui, cependant, restait perplexe. Une larme ronde glissa bientôt sur sa joue. D'un geste vif, elle l'essuya avec sa manche et regarda la religieuse dans les yeux.

— Elle était comment, ma petite sœur ? Pouvez-vous me dire...

— Un bébé magnifique, très potelé et souriant, d'après ce que m'a dit Léonce du Bez. Vous comprenez, mademoiselle, je ne l'ai jamais vu, mais au dire de lo plégayre votre maman s'en occupait très bien et avait certainement assez de lait pour bien la nourrir. Je suis certaine que bien des mamans auraient voulu avoir un bébé aussi beau !

Mathilde regardait la religieuse, buvant ses paroles : ce n'étaient que des mots doux et bienfaisants qui sortaient de ses lèvres tremblantes. Elle serait restée des heures, dans ce recoin, pour l'écouter, pour reprendre espoir, se sentant un peu rassurée de savoir que sa petite sœur était bien portante. Indéniablement, la supérieure avait menti !

— Avez-vous rencontré M. le châtelain ? reprit soudain la petite nonne.

— Non, je ne le connais pas, je n'ai vu que M. le curé...

— Peut-être vous serait-il d'un certain secours. Il s'agit de M. Édouard de Foncourrieu, l'un des fils. Le père, Georges, a eu un grave accident et ne peut se déplacer. Depuis, son fils cadet, Édouard, rend visite à notre communauté assez régulièrement, suppléant ainsi son père, et j'ai compris qu'il était même généreux envers nous... Allez le voir, on ne sait jamais. C'est un homme bon, humain, autant que son père, même si au premier contact il semble inaccessible. Quant à votre petite sœur... je suis désolée de vous l'apprendre... elle n'est plus ici. Je sais seulement que c'est la sœur Agustinia, une lointaine parenté de notre mère, qui s'est occupée de l'enfant avec une bonne nourrice aux conditions requises[1], ce qui est une excellente chose. Certainement plus tard, on la mettra dans un orphelinat de la Lozère ou du Cantal, ou ailleurs, je ne sais pas... Elles sont parties un matin, de très bonne heure, vers je ne sais quelle direction, avec un voiturier que je n'avais jamais vu. Je ne comprends pas ce qui se passe... Mais je suis sûre que l'on ne fera pas de mal au bébé... On en prendra soin.

1. *Autrefois, trois conditions étaient traditionnellement requises pour une bonne nourrice : elle devait avoir les seins pleins de lait, aller régulièrement à confesse et parler le moins possible.*

La sœur Marie-Véronique s'arrêta un moment de parler, observant Mathilde. Celle-ci, les yeux grands ouverts, semblait ailleurs, perdue dans un tumulte de réflexions inconnues. Pouvait-elle la croire ? Est-ce qu'elle n'affabulait pas ? Pouvait-on lui faire confiance ? La petite nonne sembla deviner ses pensées.

— Vous savez, mademoiselle, ici, dans ce couvent, je ne fais aucun bruit, je ne dis rien et on pense que je suis un peu idiote. C'est très bien ainsi et cela me convient parfaitement. Mais, l'autre jour, quand vous êtes sortie de chez notre supérieure, j'ai lu sur votre visage le tourment qui vous subissiez. Je n'aime pas voir les gens malheureux... et vous êtes malheureuse... Croyez que je ne vous oublierai pas dans mes prières... Ni votre maman... Ni votre petite sœur... Et puis, si vous revenez à Saint-Just, venez me rendre visite, j'ai plaisir à parler avec vous... Ici, on ne me dit pas grand-chose !

— Vous me faites un bien fou avec vos paroles. Merci de m'avoir expliqué tout cela...

— Surtout, n'hésitez pas à pleurer, répondit-elle, sinon vous ne pourrez jamais être heureuse. Il faut savoir pleurer !

XII

Visite au château

De retour chez elle, Mathilde resta plusieurs heures près de la cheminée, son chien couché à ses pieds, ce gentil Joli-Cœur que la bonne Hortense avait recueilli et dont elle ne pourrait plus jamais se séparer. Elle lui avait dit que, pour l'enterrement de sa pauvre mère, le chien, qui suivait le corbillard derrière tout le monde, avait été chassé à coups de pied car on ne le voulait pas à l'église. À l'issue de l'inhumation, lorsqu'il n'y eut plus personne, Joli-Cœur était revenu pour se coucher sur sa tombe. Plusieurs fois on l'expulsa du cimetière, plusieurs fois on lui fit des misères, et personne ne put le déloger. Il revenait toujours ! Pourtant, les semaines se succédaient, il avait plu et le temps se maintenait au froid. Il ne lui restait plus que la peau sur les os. Si quelqu'un venait le maltraiter, il s'enfuyait mais regagnait aussitôt sa place en sautant le mur d'enceinte. Il serait mort de faim si Hortense, venant un soir faire une visite au cimetière, où reposait sa propre fille, n'avait vu le chien couché sur la motte de terre, là où justement se trouvait sa maîtresse. Hortense connaissait bien l'animal et, de sa main, il accepta enfin de manger. Ce soir-là, alors qu'il gelait déjà très fort, le chien la suivit jusque chez elle. Hortense repartit au cimetière le lendemain, accompagnée de Joli-Cœur. Ce jour-là, elle planta une croix faite d'une branche de chêne sur la tombe de Jeanne. Tous les jours, sans exception, le chien revint se coucher sur le monticule de terre, là où Mathilde avait discerné cette trace ronde et aplatie... Le soir, seulement lorsque la nuit était tombée, il retournait dormir chez l'amie de sa maîtresse.

Quand Hortense avait évoqué ce fait, cette attitude de fidélité et d'amour, Mathilde avait fondu en larmes. Elle avait pris son chien contre elle, lui parlant, le berçant comme un enfant. Elle avait alors plongé son visage dans le chaud de l'animal, entre le cou et l'épaule, en pleine chair tendre, balbutiant des mots doux à la bête qui, voulant rendre cette délicatesse, tournait sa bonne tête vers elle. Il lui avait même semblé que son chien aussi pleurait...

— Voyez, avait-elle dit à Hortense, ce chien, nous l'avons trouvé. Il errait seul sur le chemin quand nous avons quitté le Cantal, où nous avions enterré mon père. Il nous a suivies plusieurs jours à distance. Vu sa maigreur et son obstination à nous accompagner, on a pensé qu'il s'était perdu. Alors nous l'avons adopté et je lui ai donné ce nom de Joli-Cœur parce que, sur son front, la couleur de ses poils dessine justement un cœur.

— Bien vu, ma petite ! avait-elle répondu. Je n'avais rien remarqué, et pourtant c'est flagrant ! Aujourd'hui, ton compagnon est de retour. Je crois que vous êtes aussi heureux l'une et l'autre de ces retrouvailles...

Hortense ne pouvait mieux dire. Allongé devant Mathilde, devant le feu rougeoyant, le museau posé au sol sur la pierre foyère, il ne bougeait pas plus qu'une statue. Mais de temps en temps, un frisson parcourait la peau de son dos. Il tournait alors son regard vers Mathilde, certainement pour s'assurer qu'elle était bien-là !

La rencontre avec Hortense revigora le moral de la jeune Mathilde. Et le chien continua son œuvre de bienfaisance auprès de sa maîtresse retrouvée. Lorsqu'elle rentrait, le soir, il se faufilait aussitôt par la porte entrebâillée et, la queue frétillante, l'échine aplatie, levait vers Mathilde un regard implorant. Il se couchait au sol, près de sa chaise habituelle. La jeune fille quittait alors ses galoches pour glisser ses pieds sous le ventre du chien. À travers ses chaussettes, elle sentait le pelage tiède et la douceur de l'animal. De temps en temps, elle se baissait pour lui tripatouiller les oreilles, parfois elle lui tendait un bout de pain qu'il happait adroitement dans sa gueule chaude.

— Mon toutou, sans toi, je me demande ce que je ferais !

* *
*

Dès le lendemain, suivant le conseil de la petite nonne, sœur Marie-Véronique, Mathilde décida d'aller rencontrer le châtelain, Édouard de Foncourrieu. Dirigeant son immense propriété qui s'étalait amplement sur les hauts plateaux de l'Aubrac, il était un homme de poigne et tenait les domestiques d'une main de fer, comme le faisait au préalable son père. Elle allait rencontrer cet homme qu'elle ne connaissait pas et, bien qu'elle avançât d'un bon pas vers le château, cela ne l'empêchait nullement de ressentir une grosse boule au creux du ventre. Comment allait se comporter le châtelain à son égard, serait-il aussi dur et détestable que le furent le curé ou la supérieure du couvent ? Mathilde se posait de nombreuses questions, sans parvenir à concevoir un brin de réponse. Cela lui coûtait de faire une telle démarche, d'autant que les précédentes s'étaient soldées par une grande déception. De toute façon, très déterminée, elle voulait le rencontrer. Dans la situation où elle se trouvait, la jeune fille préférait garder secrètes les paroles de la vieille religieuse. Même à Hortense, elle s'était abstenue de lui révéler que sa mère avait été probablement assassinée.

Quand elle arriva au porche du château, dans l'ombre froide d'une tour, elle tira la fine chaîne reliée à une cloche, et bientôt le jardinier apparut. Armé d'un râteau et coiffé d'un béret, il était maigre comme le poulet rachitique d'une couvée.

— Que voulez-vous, mademoiselle ? dit-il d'un ton aimable et d'une petite voix.

— Je souhaiterais rencontrer M. de Foncourrieu.

— M. de Foncourrieu Georges, le père, ou son fils Édouard ?

— Oui ! Son fils.

— Vous avez de la chance, il est encore ici ! Mais je ne sais s'il peut vous recevoir, car il est rentré tard dans la nuit. D'ailleurs, je vais lui préparer sa voiture. Il repartira certainement dans la journée. Venez, suivez-moi, il faut traverser la cour. Qui dois-je annoncer ?

— Mlle Delarbre.

Il avança dans l'allée qu'il râtelait, s'en allant d'un pas claudicant, s'aidant du manche de son outil. La cuisinière, une matrone au chignon noué haut et à la lèvre supérieure surmontée d'un léger duvet, était assise à l'extérieur, près d'une table, non loin de la porte d'entrée du château. Sa robe tendue à craquer au niveau des hanches, elle vidait des carpes encore vivantes qu'elle avait peine à retenir sur la table luisante. Un chat gris et blanc passait et repassait entre ses jambes, la queue verticale et vibrante, poussant de légers miaulements.

— Georgette, Mlle Delarbre, ici présente, souhaiterait rencontrer M. Édouard de Foncourrieu.

— Ah ! C'est bien le moment ! s'exclama-t-elle d'une voix rude en secouant son buste généreux. J'ai les mains pleines, vois dans l'état où je suis… Bon, attendez, mademoiselle, je vais me rincer les mains. Quand même, je ne peux pas vous accompagner comme ça dans les appartements !

Et elle rentra dans sa cuisine pour revenir quelques minutes après en s'essuyant les mains dans son tablier. Son corps massif barrait l'entrée de la pièce ; elle secouait sa tête tout en dévisageant Mathilde. Ses bras dénudés portaient encore quelques fines écailles de poisson.

— M. de Foncourrieu vient à l'instant de rejoindre son bureau et n'y restera que peu de temps. Il est rentré tard et doit encore aller aux champs retrouver le métayer. Il repartira vraisemblablement pour plusieurs jours. Vous savez, il est un homme rare que tout le monde demande ! Je ne sais s'il acceptera de vous recevoir… Enfin, suivez-moi, c'est au premier étage.

Georgette faisait beaucoup de bruit en marchant et soufflait comme un phoque. Le corridor, large et dallé, résonnait sous ses pas. Elle lui fit traverser le majestueux vestibule puis l'immense pièce qui servait de salle de réception où tant d'aristocrates avaient dû danser sur les parquets cirés. Impressionnée, Mathilde regardait autour d'elle. Sur l'un des côtés, un buffet à deux corps, lourd et massif, présentait une fioriture de sculptures fines et patinées. En plein centre, une vaste table aux pieds tournés pouvait largement recevoir une quinzaine de convives. Aux murs étaient accrochés des portraits sévères de l'époque victorienne. Des bibelots de cuivre, d'étain et de porcelaine remplissaient de petites tables dressées le long d'une cloison. Enfin, une grande cheminée, sur le manteau de laquelle apparaissaient les armes de la famille, chauffait convenablement la pièce. Le bureau du notable se trouvait plus loin, après un étroit couloir, et jouxtait sa bibliothèque. La cuisinière frappa à la porte.

— Oui, qu'y a-t-il ? répondit une voix quelque peu étouffée.

— Une visite pour vous, monsieur de Foncourrieu.

— Qui est-ce ?

— Une jeune fille, Mlle Delarbre.

— Bien, faites entrer, Georgette, je n'en ai que pour quelques instants, je suis à la bibliothèque...

Sur l'invitation de la cuisinière, Mathilde fit quelques pas et s'arrêta, intimidée, au milieu du bureau, tandis que la porte se refermait sur elle. Une bonne odeur de cire et de pomme mûre lui titilla aussitôt les narines...

XIII

Une lettre réconfortante

DANS LE CALME DU BUREAU, Mathilde resta un moment debout sur un joli parquet ciré. Elle observait une décoration simple et de bon goût. De longs rideaux de mousseline empesée doublaient d'autres rideaux. Face à elle, un grand portrait assez fier, certainement de l'un des ancêtres du château, trônait à bonne place. Elle l'observa un moment et lut, sur le cadre, une plaque de cuivre indiquant « Louis de Foncourrieu ». Dans l'angle droit du bas, une signature en rouge apparaissait nettement : « Pinxit C. Grandon, 1756[1]. » C'était le beau portrait d'un homme souriant, élégant et fort bien habillé, adossé à une bibliothèque, avec la chaîne d'or qui traverse son gilet. Une perruque le coiffait. Derrière son sourire, on discernait un homme sévère et intelligent. Entre ses doigts, un livre ouvert, signe d'érudition.

Lorsque M. de Foncourrieu arriva, les bras chargés de documents, il la salua d'un signe de tête. Elle crut qu'il s'agissait du frère jumeau de celui dont elle venait d'examiner le portrait… Elle resta un moment sans voix, ses yeux allant du tableau au maître des lieux. Celui-ci, qui portait une barbe courte, comme sur la toile, possédait le même regard vif et le sourire aussi avenant. Il devait avoir à peine

1. *« Peint par Charles Grandon. » Peintre ordinaire de la ville de Lyon (1691-1762), il laissa plusieurs œuvres dans l'Aveyron, notamment le plafond peint de la chapelle des Pénitents noirs de Saint-Geniez-d'Olt, où il vécut enfant.*

une dizaine d'années de plus que Mathilde, des cheveux bruns bien coiffés qui lui donnaient une belle assurance. Ses yeux gris acier lui assuraient un regard d'autorité et de sagesse. Grand, bien fait de sa personne, l'on ressentait immédiatement une élégance et un charme innés, mais également une volonté de fer.

M. de Foncourrieu s'aperçut aussitôt de l'interrogation de la jeune fille et cela accentua son sourire.

— Il est vrai que je ressemble curieusement à mon ancêtre, annonça-t-il avec une certaine fierté. Votre étonnement est celui de tous ceux qui entrent ici pour la première fois. Je crois que si je mettais une perruque telle qu'il la porte sur le tableau, ce serait la confusion totale... Mon frère aîné est plutôt le reflet de ma mère. Asseyez-vous, je vous prie, mademoiselle, dit-il en désignant deux sièges de chaque côté de son bureau. Que puis-je pour vous ?

— Merci de me recevoir si gentiment, dit-elle en prenant une chaise. Vous ne me connaissez peut-être pas. Je m'appelle Mathilde Delarbre et je vis dans la vallée à Saint-Geniez-d'Olt. J'étais venue rendre visite à ma mère, Jeanne Delarbre, qui habitait au village... Elle est décédée tragiquement au lavoir...

— Oui ! Je suis au courant du drame... Permettez-moi de vous présenter mes condoléances. J'étais à l'étranger lorsque cela s'est produit et je suis revenu au château cinq semaines après cette effroyable tragédie...

Malgré ses seize ans, Mathilde dégageait la maturité de ceux qui ont grandi trop vite. On lui aurait facilement donné deux ans de plus. De la petite fille qui était arrivée un jour de pluie à Saint-Just, il ne restait plus aujourd'hui qu'un être de volonté d'où se profilait une lumière aussi intense que troublante au fond des yeux. En quelques jours, au travers de ce qu'elle venait de vivre, ses traits s'étaient modifiés, affirmés. Son regard, dans lequel précédemment n'apparaissait aucun signe d'angoisse, était devenu plus profond, plus dense, plus attentif, plus grave. La jeune fille reprit nettement :

— J'ai rencontré la mère supérieure du couvent, car ma petite sœur lui a été confiée à la mort de ma mère. Je voudrais au moins la voir, mais je n'ai obtenu qu'un refus net et sans appel de sa part.

J'en suis très malheureuse. Je n'ai plus qu'elle... C'est l'objet de ma visite... Si vous pouviez m'aider ?

— Je comprends votre angoisse, mademoiselle. Il est vrai que nous sommes en guerre et tout est chamboulé autour de nous...

— Même si nous sommes en guerre, même si la discipline du couvent est très stricte, reprit courageusement Mathilde, je ne comprends pas pourquoi on m'interdit de voir ma sœur !

— Vous avez entièrement raison et je connais sœur Pilar, la supérieure du couvent... Elle est... elle est un roc inébranlable. Toutefois, je lui parlerai.

— Merci, monsieur. Je ne demande pas grand-chose, n'est-ce pas ? Juste connaître ma sœur... Et savoir où elle est... Je ne sais rien d'elle... Je ne peux rester plus longtemps à Saint-Just. Je dois reprendre mon travail sous peu.

— Où travaillez-vous ?

— Dans la vallée à Saint-Geniez-d'Olt, chez le Dr Marcel Benoist.

— Ah ! Bien. Marcel est l'un des meilleurs amis de ma famille. Aussi, laissez-moi revenir de mon périple, car je dois m'absenter au moins deux semaines et je saurai vous transmettre une réponse à mon retour !

M. de Foncourrieu s'était levé et se tenait debout près du tableau, face à Mathilde. Les yeux de celle-ci, toujours subjuguée par les ressemblances, continuaient à osciller de l'un à l'autre visage.

— Je vous souhaite bon courage, mademoiselle. Vous avez bien fait de passer, je saurai vous répondre.

— C'est bien aimable à vous, monsieur. Cela fait plaisir de percevoir de la sollicitude, assura Mathilde. J'avoue que, depuis que je suis revenue ici, j'ai été heurtée de plein fouet par de mauvaises nouvelles. Je vous remercie de votre attention.

Lorsque Mathilde traversa à nouveau la cour du château, elle se retourna et leva les yeux vers la fenêtre du bureau de M. de Foncourrieu. Elle l'aperçut collé au carreau. Il la regardait partir...

* *
*

Dans la vieille maison qu'occupait sa mère, Mathilde tria toutes les affaires qui pourraient encore lui servir, notamment quelques ustensiles de cuisine, couvertures, capes et tricots de laine ainsi que diverses lingeries. Dans un recoin sombre, elle aperçut une boîte de carton qui contenait quelques documents. En parcourant les feuillets, elle découvrit une lettre en partie écrite. Celle-ci lui était destinée et n'avait donc jamais été postée. Elle la lut :

Ma fille chérie, je suis tellement heureuse de t'annoncer que tu vas avoir un petit frère ou une petite sœur. Mon ventre est bien rond à présent, et j'ai attendu un peu pour te dire la nouvelle, car j'ai failli perdre le bébé. Mais à présent, il semble bien accroché et se manifeste assez souvent.

Je reprends ma lettre que j'avais laissée. Tu sais, quand on est enceinte, tu le verras pour toi, il y a des hauts et des bas. Maintenant, ça va. Hortense m'a apporté du miel et des œufs. C'est une femme exquise. Je n'ose pas la déranger, car elle se fait bien vieille. Chaque fois que je la rencontre, elle me parle de toi. Tiens, c'est elle qui vient me voir ! Quand Joli-Cœur tourne la tête comme il le fait, il ne se trompe jamais et n'aboie pas. Je reprendrai ma lettre un peu plus tard.

La lettre s'arrêtait là. Mathilde fouilla encore dans la boîte, dans les tiroirs et ne trouva pas davantage. Sa mère avait donc bien décidé de la prévenir de sa grossesse. Avait-elle oublié de continuer sa missive après la visite d'Hortense ? Y avait-il eu quelques dérangements ? Elle n'en sut rien, mais le fait que sa mère ait pensé à elle lui suffisait et cela la réconforta.

Elle entassa toutes ses affaires sur la petite charrette, sans oublier les livres d'école, recouvrit le tout d'une toile cirée et partit de bonne heure, dès le lendemain, accompagnée de Joli-Cœur. De petites gouttes d'eau tombaient d'un ciel gris. Elles ne constituaient pas une vraie pluie, pourtant elles pénétraient les vêtements. Marchant droit, d'un pas rapide, aucune larme ne venait à ses yeux qui, cependant, brûlaient d'un feu intense. Alors qu'elle était montée heureuse, pleine d'espoir, vers Saint-Just-d'Aubrac, elle en redescendait à présent le cœur lourd, emportant avec elle une pénible boule au ventre. Au fil de son chemin, elle se mit à parler seule :

— Maman, je ne comprends pas ce qu'ils t'ont fait ! Pourquoi s'en sont-ils pris à toi qui n'étais que patience, bonté et gentillesse... Qui a pu te faire du mal ? Et dire que nous aurions pu être trois pour nous aimer, et je reste seule pour vous pleurer...

La veille, elle était allée faire une dernière visite au cimetière. Joli-Cœur se tenait près d'elle, sans bouger, dans une attitude digne, comme s'il ressentait la vibration intérieure que subissait sa maîtresse. Et à présent, tout en descendant vers la vallée, Mathilde ressassait les paroles, bonnes et surtout mauvaises, qu'elle avait entendues et qu'on lui avait adressées, la plupart du temps avec animosité. Ce qui l'avait beaucoup affectée et qui lui faisait mal au cœur était de savoir que tous les dimanches, et cela pendant deux ans, le curé de la paroisse lirait en chaire le nécrologue[1]. Il citerait alors tous les défunts en oubliant systématiquement sa pauvre mère, comme si elle n'avait jamais existé ! Elle tenait cette information d'Hortense, qui était allée trouver le curé afin qu'il la nomme avec les autres défunts. La vieille femme s'était fait rabrouer avec fureur. Mathilde en avait les larmes aux yeux...

1. *Liste des défunts établie par le prêtre de la paroisse et qu'il lisait lors des messes solennelles.*

XIV

Rencontre inopinée

LE CRACHIN S'ÉTAIT ESTOMPÉ. Le temps devenait un peu plus doux au fur et à mesure qu'elle descendait les longs contreforts de l'Aubrac. Le silence n'était perturbé que par les trilles des oiseaux et le souffle du vent dans les branches. Son chien sur ses talons lui manifestait sa joie d'être avec elle. Parfois, elle le prenait et l'installait sur sa charrette.

— Toi, tu n'as que de petites pattes, mon Joli-Cœur, les miennes sont trois fois plus grandes ; elles se fatiguent moins...

Et le chien de la regarder avec des yeux d'amour. Puis il sautait à terre et marchait à ses côtés, allant renifler à droite ou à gauche sans trop s'éloigner. Bientôt, portés par le vent, il lui sembla entendre quelques airs chantants, comme une mélopée qui venait, partait, revenait... Peu à peu, elle s'approchait. Au détour du chemin, Mathilde perçut nettement les paroles de la chanson qu'elle avait entendue maintes fois : *Malbrough s'en va-t-en guerre*. Elle était chantée avec vigueur. Il s'agissait d'une voix jeune et gaillarde. Tout d'un coup, elle s'estompa. Le chanteur avait aperçu Mathilde, juste après un virage. Il continua d'avancer sans ralentir son pas dansant, puis lui adressa la parole tout en agitant la main.

— Hello, mademoiselle ! Où allez-vous en si bon chemin ?

Au lieu de répondre, elle ralentit son pas jusqu'à ce qu'il arrive à ses côtés. Ils se regardèrent sans un mot, puis Mathilde s'arrêta. Joli-Cœur vint près d'elle.

— Je descends vers la vallée, là-bas, jusqu'à la ville de Saint-Geniez...

— Moi aussi, j'ai à faire en cette ville, mais pas tout de suite. Je dois m'arrêter en quelques grosses métairies. Mon nom est Baptiste Cahuzac. Voyez-vous, je viens de la Lozère, de Langogne exactement, et je vais parfois d'un département à l'autre. Je ne suis que de passage dans le coin. Je me rends de ferme en foire, là où m'attend mon travail.

— Ah ! Et que faites-vous sur les foires ?

— Je suis *lenguejayre*[1].

— Lenguejayre ? Quel métier curieux !

— C'est un métier de cochon, dit-il en riant, un beau rire franc et direct. Mais ce n'est pas difficile. Il suffit de savoir prendre l'animal d'une certaine manière de façon à le faire basculer par terre. Alors, je mets un genou sur son épaule afin de l'immobiliser et je lui passe un bâton entre les mâchoires, car il faut se méfier de ses dents. Vous savez, il aurait vite fait de vous croquer les doigts ! Ainsi, la gueule ouverte, je peux examiner tranquillement la langue.

— La langue ?

— Oui, il ne faut pas que le cochon soit ladre. Cela se voit par l'examen de la langue. C'est une maladie qu'on appelle la ladrerie qui atteint l'espèce porcine, quelquefois la volaille...

— Qui vous demande de vérifier ?

— Celui qui doute, celui qui n'a pas confiance au vendeur... Il y en a beaucoup qui se font avoir. Alors, on me connaît à présent et on fait appel à mes services. Et puis il faut déjouer la ruse de certains paysans qui ne sont pas très honnêtes et qui cherchent à masquer l'affection de la bête. Voyez, chez un animal atteint, sous la langue se trouvent de petites pustules. Certains propriétaires les percent au

1. *Mot patois signifiant « langueyeur », celui qui vérifie la langue des porcs pour s'assurer que l'animal est sain.*

moyen d'une lancette afin qu'elles soient moins apparentes. Moi, on ne me trompe pas, je sais repérer ce trafic ! dit-il fièrement.

Ils avancèrent à leur rythme et Baptiste se mit à siffler. Il sifflait, joyeux comme un merle, et sa mélodie se perdait au loin. Tout à coup, il demanda à la jeune fille :

— Si ce n'est pas indiscret, quel est votre prénom ?

— Mathilde, Mathilde Delarbre... Je reviens de Saint-Just-d'Aubrac... Là-haut, bien après le col de...

— Oui, je connais, j'y passe dans mes déplacements, mais, excusez-moi, mademoiselle, vous semblez bien malheureuse...

Mathilde ne répondit pas. Comme si elle n'avait rien entendu, elle continua à pousser sa charrette, droit devant elle.

— Je suis désolé, ça ne me regarde pas, pourtant vous avez l'air triste, réitéra le chemineau. Je comprends que le temps n'est pas très agréable en ce moment, mais il ne doit pas faire très beau dans votre cœur... Vous êtes jeune et jolie, vous devriez avoir du soleil à revendre...

— J'ai perdu ma mère... et ma sœur...

* *
*

Baptiste, chanteur et lenguejayre, était un beau garçon, grand, avec des épaules larges et des jambes solides, faites pour suivre durant de longues journées les chemins. Bien équipé pour la marche, avec des guêtres, un havresac de taille moyenne et une canne, il arborait un large chapeau de cuir qui le protégeait autant du soleil que de la pluie. Ses yeux noirs, pleins de malice, surplombaient un nez qui jappe à la lune et luisait comme un poivron d'automne. Ses pommettes, légèrement saillantes, colorées par la marche vive et le froid des hauteurs, lui donnaient bonne mine. On sentait un garçon sûr de lui, bien dans sa peau et fort comme un Turc. Il émanait de sa personne une gentillesse innée et une belle envie de vivre.

La pluie s'était remise à tomber et cela faisait deux bonnes heures qu'ils marchaient quand ils aperçurent sur le bord du chemin une maisonnette aux murs bosselés de schiste. Elle se tenait là, tout de guingois, couverte de ronces et de lierre. Fatigués autant l'un que l'autre, ils décidèrent d'y faire halte. Baptiste poussa la porte qui grinça sur ses gonds. Il y avait une petite cheminée qui semblait avoir servi depuis peu, un banc de bois et une minuscule table faite d'un tronc de châtaignier, posé verticalement et recouvert d'une lauze épaisse. Sur un bord, un lit de feuilles mortes et de bruyères qui devait servir de temps à autre à des vagabonds. Baptiste alluma un feu. Avec des branches, il improvisa une sorte de support sur lequel ils purent suspendre leurs vêtements mouillés. Le jeune homme ouvrit alors son sac et déplia un torchon.

— Mathilde, voulez-vous de la pompe à l'huile[1] ? Je l'ai achetée hier, en Lozère, à la foire de Saint-Chély-d'Apcher. Elle est savoureuse et, pour une fois, elle est bien imbibée d'huile. C'est pas souvent le cas. Il y en a de ces gâteaux qui sont secs comme une semelle de cuir !

— Je veux bien. C'est vrai qu'il a l'air goûteux. Dans mon sac, j'ai des œufs durs et un peu de ventrèche. On peut partager.

— J'ai encore un bout de pain et des châtaignes grillées. On va faire un grand banquet, n'est-ce pas ?

Ils mangèrent en silence, regardant tantôt la flamme claire qui s'élevait, tantôt eux-mêmes. Baptiste souriait facilement et caressait le chien, auquel il donnait de temps en temps un morceau de lard.

— Je garde toujours des couennes de lard avec moi. Elles me servent parfois lorsqu'une bête ou une personne se déboîte un membre, à la suite d'une chute. Après avoir remis la jambe, le bras, le pied ou une patte en place, je frictionne avec du lard. C'est bon pour assouplir les chairs distendues.

— Vous êtes aussi rebouteux ?

— J'ai appris ça auprès de mon père, qui l'était. Il avait comme ami le célèbre Pierrounet[2]. Quand on est loin de tout, quand une

1. *Sorte de gâteau constitué de pâte de pain arrosée d'huile de noix et saupoudrée de sucre et parfois de noix pilées.*

2. *Pierre Brioude, dit Pierrounet (1832-1907), buronnier et guérisseur, exerçait ses dons à Nasbinals, en Lozère.*

vache tombe et se démet une patte, on ne peut guère la transporter, elle est trop lourde. Alors un rebouteux est bien pratique, car il vient sur place !

— On doit souvent faire appel à vous...

— Maintenant qu'on me connaît, oui... c'est assez fréquent... surtout sur les foires.

— Vous n'avez pas de chien avec vous ?

— J'aurais bien aimé avoir un compagnon comme le vôtre, pour la route, mais je rencontre beaucoup trop d'animaux sur les foires, ce serait embêtant. En général, les lenguejayres n'en ont pas.

Ils croquèrent encore deux pommes et quelques noisettes qu'il trouva au fond de son sac. Puis Baptiste expliqua son voyage : il aimait partir tôt le matin, bien avant que l'aurore apparaisse. Il se fiait toujours à la nature et connaissait parfaitement le temps.

— Demain, dit-il à Mathilde, il fera un beau soleil et les paysans pourront retourner dans leurs champs. C'est une étoile qui m'a dit ça ce matin, quand j'ai repris ma route. Elle ne se trompe jamais ! Voyez-vous, pour les gens qui voyagent comme moi, les étoiles sont des guides, des conseillères avisées, pour d'autres, elles ne sont rien... que de petits scintillements. Vous croyez aux étoiles, Mathilde ?

— Je ne les connais pas, mais peut-être représentent-elles ceux qui sont partis...

— Ah ! Ceux qui sont partis ! Sont-ils vraiment partis ou sont-ils toujours près de nous ? Moi, je crois qu'ils marchent avec nous.

— Merci, Baptiste, vous êtes bon... Merci, dit-elle, reconnaissante.

— Vous avez souffert... Beaucoup souffert, Mathilde. Écoutez-moi... Écoutez-moi tout simplement...

Durant de longues minutes, ce ne fut qu'un monologue, les yeux de Baptiste plantés dans ceux de la jeune fille. Ni l'un ni l'autre ne s'était aperçu que le feu s'éteignait. Et soudain, la jeune fille se mit à pleurer comme si les vannes d'un barrage avaient lâché. Elle croyait qu'elle avait déjà tout versé, mais il en restait encore. Et ces larmes qu'elle répandait lui faisaient du bien. Elles chassaient de son esprit une multitude de mauvaises choses, comme des humeurs empoisonnées. Elles lavaient son être et le purifiaient.

Quand elle eut bien pleuré, quand ses larmes commencèrent à sécher, Baptiste la fit asseoir au sol sur le lit de bruyère. Il passa derrière elle, se mit à genoux et, dès que ses mains la touchèrent, elle ressentit une onde bizarre. Il commença à lui masser les épaules et le cou. Ses lèvres bougeaient. Il murmurait des paroles incompréhensibles. Elle se retourna malgré elle et croisa le regard de cet inconnu. Il lui sourit, dévoilant une denture de jeune loup. Ses yeux sombres et rieurs jouaient avec ses boucles noires qui lui couvraient presque entièrement le front et les oreilles. Mathilde ressentit bientôt une chaleur douce sous ses mains qui dégageaient une énergie unique et bienfaitrice. Il lui demanda de s'allonger sur le lit d'herbes sèches et là, dans cette masure abandonnée, elle s'endormit d'un sommeil profond, agréable, sans cauchemar. Il la regarda un moment s'apaiser dans un calme lénitif. Son visage à l'ovale parfait ressemblait à celui d'une madone. Elle était belle et il la trouvait belle.

Quand Mathilde se réveilla, Joli-Cœur près d'elle qui la veillait, elle se sentit particulièrement bien, calme, rassérénée. Elle s'aperçut que Baptiste avait eu la délicatesse d'étendre sur son corps une couverture qu'il avait tirée de sa charrette. Elle caressa son chien, appréciant de sentir sa chaleur sous ses doigts. Enfin, sortant de la masure, elle appela. Seul le bruissement de la forêt lui répondit. Baptiste avait repris son chemin.

XV

Le bon docteur

COMME PRÉVU, dès son retour de Saint-Just-d'Aubrac, Mathilde s'était installée chez le Dr Marcel Benoist, en plein centre-ville, rue de l'Hôtel-de-Ville. Le médecin était un homme de haute taille qui se voûtait à présent sous le poids de l'âge. Il avait des cheveux abondants, d'un beau blanc qui faisait paraître sa figure plus rubiconde encore. Porteur de grosses lunettes, on discernait cependant des yeux bleus, vifs et pétillants. Un sourire avenant éclairait son visage. Il était un homme très apprécié, autant pour sa bonhomie, sa compétence, que sa gentillesse. Toujours au service de ses malades, il ne comptait pas son temps. La jeune fille avait été bien accueillie par le médecin et son épouse, Éléonore, qui semblait une femme discrète et très agréable.

Cependant, en quelques jours, Mathilde avait changé. Ses joues s'étaient creusées et son pâle sourire trahissait une détresse que le médecin ressentit sans pouvoir la décrypter totalement. Comme si chaque tragédie dont elle avait été le témoin s'était incrustée dans sa chair, dessinant les contours d'une blessure débordante d'humanité et de désarroi. Sur un questionnement du Dr Benoist, elle s'était confiée à lui et reçut de sa part de sensibles encouragements.

— Désormais, vous êtes ici, dans notre famille, et cette maison saura vous accueillir, lui dit-il. Vous ne serez pas seule, nous serons avec vous ! Vous avez été douloureusement touchée et vous êtes pourtant si jeune, non aguerrie contre les turpitudes de la vie. Mon épouse et moi-même serons près de vous, vous pouvez compter sur nous !

— Merci de vos paroles d'accueil… Elles contrastent tellement avec celles que j'ai entendues…

— Celles-là, il faut les oublier ! Ne les ressassez pas ! Je comprends que c'est difficile, que personne ne peut se mettre à votre place. Pourtant, il vous faudra faire cet effort et je vous y aiderai. Mathilde, n'hésitez pas à vous tourner vers moi si les choses ne vont pas dans le bon sens ! D'ailleurs, le travail vous y aidera, car il est véritablement salvateur !

— Oui ! J'en ai besoin. Le contact humain est si important !

— Vous connaissez déjà nos deux domestiques qui sont à l'œuvre : la cuisinière et la femme de chambre. Un brave homme, Gaston, nous a rejoints l'été dernier. Il s'occupe des menus travaux de la maison, de ma voiture et du jardin. Certes, il y aura du travail et, parmi celui-ci, l'accueil de mes malades. Vous êtes une personne délicate et avenante, et je suis sûr que vous saurez très bien vous en occuper. J'ai aussi ma sœur, Mlle Marguerite, qui loge au deuxième étage. Elle n'est pas très solide… mais n'hésitez pas à lui parler, cela lui fera du bien, c'est peut-être ce qui lui manque. Je vous la confie également. De temps à autre, lorsqu'elle le désirera, vous voudrez bien l'accompagner à la messe ou dans le jardin. Lorsque vous vous absenterez, mon épouse Éléonore vous suppléera dans votre tâche. Le dimanche, nous irons tous en famille à l'église… Au fait, êtes-vous baptisée ?

— Bien sûr ! Et je serais heureuse de vous accompagner…

— Il est préférable que les choses soient claires, tout est plus simple alors. Ah ! J'oubliais… Il faudra aussi vous associer à la récolte des fraises lorsque le moment sera venu. Vous connaissez le travail, je crois ! Vous l'aviez exercé l'an dernier, lorsque vous travailliez dans la famille de M. Marcellin Combacau.

— Oui ! C'était un bonheur pour moi de participer à la récolte, quelle ambiance ! C'est incroyable comme tout le monde est heureux. L'odeur de la fraise doit y être pour quelque chose...

— Comme je vous comprends ! renchérit le médecin. J'ai une grande fraisière vers Sainte-Eulalie, sur la route de Prades[1]. Vous serez dans une bonne équipe. Ah, Mathilde, si je pouvais me joindre à vous !

Le Dr Benoist, véritable épicurien, se pourléchait les babines lorsqu'il parlait de fraise. Pour lui, c'était le meilleur des fruits, « celui qui vous apporte du potassium, du phosphore et de la vitamine C en abondance », disait-il.

— En pleine saison, affirma-t-il à Mathilde la lèvre gourmande, ici, dans la vallée, on a l'impression d'avoir le nez au bord d'un chaudron de confiture ! Vous verrez ce que c'est, vous sentirez avec un délice réel cette odeur unique qui métamorphose la ville. À la saison des fraises, tout le monde va mieux ! Vous savez, je le constate chez mes patients...

Ouverte, enthousiaste, ce fut un enchantement pour Mathilde que de côtoyer de nouvelles personnes. D'ailleurs, dans les fraisières comme dans les vignes, où elle s'était déjà fait beaucoup d'amis, elle continua d'y semer sa gentillesse. Le travail laborieux qui l'attendait l'aidait dans son chagrin et lui permit de vaincre ses sombres pensées. Le soir, elle s'endormait dans sa petite mansarde, son chien couché au pied du lit, seul héritage qu'elle possédait avec les livres d'enseignement qu'utilisait autrefois sa mère. Lorsqu'elle eut raconté au Dr Benoist son périple jusqu'à Saint-Just-d'Aubrac, la mort de sa mère et l'absence de sa petite sœur, il lui avait permis de garder son chien dans sa maison.

— Il est votre compagnon, vous en avez besoin, il n'y a aucun problème pour qu'il demeure ici, lui avait-il assuré.

1. *Tous les versants de la vallée, du nord au sud, de l'est à l'ouest, étaient plantés en fraisiers, jusqu'au village de Sainte-Eulalie, situé trois kilomètres en aval de Saint-Geniez-d'Olt.*

— Merci ! Mon Joli-Cœur est une tornade d'amour et de joie. Il est plus qu'un chien à mes yeux, c'est une présence apaisante, délicieuse, qui me donne de l'énergie. Et il est très sage.

— J'en suis heureux ! Vous savez, je vous l'aurais bien emprunté pour faire la tournée de mes malades… Il m'aurait tenu compagnie !

Le Dr Benoist courait en tous sens. Il avait une importante clientèle. Les gens du pays l'aimaient beaucoup. D'ailleurs, qui ne l'aimait pas ?

* *
*

La grande chambre de Mlle Marguerite, sœur du médecin, était imprégnée d'une étrange atmosphère de mélancolie et même de tristesse qu'il semblait impossible de chasser tant elle était profondément incrustée. La première fois qu'elle y était entrée, Mathilde avait ressenti un frisson la parcourir. La pièce sentait le renfermé. Elle alluma le lustre muni d'un abat-jour en soie et eut l'impression de pénétrer dans une chapelle ou une boutique tant elle contenait d'objets religieux et de bibelots hétéroclites. Dans un angle, une table de toilette supportait un pot à eau et une cuvette de porcelaine. Il y avait une commode couverte d'une nappe, semblable à un autel, et sur laquelle deux chandeliers dorés et plusieurs statuettes de saints étaient exposés. Ailleurs, sur une console Louis XV, une série de médailles voisinait avec deux jolis vases de porcelaine. Accrochés au mur, des images pieuses, des bénitiers, des chapelets de toutes dimensions et de toutes matières, jusqu'à un grand rosaire de buis sculpté, suspendu au-dessus du lit. Celui-ci, d'une place, était logé contre le mur, face aux croisées fermées par des doubles rideaux. Tout près, une table de nuit sur laquelle se trouvaient encore un calvaire et une statue de la Vierge. Entre les fenêtres trônait une grande bergère recouverte de velours couleur grenat. Enfin, au milieu de la pièce, une table ronde, protégée d'une nappe fine, était flanquée de deux chaises en poirier.

Quand pour la première fois Mathilde vit la sœur du médecin, elle surgit là, devant elle, décharnée et flétrie, dans sa robe triste qui lui pendait sur le corps comme un vieux rideau pend à une fenêtre… De ce vêtement qui abritait sa maigreur phénoménale sortaient ses mains tout en os, sillonnées de veines gonflées. La vieille dame vivait dans cette chambre, entourée de ses objets familiers, dans une torpeur de somnambule. La plupart du temps, elle restait assise au creux de son grand fauteuil qui semblait l'absorber tout entière. Sous sa peau parcheminée, son visage paraissait lunaire. Elle était une grande femme véritablement étrange, avec des yeux mobiles et inquiets qui semblaient voir des choses que les autres ne percevaient pas. Pourtant, déstabilisée les premiers jours, Mathilde ne tarda pas à s'en faire une amie. Et cela commença par Joli-Cœur, qui devint une compagnie délicieuse, une véritable mascotte pour Mlle Marguerite. En effet, lorsqu'elle apprit que sa servante avait un chien, elle lui demanda de l'amener dans sa propre chambre. D'emblée, comme s'ils se connaissaient, un lien s'établit et il ne fallut pas longtemps pour qu'ils deviennent inséparables. Mathilde lui avait raconté comment elle l'avait découvert, et surtout son attitude de fidélité vis-à-vis de sa mère après son décès. La vieille dame en avait été particulièrement émue, à tel point que son regard s'en trouvait changé. Elle observait ce brave animal avec une attention soutenue, ce qui lui faisait certainement oublier ses propres misères. D'ailleurs, les yeux de ce chien possédaient véritablement quelque chose d'humain.

La jeune fille avait installé une chaise près de la bergère afin que Joli-Cœur puisse y monter. Il restait volontiers auprès de la vieille dame, appréciant ses caresses. Mais le plus étonnant fut qu'elle reprit une vigueur perdue depuis longtemps.

— Que je suis heureuse avec votre compagnon ! disait-elle. Toute petite, j'en avais un qui ressemblait curieusement à celui-là. Vous savez, il me rappelle mon enfance…

* *
*

Depuis deux mois que Mathilde était à son service, la santé de Mlle Marguerite s'était nettement améliorée. La jeune fille ouvrait largement les fenêtres, le soleil et l'air pénétraient à l'intérieur de la chambre et, de sa voix mélodieuse et vive, elle rajeunissait l'atmosphère, ce qui, indéniablement, avait modifié l'attitude de la vieille dame. Désormais, celle-ci se révélait plus douce, moins exigeante, et sa pensée devenait plus alerte. Elle avait aussi un peu grossi, ce qui lui avait quelque peu estompé son état maladif... Un signe qui ne trompait pas dans le recouvrement de sa santé était le fait qu'elle s'intéressait de plus en plus à la vie de la cité, aux voisins dont elle avait perdu le contact. Elle parlait davantage, posant des questions tant sur l'activité générale de la localité que sur celle, médicale, de son frère. Le fonctionnement de l'hospice, de l'orphelinat et des différentes écoles de la ville captaient à nouveau son attention. Elle revivait littéralement, trompant son ennui. Elle se mit à descendre les deux étages avec Joli-Cœur, ce qu'elle n'avait pas fait depuis longtemps, afin de se rendre à la cuisine pour lui trouver quelque chose à grignoter ou se promener dans le jardin. Mathilde lui proposait de l'accompagner et, souvent, elle déclinait son offre.

— Venez avec nous si vous voulez, mais sachez que je puis me débrouiller seule, lui disait-elle. Avec Joli-Cœur à mes côtés, je me sens rassurée !

Pourtant situé tout au cœur de la ville, le jardin occupait l'arrière de cette grande maison. Il offrait un somptueux havre de paix. Cela faisait au moins deux ans que la vieille dame n'était pas descendue en ce lieu. Certes, c'était l'hiver et des traces de neige éparses marquaient encore les coins d'ombre. Malgré cela, on imaginait parfaitement l'espace à la belle saison où, sur le haut mur d'enceinte, s'étiraient de splendides treilles de raisins muscats, ailleurs des héliotropes grimpant aux murs, des rosiers égayant les massifs. Dans un angle, une glycine gracile courait sur la façade jusqu'aux baies. Au centre, un joli bassin, vide à présent, dominé par une nymphe de marbre toute ruisselante, laissant échapper des gargouillis d'eau...

Mlle Marguerite avait repris goût à venir s'asseoir dans cet environnement bucolique, pour peu que Joli-Cœur l'accompagne. Elle s'était même remise à lire et quittait plus souvent sa chambre pour descendre dans le salon, où se trouvait une bibliothèque bien fournie. Son frère, le médecin, comme son épouse d'ailleurs, n'en revenaient pas de cette transformation heureuse, de cette sorte de miracle.

— Votre charmant compagnon est un chien guérisseur, ma chère Mathilde !

— C'est un animal extraordinaire. Je crois qu'il a plus de gentillesse que de poils ! disait-elle en riant. Et puis il comprend tout !

XVI

Étranges nouvelles

MALGRÉ UNE SÉRIE DE TÂCHES qui l'occupaient du matin au soir, Mathilde ne passait pas un jour sans repenser à sa mère et à cette petite sœur qu'elle n'avait jamais connue ! Où pouvait-elle être ? Elle avait fondé un peu d'espoir sur la visite faite à M. de Foncourrieu, mais à présent cela faisait plus de deux mois qu'elle avait quitté Saint-Just et n'avait aucune nouvelle. Pourtant, il lui avait dit qu'il rencontrerait la sœur Pilar, dès son retour de voyage, et qu'il saurait lui transmettre des informations chez son ami le Dr Marcel Benoist. Mathilde n'osait déranger ce dernier, toujours débordé.

Alors qu'elle secouait des couvertures à la fenêtre du second étage, elle aperçut une grosse voiture à la toiture blanche qui se garait juste devant la porte d'entrée de l'immeuble. Indiscrète, elle se pencha. Dans la rue, les badauds se rassemblaient déjà devant cette automobile rutilante, rare dans la région. Elle entendit l'exclamation d'un quidam :

— Une Renault Celtaboule 1936[1] ! Quelle belle voiture. Celle-là est entretenue comme un carrosse de prince, j'aimerais bien voir son moteur !

---

1. *Construite en 1934 par Renault afin de concurrencer la Traction Avant de Citroën, la Celtaquatre fut produite durant près de cinq ans. Les rondeurs des premières versions lui valurent le surnom de « Celtaboule ».*

Un homme portant une courte pelisse et un bonnet de loutre sortit du véhicule et s'adressa à celui qui s'enthousiasmait devant sa machine.

— Vous voulez voir le moteur ? Rien de plus facile.

Et il ouvrit le capot. L'individu s'émerveilla devant cette superbe mécanique, et bientôt d'autres s'approchèrent, s'agglutinant en grappe. Durant de longues minutes, chacun égrena ses compétences. L'homme au bonnet de loutre répondit complaisamment à de nombreuses questions, puis il referma son capot et tira la chaînette de la cloche au domicile du Dr Benoist. Mathilde, qui était préposée à recevoir ses patients, descendit l'escalier et alla ouvrir, déjà curieuse de savoir qui était cette personne...

— Le docteur est-il là ? s'enquit aussitôt l'automobiliste qui restait en contre-jour et dont on ne pouvait discerner convenablement les traits du visage.

— Il est à son cabinet. Veuillez entrer et installez-vous dans la salle d'attente, au fond du couloir, à droite. Permettez-moi de vous accompagner...

L'homme suivit Mathilde dans cette longue entrée voûtée et assez sombre qui ressemblait à une traboule lyonnaise. Elle débouchait sur un imposant escalier de pierre et sur une grande salle également voûtée.

— Voilà, monsieur, c'est ici, installez-vous, le docteur viendra vous chercher...

— Je souhaite aussi vous rencontrer, Mlle Delarbre, dit-il en s'inclinant. Je suis M. de Foncourrieu.

— Oh ! Veuillez m'excuser, monsieur. Avec le contre-jour, je ne vous avais pas reconnu.

Il semblait bien plus grand que d'habitude, et son vêtement épais surmonté de son bonnet de loutre y était certainement pour quelque chose.

— Je vous verrai après avoir rencontré le docteur...

Mathilde fit un signe de tête, s'éclipsa et remonta prestement le grand escalier en tenant ses jupes à deux mains. Elle était dans tous ses états. Son cœur avait bondi quand elle l'avait reconnu.

Qu'apportait-il comme nouvelles ? Bientôt, elle allait le savoir. Tout de même inquiète, elle retourna fébrilement vers les tâches qui lui étaient confiées.

M. de Foncourrieu devait rester une bonne heure chez le médecin. À la fin de leur entrevue, ce dernier demanda à Mathilde de rejoindre le salon du premier étage, où l'attendait justement le visiteur.

— Édouard a quelque chose à vous dire. Mais, faites-lui confiance, il est un homme avisé. Ne vous inquiétez pas pour le service, mon épouse s'en occupera, je vais l'avertir.

Le médecin avait toujours un mot de réconfort. Dans tous les cas, il essayait de dédramatiser les situations.

Lorsque Mathilde pénétra dans le salon, M. de Foncourrieu était assis près de la cheminée, sur une chaise à dossier droit, les deux mains appuyées sur ses cuisses. Il avait déposé son bonnet et sa pelisse près de lui. Dès qu'il la vit, il se leva et l'invita à s'asseoir sur une autre chaise disposée face à lui. Frémissante d'émotions, elle s'exécuta mais ne cala pas son dos contre le dossier. Nerveuse, elle se tint droite comme un pieu sur le devant de l'assise tout en tortillant ses mains.

— Mademoiselle, comme vous le percevez, j'ai à vous dire au sujet de votre petite sœur Jeanne, qui fut confiée au couvent de Saint-Just-d'Aubrac. Je vous l'avais promis. Dès mon retour de voyage, qui s'est éternisé plus longtemps que prévu, j'ai pris contact avec sœur Pilar. J'avoue que j'ai eu de grandes difficultés pour entrer en conversation avec elle, dès l'instant où je lui ai précisé ma demande. Elle m'a semblé fermée. J'ai dû insister et, finalement, je n'ai obtenu qu'une seule réponse, et croyez-moi j'en suis désolé... votre petite sœur Jeanne est décédée...

Mathilde resta un moment sans voix, abasourdie par ce qu'elle venait d'entendre. Un cri lui monta à sa gorge et elle sentit les muscles de son cou se contracter au point qu'elle crut s'étrangler. Portant la main à la bouche, elle ferma très fort les yeux, se refusant de crier, mais mille exhortations retentissaient dans sa tête. Des larmes vinrent troubler son regard, ses lèvres tremblèrent.

Elle pencha la tête qu'elle prit entre ses mains. Puis elle donna libre cours à de violents sanglots qui ne purent éteindre la boule de feu logée dans sa poitrine.

— Je suis désolé, vraiment désolé de vous transmettre une telle réponse… et de vous faire tant de peine, dit-il avec douceur.

Il se leva et vint poser sa main sur l'épaule de Mathilde. Elle se retourna vers lui et il lut tellement de détresse dans ses yeux qu'il en eut le cœur serré. Il continua :

— Elle a été inhumée dans le petit cimetière du couvent…

— Alors, je n'ai plus personne… Je suis donc seule dans cette vie !

— Elle était une petite très fragile, m'a-t-on dit…

— Ah non ! Ah non, ce n'est pas possible ! s'insurgea aussitôt Mathilde d'une voix rauque et vibrante. Ma petite sœur était une belle enfant, en bonne santé, bien joufflue, solide et souriante.

— Vous l'aviez vue ?

— Non, je ne l'ai jamais connue, pourtant ceux qui l'ont approchée m'ont affirmé sa bonne santé, ses bonnes joues, ses jolis sourires, proclama-t-elle avec ferveur tout en reniflant.

— C'est bien étrange, en effet…

— Vous savez, dit-elle en acérant soudain ses yeux, la sœur Pilar m'avait dit, elle aussi, qu'elle était fragile… Mais je ne l'ai jamais crue. Je suis persuadée qu'elle ment… Ce ne peut être qu'un mensonge infâme ! Moi, je crois à ce que m'ont dit ces personnes, car elles m'ont parlé de ma sœur naturellement et avec amitié ! Sœur Pilar vous a menti, comme à moi !

Troublé par la réaction nette et sans appel de Mathilde, Édouard de Foncourrieu ne répondit rien sur le moment et pensa que la supérieure appartenait à cette race de personnes qui, sous le couvert de l'indulgence, devaient extraire une secrète jouissance du malheur d'autrui… L'esprit perplexe, il essaya de réconforter la jeune fille en lui affirmant qu'il reviendrait la voir sans tarder, et qu'il croyait en ce qu'elle venait de lui confier.

« La sœur Pilar doit cacher quelque chose d'inavouable », pensa-t-il.

Depuis cette entrevue, le châtelain évaluait autrement la rencontre difficile qu'il avait eue avec la supérieure. Il ressassait ses paroles et son attitude ambiguë. « Elle ne m'a pas dit la vérité », songea-t-il. Aussi, lorsqu'il arriva chez lui, il décida de retourner au couvent afin de rencontrer une autre religieuse, sœur Marie-Bérénice, dont l'approche se révélait particulièrement amicale et surtout très sûre. Auprès d'elle, il mena une enquête discrète : effectivement, il y avait bien eu des obsèques pour un bébé. La mère leur avait annoncé un matin que l'âme de la petite Jeanne avait rejoint le paradis.

— L'enterrement eut lieu dès l'après-midi, dans l'espace réservé au couvent, lui raconta la sœur Marie-Bérénice. Cette promptitude nous surprit ! Après la messe, nous avions suivi notre jardinier, qui fait aussi office de fossoyeur. Il tenait le cercueil grand comme deux boîtes à chaussures, tout contre lui. Arrivés devant la petite fosse, je lui proposai de le prendre afin de ne pas le poser au sol. Il n'a pas voulu et a réagi d'une étrange façon. Je n'ai pas compris sa réaction…

Deux jours plus tard, Édouard de Foncourrieu revint au domicile du Dr Benoist, à Saint-Geniez. Il voulait revoir Mathilde.

— L'autre jour, devant votre désarroi, lui dit-il, je dois vous avouer que j'ai été bouleversé. L'inhumation de votre petite sœur a bien eu lieu. Je me suis renseigné auprès d'une religieuse en qui j'ai vraiment confiance et qui, justement, a assisté aux obsèques. Y aurait-il une confusion avec un autre enfant ? Je sais que d'autres bébés ont été accueillis dans ce couvent… Vous m'aviez dit avoir rencontré sœur Pilar. Pourriez-vous me donner le détail de votre conversation ? Cela peut me permettre de comprendre.

— Merci pour votre attention qui me va droit au cœur, répondit Mathilde. Cependant, je vous ai tout dit de notre entrevue, qui d'ailleurs a été plutôt brève. Visiblement, je l'embarrassais…

— C'est bien curieux, en effet… Les autres personnes qui vous ont décrit le nourrisson, ne vous ont rien appris ?

— Un jour, j'avais décidé de retourner voir la supérieure, mais j'ai été interceptée par une vieille religieuse, sœur Marie-Véronique. Elle est une nonne sans importance dans la communauté, d'ailleurs c'est ainsi qu'elle s'est présentée à moi. On lui confie généralement les tâches superficielles ainsi que la toilette mortuaire des défunts. C'est elle qui s'est occupée de ma mère et m'a révélé d'étranges choses : elle pense que ma pauvre maman a été assassinée...

— Assassinée ?

— Oui ! C'est sa profonde conviction. Vous êtes le seul à qui je confie cela... Merci de conserver le secret. C'est encore elle qui m'a dit que c'était inutile d'aller voir la supérieure... car ma petite sœur avait été emportée un matin, très tôt, au moment des laudes[1]. Je lui fais confiance, je reste persuadée que ma sœurette n'est pas morte...

* *
*

Dès que l'on avait ramené le nourrisson, que le curé avait prénommé Jeanne, au couvent de Saint-Just, une nourrice s'était occupée d'elle durant quelques jours. C'était en effet un beau bébé, et la supérieure avait bel et bien menti ! Une semaine n'était pas passée qu'une autre nourrice était arrivée. Dès le lendemain de sa venue, alors que les laudes venaient de commencer et que la nuit était encore noire, un voiturier garait son véhicule, une Traction, près d'une porte dérobée à l'arrière du couvent. Discrètement, dans les longs couloirs sombres, la supérieure accompagnait la sœur Agustinia et la nourrice, qui portait l'enfant dans ses bras. Elles sortirent subtilement et rejoignirent le véhicule. Sans attendre, la religieuse et la nourrice s'engouffrèrent dans la voiture et s'assirent à l'arrière. Elle démarra aussitôt, se perdit dans le brouillard de la nuit et roula jusqu'à la fin de la matinée, sans s'arrêter.

1. *Le mot « laudes » signifie « louanges » en latin. Elles correspondent aux prières chrétiennes qui suivent les « matines » dans la liturgie des Heures.*

Sœur Marie-Véronique, la petite nonne du couvent, celle qui avait informé Mathilde, avait dit vrai. Levée très tôt pour vaquer à la préparation des offices des premières Heures, elle avait dû sortir de la chapelle pour une ultime tâche. C'est alors qu'elle avait perçu quelques vagissements et, bien sûr, avait compris que l'on embarquait un bébé. Marchant à pas de loup derrière les trois femmes, elle avait assisté à la scène...

Deuxième partie

DÉPARTEMENT DE L'AVEYRON, HAUTE VALLÉE DU LOT, VILLE DE SAINT-GENIEZ-D'OLT

XVII

Un arôme inoubliable

La guerre avait pris fin en cette année 1945. Les prisonniers et les soldats étaient rentrés, fourbus, hagards, heureux ou démoralisés, en tout cas, déboussolés. Il était temps de retrouver l'époque d'avant-guerre, ce temps béni rythmé par le travail. Alors, on se mit sérieusement à l'ouvrage.

Dans la vallée, chaque famille possédait sa partie cultivée en fraises[1]. Que ce soit un artisan, un commerçant, une profession libérale, un ouvrier ou un paysan, tout le monde « faisait de la fraise ». La cité de Saint-Geniez s'était délibérément tournée vers ce fruit délicieux qui allait apporter, durant encore plusieurs décennies, des revenus non négligeables. Mais, au préalable, il convenait de se courber longuement sur cette terre parfois égoïste ! Elle allait toutefois rendre le meilleur d'elle-même, pour peu qu'elle soit cajolée, respectée, bien manipulée. Les Marmots et les Encaulats[2], peuple opiniâtre et plein d'entrain, connaissaient le travail de la terre et s'y adonnaient avec fougue. En peu de temps, on se mit à la tâche avec bravoure et détermination, et le fait de tourner enfin le dos

1. Voir à cet effet *Les Fraisières en pays d'Olt*, Louis Mercadié, Éditions de la Chantellerie, 1997.

2. *Respectivement, gentilés des habitants de Saint-Geniez-d'Olt et de Sainte-Eulalie-d'Olt, deux cités voisines établies dans la même plaine du Lot.*

au conflit subjuguait les nombreuses et bonnes volontés. Avec la paix, l'espoir ne pouvait que renaître dans chaque famille, et cela se ressentait nettement, car chacun souhaitait retrouver le labeur dynamique d'avant-guerre.

Sur la grande fraisière de son patron, le Dr Benoist, qui occupait plus d'un hectare, la jeune Mathilde n'allait travailler que de temps à autre, lorsque la demande s'avérait nécessaire. Elle besognait alors auprès de ses nombreuses compagnes. Penchées du matin au soir sur une glèbe schisteuse, ces femmes et ces jeunes filles au dos endolori binaient le sol inlassablement. En effet, le désherbage occupait une place importante dans le bon entretien de la fraisière. Tout en papotant de tout et de rien, dans une ambiance agréable, colorée de chansons et de rires, elles travaillaient dur. Heureusement, les pentes assez sévères permettaient de moins se pencher et de rendre ainsi la tâche plus supportable. Mathilde fut étonnée par cette activité nouvelle qui reprit du jour au lendemain, où, sur tous les coteaux, il fallait œuvrer autant dans les vignes que dans les fraisières.

Du haut des pentes, en effet, on voyait que tout se transformait dans le paysage. Auprès de ces femmes, certains besognaient avec entrain et disaient fièrement :

— Regardez autour de vous : tous les champs sont en labour, tous les gars du pays sont sur leur terre après leur journée, tout le monde s'est mis au travail. Même les pépés et les mémés accompagnent les plus jeunes de leur famille pour les aider ! Chacun apporte sa part. Saint-Geniez et tous les villages des alentours bouillonnent d'activité. Il est vrai qu'on en avait plein les bottes de la guerre ! Et les hommes sont bien mieux ici, dans leurs champs, que prisonniers ailleurs ! Vive la paix !

Pour les hommes, les gros travaux exigeaient d'arracher les anciennes vignes phylloxérées puis de labourer profondément le sol. Depuis que le phylloxéra[1] avait atteint les vignes de la vallée,

1. *Insecte originaire d'Amérique qui ravagea les vignes à la fin du XIXe siècle.*

elles ne produisaient pratiquement plus. Ainsi, progressivement, l'on supprima les ceps malades mais aussi quelques vieilles châtaigneraies à la productivité trop faible. Avec courage, on se lança dans le piochage des meilleures vignes, envahies de hautes herbes ou de genêts, afin de leur redonner vigueur. Parfois, il convenait de les replanter intégralement.

En d'autres lieux, les femmes rétablissaient des fraisières abandonnées, car durant les années du conflit nombre de parcelles avaient été envahies, comme les vignes d'ailleurs, de bruyères ou de fougères. Chaussée de bottes, Mathilde devint une vraie paysanne qui s'activait laborieusement pour reprendre la terre à l'exubérance de la nature. Il fallait piocher, désherber et reconstituer l'ensemble de la fraisière. Cela s'avérait indispensable pour obtenir un rendement acceptable. Bien plus tard, après la récolte, des groupes de femmes reviendraient, équipées de cordeaux et de binettes, afin de repiquer les pieds de fraises en quinconce. Les hommes se mêleraient alors à leur équipe en apportant, dans des hottes ou des corbeilles d'osier, une fumure décomposée. Ils répandraient alors cet engrais naturel sur les plantations qui donneraient à la saison future.

Mais pour l'instant, la récolte se profilait. Bousculant le rythme habituel de la ville, on sentait qu'il y avait quelque chose de jeune, de différent, d'enjoué. Les gens semblaient plus optimistes, plus gais. La cité avait abandonné son aspect coutumier. On sentait qu'un événement, attendu dans la fièvre d'un travail intense, était sur le point d'aboutir. Sur les fraisières, on surveillait l'apparition des premières fleurs. De ces fleurs si délicates qu'il suffisait, pour les tuer, d'un souffle de vent solaire, d'une rosée trop fraîche, d'un brouillard tardif. On observait avec encore plus d'attention les planches de fraisiers soutenues par des murettes de schiste sur des pentes abruptes mais bien exposées où, habituellement, apparaissait le pourpre des premiers fruits.

En effet, dès le début juin, l'odeur douce et suave de la fraise mûre se mêlait agréablement à celle des foins coupés. Lorsque la pleine saison éclatait, lorsque les fraisiers surchargés de fruits vermeils et odorants s'alignaient, magnifiques, le long des petits sentiers, le parfum le plus subtil, le plus enivrant, le plus remarquable de la saison s'exhalait des coteaux. Alors, des groupes de fraiseuses prenaient l'assaut des coteaux. De plus, on sonnait l'arrière-ban familial. Toute la famille se retrouvait sur les fraisières, et seule, à la maison, la grand-mère ou quelque vieille tante régnait pour un mois ou deux sur la cuisine. Car la récolte n'attendait pas[1] ! Par ailleurs, comme la main-d'œuvre se révélait insuffisante malgré l'apport familial, c'était trois ou quatre cents jeunes filles et jeunes garçons qui venaient alors renforcer les équipes[2].

Chaque jour, Mathilde et quatre autres jeunes filles, qui avaient été embauchées pour la saison, regagnaient la fraisière du médecin. Cette période de récolte, baignée d'une atmosphère sympathique et amicale, bousculait avec bonheur la quiétude habituelle. Là, sur les nombreuses fraisières, les gens de la ville et des villages voisins se mêlaient allègrement à ces groupes de jeunes. Et l'on chantait, on riait, on s'invectivait joyeusement d'une fraisière à l'autre. Bien sûr, les garçons n'étaient pas les derniers pour écraser, sur les jolis minois des filles, quelques fraises trop mûres... Mathilde n'y échappa pas !

Tous les jours, tant qu'il y avait des fruits, il fallait continuer. Et cela s'effectuait assidûment, avec ardeur et bonne humeur, avec en prime les refrains ancestraux que l'on se plaisait à chanter. La récolte s'étalait plus ou moins suivant les années et les expositions[3], et cette culture apportait indubitablement un revenu convenable à tous les foyers. Tous les commerces bénéficiaient ensuite de cette manne extérieure. La ville entière bouillonnait d'effervescence ! Chacun y trouvait son compte.

Ce fut-là, sur ces beaux coteaux ensoleillés qui dominent la rivière du Lot, que Mathilde continua à réparer son cœur meurtri, cela

1. *Les rendements de cette époque atteignaient en moyenne 1 250 à 1 500 grammes par pied, soit 12 à 15 tonnes à l'hectare.*
2. *Issues des départements de l'Aveyron, certes, mais aussi de la Lozère, du Cantal, du Tarn et de l'Hérault, notamment.*
3. *Tous les coteaux, sous toutes les expositions, étaient plantés, les premières fraises mûres étant celles orientées au sud, sud-est, les dernières plantées au nord.*

grâce à l'ambiance détendue et conviviale auprès de ses amis… Le temps jugula lentement cette sourde colère qui martyrisait son être. Le sentiment d'injustice céda peu à peu sa place à l'acceptation, et le chagrin se fit plus discret, laissant de nouveau sa chance à la vie.

Curieuse au sein de cette formidable récolte, Mathilde s'intéressait à la farandole des charrettes puis des camions qui arrivaient de toutes parts afin d'expédier cette fraise vers tous les horizons. Bien souvent, elle interrogeait à cet effet Mlle Marguerite, qui connaissait parfaitement les rouages des expéditions et devenait intarissable dès lors que l'on évoquait ce fruit.

— Voyez, Mathilde, de l'ancienne halle aux grains qui jouxte l'église[1], les camions partent chaque jour vers plusieurs grandes villes. Et lorsque nos fraises arrivent sur les étals de Montpellier, Sète, Lyon ou Paris, elles détrônent toutes les autres ! Que voulez-vous, c'est un fruit unique ! Mais bientôt la halle sera trop petite, il va falloir sans tarder déplacer ce lieu commercial. Les fraisières ne cessent de se développer[2] !

— Il m'a semblé que, sur les enveloppes de la poste, un nouveau timbre était frappé : « Saint-Geniez – Aveyron – Ses fraises. »

— Vous avez bien vu, ma petite ! L'Administration des postes a donné son accord. La fraise d'ici est partout et notre petite ville rayonne assez loin par son fruit exceptionnel. D'ailleurs, savez-vous, Mathilde, que monte régulièrement de la ville de Grasse, qui est située dans le département des Alpes-Maritimes et où l'on fabrique tant de parfums, un camion-citerne ?

— Un camion-citerne ! Mais dans quel but ?

— Vous irez voir ! Il se gare près de la coopérative et là, sous l'œil sévère d'un contrôleur, les paniers de fraises sont directement vidés dans la cuve. Lorsque celle-ci est pleine, il y verse un produit afin de fixer le parfum…

1. *De nos jours supprimée, un petit jardin de fleurs occupe l'espace.*
2. *Toutes les communes qui touchaient la haute vallée du Lot, autour de Saint-Geniez, développèrent à leur tour des fraisières.*

— Oh ! Quel dommage.

— Oui, c'est ce que dit mon frère ! Ne dites rien, Mathilde, il est gourmand comme une chatte d'évêque... Il faut comprendre qu'il y a beaucoup, beaucoup de fraises, et ceux qui les cultivent recherchent les meilleures ventes... et les parfumeries de Grasse sont de bons clients...

— Quand on a senti ce parfum et goûté ce fruit, cela fait peine de savoir qu'il va finir uniquement en fragrances...

— Et vous ne savez pas tout, ma bonne Mathilde... Notre fraise traverse également l'Atlantique !

— L'océan Atlantique ? On l'apprécie si loin ?

— Eh oui ! Ma chère, encore dans un but profane...

— Que voulez-vous dire ? Ce n'est pas pour la manger ou en faire des confitures ?

— Que nenni ! Un camion en transporte assez régulièrement jusqu'à Bois-Colombes, près de Paris, où ce bon fruit est encore maltraité par la chimie et exporté en Amérique pour faire, devinez quoi, Mathilde ! Devinez quoi ! Du rouge à lèvres ! C'est le fameux « Rouge Baiser » ! Un rouge quasiment indélébile, à la tenue longue durée !

— C'est incroyable ! La fraise de Saint-Geniez mêlée à toutes ces sauces !

— Oh ! Vous ne pouvez mieux dire. Et dans ces cas-là, vous en conviendrez, notre bonne fraise ne flatte plus les palais délicats...

Les deux femmes se regardèrent un moment, le sourire sur leurs visages. Ce Rouge Baiser, c'était quand même quelque chose ! Les amoureuses, les dames élégantes qui l'utilisaient ne devaient certainement pas connaître la genèse de leur produit !

XVIII

L'institutrice

Mathilde était devenue une fille superbe. À bientôt vingt ans, elle était aussi belle qu'une gravure de mode. De taille moyenne, une silhouette gracieuse, un timbre de voix limpide et délicat, un charme profond émanait de sa personne. Ses yeux de chatte langoureuse et un corps à faire damner un moine augustin perturbaient le cœur des hommes… Mais elle, discrète et sage, se consacrait à son travail, suivait la famille du médecin aux différents offices, participait à la vie de la paroisse sous l'impulsion de Mme Benoist, très imbue de spiritualité.

Tous les dimanches, Mathilde suivait à la messe solennelle la famille Benoist au grand complet. Elle possédait un banc qui lui était dévolu depuis plusieurs générations, dans la première chapelle de droite, celle où un grand tableau représente la descente de croix. Ils partaient tous ensemble pour la messe de 11 heures, n'ayant pas mangé ni pris de boisson puisqu'ils devaient communier. Lorsqu'il se rendait aux offices, le médecin se vêtait avec une recherche presque trop marquée. Son pardessus n'était pas d'une couleur quelconque, mais d'un vert sombre et doux, et sa coupe révélait le grand tailleur[1]. Il répandait une légère odeur d'eau de

1. *Saint-Geniez était une « ville de draps » dont l'activité avait engendré cette profession. D'excellents tailleurs abondaient dans la ville.*

Cologne et de cigare fin que Mathilde appréciait. Donnant le bras à son épouse, Éléonore, qui s'immergeait dans une pelisse douce comme une écharpe, tous deux s'inclinaient lorsqu'ils croisaient dans la rue des personnes connues, elle par un petit sourire, lui par un large salut qui montrait un peu de son crâne dégarni.

Afin de l'aider à monter et à descendre les marches du grand escalier permettant l'accès à l'église, Mathilde donnait le bras à Mlle Marguerite. Celle-ci, très élégamment vêtue depuis que Mathilde avait intégré sa maison, avait nettement amélioré ses tenues. Dorénavant, elle recherchait les dentelles et les voiles les plus fins.

— Vous prenez grand soin de moi, fit remarquer la vieille demoiselle à son aide.

— Il le faut bien. Les braves gens sont si rares ! répondit Mathilde.

— Merci du compliment ! Sachez cependant que je n'ai jamais connu de personne aussi attentionnée que vous à mon égard.

Sur les épaules de la vieille demoiselle, qui exhibait un beau collier de perles, reposait un « renard » qui troublait quelque peu la jeune fille si elle avait le malheur de se trouver derrière elle durant les cérémonies. Les yeux de verre la regardaient avec une certaine férocité, et les deux pattes pendantes, aux griffes polies, semblaient toujours s'animer, sautillant même quand la vieille dame bougeait. Mathilde lui en parla un jour et Mlle Marguerite lui répondit :

— Savez-vous que la mode de la fourrure[1] ne cesse de s'accroître ? Elle fait fureur aux États-Unis, et la plupart des actrices d'Europe en portent. Toutes les femmes rêvent de se lover dans une fourrure, que ce soit du vison, du renard ou de la zibeline. D'ailleurs, le commerce dans lequel s'est lancé notre ami Édouard est des plus florissants ! Avant votre venue ici, dans ces murs, je n'avais plus le goût de porter mon renard. Avec vous, tout est différent !

1. *L'apogée de cette mode fut atteint dans les années 1950-1960, où les stylistes des grandes maisons parisiennes de couture utilisaient la fourrure dans les défilés.*

Mathilde se voyait bien souvent récompensée pour sa gentillesse et recevait de jolis cadeaux concernant sa garde-robe. Lorsqu'elle était entrée au service du médecin, son trousseau se résumait à trois chemises, deux paires de chaussures et deux robes. Rapidement, on avait remédié à cela, et Mlle Marguerite n'en fut pas la dernière. Dès lors, pour les solennités religieuses, Mathilde offrait une élégance parfaite. Bien sûr, sa beauté y était pour beaucoup, mais sa démarche naturelle, son port de tête et toute sa physionomie se trouvaient rehaussés par ses nouveaux vêtements. Sous son beau visage, abrité toujours d'un élégant chapeau offert par sa patronne, qu'elle mettait d'ailleurs lorsqu'elle se rendait aux fêtes de la paroisse, elle laissait deviner une superbe poitrine sous des exubérances de tulle et de dentelle. Une petite touche de parfum délicat, encore offert par Mlle Marguerite, soulignait agréablement l'élégance de la jeune fille que certains prenaient pour une nièce ou une cousine du médecin ou de son épouse.

Les discussions avec Mlle Marguerite intéressaient hautement Mathilde. Elles se révélaient toujours captivantes, voire instructives, et leurs échanges devenaient quelquefois passionnels. C'est ce qui avait permis à la vieille dame de sortir de sa léthargie. Bien souvent, la jeune fille lui parlait de sa petite sœur ou lui lisait les lettres d'Hortense qui, malheureusement, n'avait rien appris de nouveau concernant le décès de sa mère. D'ailleurs, Mathilde n'arrivait toujours pas à comprendre dans quelles conditions elle avait pu perdre la vie, et cela la rongeait.

Ma chère Mathilde, écrivait Hortense, *j'essaie de poser des questions anodines, à l'une comme à l'autre. Lorsque je vais au lavoir ou à la messe, j'écoute, j'amène la conversation sur le drame que ta maman a vécu, mais je n'obtiens rien. Pourtant, il doit bien y avoir quelqu'un qui sait ?*

Mathilde lui confiait également certaines informations transmises par M. de Foncourrieu, et de cela, elle en avait besoin.

Elle recherchait un point d'appui, si ce n'était une réponse, et cela lui donnait espoir. D'ailleurs, comme son frère, la vieille dame savait transmettre son humanité.

— Vous verrez, Mathilde, elle vous reviendra, votre petite sœur ! Je prie tous les jours pour elle. Elle vous reviendra, j'en suis persuadée !

Et Mathilde reprenait son travail avec plus d'entrain.

Il arrivait assez fréquemment que les deux femmes évoquent les auteurs anciens que semblait parfaitement connaître Mlle Marguerite. À tel point que Mathilde lui demanda un jour, tout en lui refaisant sa chambre :

— Si je ne suis pas trop indiscrète, y a-t-il longtemps que vous êtes ici, je veux dire dans cette ville ?

— J'étais institutrice, à l'école Sainte-Marie. Et j'avoue que, depuis que j'ai arrêté mon travail, je m'ennuie un peu. C'était ma passion, et votre venue dans cette maison m'a redonné beaucoup de courage. Nos échanges me font rajeunir !

— Vous avez toujours été institutrice à Saint-Geniez ?

— Quand j'avais votre âge, je venais de sortir de l'institution parisienne des sœurs de la Charité. Depuis mon adolescence, je vivais dans cette communauté et j'étais habituée à sa rudesse. Pourtant, cela ne me perturbait pas, car j'avais le souci et la volonté d'apprendre ; j'étais devenue une bonne élève. On m'envoya enseigner dans un village reculé de la Beauce, où l'analphabétisme faisait rage dans les campagnes. Cette école était tenue par des religieuses, et la discipline se révélait stricte, mais j'étais forgée à cela. Lorsque je suis entrée pour ce premier poste, on m'informa que je ne devais pas fréquenter d'homme ni me marier. Je ne devais pas boire d'alcool, ni de cidre, ni de vin additionné d'eau. Je ne devais porter que des robes longues et arriver assez tôt dans la classe afin d'allumer le poêle. Maintenant, les règlements se sont assouplis... Lorsque mon frère Marcel, le médecin, a obtenu ses diplômes, il s'est installé à Saint-Geniez, où nous sommes actuellement. Je l'ai rejoint car j'avais un poste à l'institution Sainte-Marie de la ville. Et je suis restée !

Les discussions entre la vieille institutrice et Mathilde se développaient agréablement au fil des jours. Peu à peu, au cours d'échanges sur des sujets bien divers, Mlle Marguerite lui dit qu'elle était particulièrement surprise de son éducation, de son savoir et de sa facilité de communication. Certes, elle l'avait vue plusieurs fois prendre des livres à la bibliothèque de la maison, ce qui d'ailleurs lui avait été autorisé par le médecin, mais elle avait senti, chez la jeune fille, une solide connaissance.

— Comment savez-vous tout cela, ma petite ? Où avez-vous appris ? J'aime échanger avec vous et, je l'avoue, vous m'avez sauvée de la torpeur dans laquelle je m'enlisais chaque jour un peu plus. Vous et votre Joli-Cœur avez été le meilleur des remèdes. Mon frère le reconnaît ! Sachez que vous êtes très appréciée ici, dans notre famille !

— Ma pauvre maman était comme vous, institutrice. D'elle, je n'ai que quelques livres sur lesquels j'ai appris. Elle s'est occupée de moi d'une merveilleuse façon. Elle m'a tout enseigné !

— Je constate, en effet, que vous connaissez beaucoup de choses. C'est bien ! Votre mère devait être une excellente pédagogue.

— Si vous saviez comme elle me manque…

Les yeux de Mathilde s'embrumèrent. Alors, la vieille dame lui donna un petit mouchoir dentelé tout en lui prenant la main.

— Sachez, Mathilde, que votre maman n'est certes plus là où elle était, mais elle est partout où vous êtes…

XIX

La fête des Fraises

AVEC SES BRUMES ÉVANESCENTES au ras de la rivière et de ses ruisseaux, son lacis de ruelles étroites, son cloître des Augustins, son joli pont, ses belles rues et ses hautes façades séculaires, Saint-Geniez-d'Olt fait partie de ces villes foncièrement propices au rêve et au romantisme. Et la fraise ajouta son unique parfum, ce qui accrût encore le charme profond de la cité. Sous des impulsions bien diverses, les fraisières ne cessèrent de se développer, entraînant des réjouissances dignes de son fruit magique. Elles furent parmi les plus appréciées du département. On les préparait longtemps à l'avance, chacun y mettant le meilleur de lui-même. La grande fête du mois de juin attirait alors une foule considérable, de tous les horizons, pour atteindre un niveau insoupçonné. Les manifestations, toujours éblouissantes, séduisaient des milliers de visiteurs. Une semaine au préalable, la ville entière était pavoisée de centaines de guirlandes en forme de fraises, confectionnées par les autochtones et tendues au travers des rues. Les festivités proprement dites commençaient le samedi soir par un grand bal populaire. Le lendemain, la cité parfumée ouvrait les yeux sous un « réveil en fanfare » tonitruant, et d'excellentes formations allaient parcourir les rues[1] toute la journée, développant une ambiance incroyable goûtée par tous.

---

1. *Notamment l'harmonie municipale de Lyon ou encore les Gardiens de la paix de*

Aux diverses entrées de la ville, des jeunes filles, auxquelles se mêlait Mathilde, accueillaient chaleureusement les visiteurs et, tout en leur souhaitant la bienvenue, offraient un petit panier de fraises. Ce geste, mieux qu'un symbole, correspondait à un don du cœur. Venu en curieux, le visiteur se sentait d'emblée traité en ami. Cette délicate attention teintait de rose sa journée festive.

Cependant, bien qu'elle fût profane, cette fête devait être impérativement rehaussée par la bénédiction du fruit lors de la grand-messe. L'offrande de la fraise traduisait un moment particulièrement fort. Le chœur gothique, tendu de draperies rouges et vertes, symbolisant le fraisier et ses fruits, présentait ce jour-là quelque chose de nouveau : décor inhabituel, où le sacré s'amalgamait d'une façon prenante au travail de femmes et d'hommes, inclinés sur le sol pentu, effectuant la cueillette après maintes opérations harassantes.

Tous les ans, le curé de la ville invitait plusieurs prêtres qui participaient aux cérémonies religieuses menées en grande pompe. Quel ne fut pas l'étonnement de Mathilde, lorsque, baignée au cœur de la foule des fidèles, elle aperçut l'abbé Chaprouze, curé de Saint-Just ! Celui-ci, toujours aussi sec et osseux, présentait sa face blafarde et ses yeux de reptile. Elle ressentit un frisson lorsqu'elle le vit monter en chaire. Aussitôt revinrent en sa mémoire les dures paroles qu'il lui avait jetées au sujet de sa mère. Et sa prédication ressembla à ce qu'elle avait pensé de lui. Car il s'attaqua aux mœurs, tentations omniprésentes du diable dont il fallait à tout prix se protéger. Et les femmes en étaient, bien entendues, les plus faibles et bien souvent fautives. Sa voix montait de plus en plus haut, jusqu'à atteindre des hauteurs stridentes, voire hystériques, tandis que son visage rougissait sous l'effet d'une fureur aveugle.

À l'issue de la cérémonie, le Dr Benoist ne manqua pas de faire quelque réflexion sur l'attitude de ce curé qui lui apparut débordant de cynisme et particulièrement misogyne ! Mathilde comprit

---

Toulouse, pour ne citer que ces deux formations.

qu'elle n'avait pas rêvé lorsqu'elle était allée le voir en son presbytère. Il était bien tel que l'avait jugé son patron le médecin !

* *
*

Sonorisée, toute la ville épandait sa musique. Mêlée aux chansons populaires, aux valses, tangos et autres paso doble, la chanson *Les Fraises de Saint-Geniez*[1] tenait, bien sûr, la première place :

Dans la ville en fête, on roulait au pas,
Une fille m'arrêta
Pour m'offrir des fraises dans un panier
Alors je lui ai chanté :
Mangeons les fraises de Saint-Geniez
C'est un plaisir, un régal
Mangeons les fraises de Saint-Geniez,
Mais ce soir, venez au bal…

Et ce jour-là, pour la première fois de sa vie, Mathilde alla au bal. Sous un ciel implacablement bleu et de brûlants souffles de vent, les jeunes et les moins jeunes s'étaient rassemblés sous le vaste chapiteau érigé place du Foirail. La grosse caisse de l'orchestre, dont les notes basses se perdaient dans le lointain, appelait les foules : le bal avait commencé par une valse étourdissante. L'accordéoniste, un petit homme habillé d'une chemise blanche, maigre comme un chat haret, n'avait que la peau et les os. Ses larges bretelles soutenaient un pantalon bien trop grand pour sa corpulence. Il avait un petit nez en trompette et se démenait comme un diable, sautant d'une jambe sur l'autre au rythme du tempo. Sa longue moustache, en touffe de persil, qui lui barrait la moitié du visage, s'animait parfois furieusement.

1. *Composée par Roland Manoury et Alain Nancey. Succès de Jean Vayssade.*

Bientôt, les couples envahirent la piste, tandis que jeunes gens et jeunes filles prenaient place sur les bancs disposés tout autour. Mathilde et ses amies s'étaient également installées, suivant de leurs regards les couples en pleine valse. Elles parlaient entre elles, regardaient avec un sourire narquois et quelque peu inquisiteur leur amie Roseline qui se glorifiait toujours d'être la plus courtisée des garçons.

— Tu as vu ses jambes dans ses bottines ? Elle sait que son galant les regarde avec envie. Il le lui a dit plusieurs fois. Il est fol amoureux d'elle.

— Là-bas, c'est Nicole ! Oh ! Elle embrasse son cavalier...

— Qui c'est, celui-là ?

— Je le connais, c'est un gars des Causses[1], il s'appelle Edmond. C'est un sacré coureur...

L'orchestre s'était arrêté, les couples se défaisaient ; on allait s'asseoir, si l'on trouvait une place, on allait boire une limonade, du cidre ou du sirop de fraise. Mais bientôt, la musique recommençait. C'était un slow, une danse facile. Il suffisait de se laisser guider. Les garçons commençaient à tourner en rond devant les bancs sur lesquels les filles étaient assises. Certaines timides, comme Mathilde, détournaient la tête ou regardaient d'un œil rapide la physionomie de celui qui les invitait. D'autres n'osaient franchir ce pas : se trouver dans les bras d'un cavalier ! Elles observaient comment les choses pouvaient se passer, comment les plus aventureuses s'y prenaient. Fallait-il se serrer ? Et si le garçon voulait embrasser ? Elles n'y connaissaient rien, pourtant elles en avaient envie. Il fallait bien se lancer, faire comme les autres ! Pour certaines, c'était la première fois qu'elles allaient au bal, même si, plusieurs jours au préalable, elles avaient essayé quelques pas de danse entre elles, même si elles en avaient parlé lors de la cueillette des fraises. Elles avaient écouté, avec respect, les plus âgées, celles qui avaient de l'expérience et même qui avaient « mangé un morceau de pomme », c'est-à-dire sauté le pas pour connaître enfin l'amour physique !

1. *Plateaux calcaires.*

Bientôt, un garçon à la tignasse ébouriffée s'approcha et demanda par deux fois à Mathilde si elle voulait danser. Timidement, elle leva les yeux, vit qu'il avait une bonne tête et décida de le suivre sur la piste. Maladroite, elle ne savait trop comment s'y prendre. Il était à peu près de sa taille, ce qui, *a priori*, paraissait plus simple. Et le couple se mit à dansotter, sans dire un mot et en tenant une certaine distance. Le garçon semblait aussi intimidé que Mathilde. Enfin, à la fin du slow, tous deux se séparèrent. Son cavalier la rattrapa aussitôt.

— Quel est votre prénom, mademoiselle ? Je m'appelle Pierre.

— Mathilde.

— Voulez-vous que nous recommencions tout à l'heure ?

— Je ne sais guère danser, mais je veux bien…

Le bal continuait à répandre ses flonflons sur toute la place[1]. Mathilde et Pierre évoluaient sur la piste depuis un moment quand, tout d'un coup, des éclats de rire couvrirent presque la musique. On s'esclaffait sur la piste car les boutons d'une bretelle de l'accordéoniste s'étaient rompus sans qu'il s'en aperçoive. Sous ses grandes gesticulations, ils avaient sauté, laissant son pantalon trop large descendre à moitié jusqu'à ses genoux. Et le petit homme continuait allègrement sa musique, tout heureux de voir les gens heureux…

Cet après-midi-là, Mathilde n'avait dansé qu'avec Pierre. Ils avaient esquissé, avec plus ou moins de bonheur, plusieurs sortes de danses, car ni l'un ni l'autre n'était expert dans ce domaine. Elle s'était fait chambrer par ses amies qui l'avaient observée d'un œil indiscret.

— Dis donc, Mathilde, tu le lâches pas, celui-là… Tu veux pas changer de cavalier !

Par deux fois, ils étaient allés boire un verre à la buvette des organisateurs, puis avaient repris leurs places sur la piste jusqu'au soir à 19 heures. Jusqu'à cette heure-là, Mathilde avait pour elle

1. *Par la suite, la fête des Fraises s'amplifia à tel point qu'il y eut, dans la ville, plusieurs bals en des lieux divers et des orchestres différents. Les bals se poursuivaient le soir jusqu'à des heures tardives, et dans la journée des animations de tout acabit, notamment chars fleuris, fêtes foraines, jeux nautiques… se développaient dans tous les quartiers.*

l'après-midi du dimanche. Il convenait qu'elle respectât les horaires imposés. Ils se quittèrent donc, une bise sur chaque joue...

— On peut se revoir dimanche prochain ? avait demandé Pierre, déjà un peu moins timide.

— D'accord, mais seulement après les vêpres. Je dois accompagner la famille du docteur. Après, je serai libre.

— Alors, je viendrai aux vêpres !

Depuis maintenant deux mois, Mathilde, obstinément sage, entretenait une liaison discrète et plaisante avec Pierre. Elle ne le voyait que le dimanche à la messe et après les vêpres, comme convenu. Il était un jeune homme au visage régulier et doux. Ses sourcils épais rendaient son regard pénétrant. Un étonnant sourire flottait inlassablement sur ses lèvres pâles éclairant avec bonheur sa physionomie. Originaire de la Lozère, tailleur de pierre et maçon, il travaillait dans un village voisin à l'édification d'une demeure. Depuis qu'il avait dansé avec Mathilde, au bal de la fête des Fraises, Pierre ne manquait jamais les cérémonies religieuses auxquelles elle devait assister. Il prenait alors une place sur le rang droit, le plus près possible de la chapelle réservée à la famille Benoist, où il pouvait aisément l'apercevoir. C'était dur pour lui que d'attendre la fin des vêpres, afin qu'elle puisse s'échapper de ses obligations ! Alors, ils allaient se promener, d'abord sur les bords de la rivière, cherchant à s'éloigner progressivement du centre-ville, pour rejoindre ensuite quelque sentier plus discret.

Pierre devint ainsi son premier amour, et elle goûta avec lui son premier baiser. Ils ne firent que s'effleurer, se donner mutuellement des caresses, de plus en plus osées cependant. Malgré ses vingt printemps, il n'avait point encore connu les véritables troubles de l'amour et n'avait aucune notion d'un corps de femme. À tel point qu'il semblait désemparé et souverainement perdu... Ainsi, tous deux, ignorant ces choses-là, allaient progressivement sur les bancs de l'école du désir... Toutefois, Mathilde n'était pas innocente à la manière de certaines jeunes filles, les livres l'avaient instruite, mais la raison et l'instinct de l'honneur l'avaient toujours empêchée de faillir.

XX

Les vendanges

La fin de septembre pointait le bout de son nez, et l'on voyait s'aligner le long de la rivière ou des ruisseaux des files de comportes[1] qu'il fallait réparer ou qu'on remplissait d'eau afin de rendre au bois toute sa vigueur. Cette année, les vendanges s'annonçaient prometteuses. Puis, quand octobre faisait jaunir les feuilles, des troupes de jeunes gens s'en allaient pour la récolte. La famille qui embauchait Mathilde possédait sa vigne, comme pratiquement tous les ménages de la ville. Sachant qu'elle devait participer aux vendanges, Pierre, son ami, décida de prendre quelques jours afin d'être le plus longtemps possible près de celle qu'il chérissait. Ils partaient tôt le matin, avec l'équipe du médecin, rejoindre les vignes étagées de la vallée du Lot, leur panier sous le bras, et ne rentraient que le soir, fourbus mais heureux.

Cette année, le médecin avait acquis de nouveaux paniers pour ses vendanges. De beaux paniers, blancs et jaunes, bien tressés. Ils avaient été fabriqués par un habile vannier de Pomayrols, un véritable artiste.

1. *Récipients de bois, cerclés de fer, confectionnés généralement par un tonnelier comme les barriques.*

— Qu'ils sont bien faits ! venait justement de remarquer Mathilde. Il doit falloir une bonne dextérité pour les faire.

— Ceux-là sont particuliers, c'est vrai ! C'est au cours de l'hiver, dans la plupart des familles, que les veillées sont mises à profit pour les confectionner, répondit un vigneron. On fait aussi toute une série de récipients tels que hottes, corbeilles, plateaux, cages… et même des nasses pour attraper le poisson. Il suffit de laisser gambader son imagination ! Le travail de la vannerie est chose courante dans l'essentiel des foyers. Vois-tu, par ce biais, les plus anciens transmettent ce savoir-faire aux plus jeunes…

— J'aimerais bien connaître, répondit Mathilde, intéressée.

— Je t'apprendrai ! Tu verras, tu seras bientôt capable de réaliser de jolis petits paniers et bien d'autres objets ! Ce n'est pas très difficile et particulièrement intéressant.

L'ambiance des vendanges ressemblait quelque peu à celle de la cueillette des fraises. Une nouvelle fête que l'on appréciait, au cœur de l'automne, malgré un labeur important. Tout en détachant les grappes, les groupes de vendangeurs s'invectivaient gentiment d'une vigne à l'autre, racontaient des carabistouilles, chantaient des refrains rouergats[1]. Les paniers d'osier, tachés par la pulpe noire du raisin, valsaient entre les bras robustes des ouvriers de la filature, des tâcherons divers et ceux, plus délicats, des femmes et des filles. Ils passaient de main en main jusqu'à être vidés dans la comporte qui serait portée, à dos d'homme, jusqu'au lourd char des vendanges. Alors, celui-ci serait à son tour acheminé jusqu'à la cave du propriétaire, où chaque comporte serait vidée dans une cuve. Et le char revenait… Toute la journée, durant la récolte, chacun s'activait dans une bonne humeur évidente.

Sortir de la maison pour aller sur les coteaux enthousiasmait Mathilde. Elle aimait ce contact avec la nature, tout comme son patron, le médecin, qui, chaque fois que cela lui était possible,

1. *Du Rouergue, ancienne province correspondant aujourd'hui au département de l'Aveyron.*

rejoignait son équipe de vignerons. Il se mêlait alors aux vendangeurs, soupesant avec un bonheur manifeste les lourdes grappes gonflées du sang précieux de la terre. Celles-ci allaient bientôt délivrer dans ses caves « son vin de la vallée d'Olt » dont il était si fier... Et il n'était pas le dernier pour chanter à tue-tête, rigoler ou faire des farces. Au coucher du soleil, tout le monde rentrait avec le dernier char de raisins qu'on entourait comme le char d'une divinité, traîné par les bœufs placides. C'était la fête de Bacchus !

Au milieu des filles du pays, Mathilde se faisait naturellement remarquer. Peu à peu sa réserve s'estompait, laissant la place à une nouvelle assurance qui envoûtait les hommes. Ravissante, superbe, elle faisait l'objet de mots tendres et d'attentions particulières de la part des garçons. Et elle riait, dressant son corps dans un élan de joie, au-dessus des feuilles colorées. La lumière d'octobre coulait le long de ses bras nus, sur le blond de ses joues, sur le clair de ses dents, sur la pulpe rouge de ses lèvres. Au coin de sa bouche et sur son menton, des traces pourpres apparaissaient, celles des grains de raisin noir que, tout à l'heure, un garçon lui avait écrasés sur le visage dans le jeu des vendanges... Son corps, tendu dans le voile léger de la robe qui le soulignait, ce corps que l'astre solaire agrippait dans ses doigts de feu, ces doigts qui agissaient comme des langues ardentes, tout cela enflammait le regard de ces jeunes loups qui la côtoyaient... Pierre en était un peu jaloux...

Le Dr Benoist maintenait fermement la tradition : le soir où coulait le premier vin, il invitait voisins et amis afin qu'ils puissent le goûter tout en partageant une grillée de châtaignes sur un bon feu de sarments. Toute la soirée, ce n'étaient que contes et histoires dont les invités se régalaient : « Quand j'étais enfant, disait-il, mon père affirmait que le vin reflète l'amour de ceux qui l'ont fait. » Et il ajoutait : « L'amour, certes, mais que de travail pour arriver ici, dans ces verres de cristal... De toute façon, vignes et fraisières, il faut s'en occuper comme d'une mariée ! »

Mathilde goûtait avec un plaisir évident cette ambiance familiale. Pourtant, un pincement au cœur lui faisait discrètement couler une larme amère : « Si maman et ma sœur étaient là... »

Le lendemain de cette veillée sympathique, Mathilde reçut une longue lettre de Saint-Just. Hortense lui apprenait, non sans un certain effroi, qu'une jeune femme prénommée Cécile avait été trouvée noyée dans le lac aux carpes, la semaine précédente. Aide-cuisinière au château, elle était bien souvent préposée pour aller « cueillir quelques carpes », ainsi que le lui demandait Georgette, la cuisinière attitrée. Elle partait habituellement chaussée de bottes, une épuisette munie d'un long manche sur l'épaule. Ne la voyant pas revenir, Georgette avait envoyé le jardinier. Il la découvrit flottante, parmi les herbes sauvages qui tapissaient les rives, là où justement venaient frayer les carpes...

Ma chère Mathilde, écrivit-elle, *tu ne peux savoir le remue-ménage qu'il y a dans le pays ! Certains se posent même des questions... Et puis on ne comprend pas comment cela lui est arrivé, car elle avait l'habitude. Cécile avait vingt-quatre ans. Elle était une gentille personne, et c'est vrai qu'elle avait un point faible, celui de trop aimer les garçons... Depuis quelque temps, elle n'allait même plus aux vêpres et rejoignait le garde-chasse, tu sais, Hubert, celui qui habite tout en haut du village et qui a une forge. Il paraît que, pendant les vêpres, ils se retrouvaient dans la grange des Bernier ou dans la maisonnette vide qui se trouve derrière l'église. Il y en a qui les ont surpris à batifoler. Après tout, c'était leur affaire, mais le pauvre Hubert est complètement sonné, ça va lui tourner la tête ! On a peur qu'il fasse une bêtise...*

En attendant, ça fait tout drôle dans le village. L'autre jour, au lavoir, on reparlait de ta maman qui a connu le même drame. Quelques femmes disaient que ce n'était pas possible qu'elle ait pu se noyer seule au lavoir, parce qu'elle était jeune, vive et robuste, que son bébé était magnifique et qu'elle chantait souvent... Beaucoup sont perplexes et reviennent sur ce qu'elles ont dit autrefois à son sujet... et on parle beaucoup...

Pour la noyade de Cécile, les gendarmes n'ont rien trouvé de particulier. Ils ont questionné partout, les hommes comme les femmes. Ils ont couru jusque dans les hameaux les plus reculés. Tout le personnel du château a été entendu. M. de Foncourrieu, qui embauchait Cécile, est actuellement en voyage. Il sera bien affecté, car il l'appréciait beaucoup. Et ne parlons pas de la cuisinière, qui pense que c'est de sa faute, car elle n'aurait jamais dû l'envoyer seule chercher ses maudites carpes... On ne peut parler d'une noyade sans évoquer l'autre...

Au cimetière, lorsqu'on a enterré la pauvre Cécile, sa mère s'est effondrée de douleur[1]*. Elle s'est affalée dans le trou où l'on avait déjà descendu le cercueil de sa fille. Elle s'est mise à le cramponner, criant qu'on rebouche la fosse et qu'elle voulait rester là avec sa Cécile. Les hommes ont eu beaucoup de mal pour la sortir de là. Les femmes pleuraient et gémissaient, c'était la consternation totale dans le cimetière après ce qui s'était passé... Le fossoyeur est allé chercher une brouette, et on l'a ramenée ainsi chez elle. La sœur garde-malade du couvent lui a fait une piqûre pour la calmer. Pauvre femme !*

Et puis j'ai autre chose à te dire, ma chère fille : tu vois qui est Léonce, lo plégayre, tu sais, celle du Bez, celle qui s'occupe des morts avec la petite nonne, sœur Marie-Véronique. Eh bien, elle a appris qu'un enfant avait été récupéré au couvent, un petit garçon. On l'a prénommé Georges. M. le curé l'a baptisé. Il paraît que sa mère ne veut pas le garder. Une fille-mère certainement, qui est d'une campagne lointaine. Avec les temps qui courent, les filles ne sont plus sérieuses... À mon époque, il y avait plus de rigueur. On ne touchait pas à ces choses-là avant le mariage : c'était sacré !

Ma chère Mathilde, tu me manques ! J'aimerais tant te revoir. Dès que tu peux, reviens avec ton Joli-Cœur...

Ta vieille Hortense.

1. *À une époque assez reculée où savoir nager était peu fréquent, les décès par noyade se rencontraient régulièrement après une chute dans un point d'eau ou lors d'inondations intempestives. Lorsque la noyade se révélait accidentelle, la victime n'ayant pas eu le temps de recevoir les derniers sacrements, les cérémonies religieuses étaient normalement célébrées et l'inhumation pouvait se faire en terre chrétienne.*

Bouleversée par ce nouveau drame qui semblait s'apparenter à celui de sa mère, Mathilde lui répondit par une longue lettre emplie d'émotion. Tout cela ravivait dans son esprit ce qu'elle avait essayé d'oublier. Depuis, rien n'avait bougé, rien n'avait pu surgir de patent, de solide qui puisse permettre de connaître enfin la vérité. Le temps s'écoulait, le vide était toujours là...

De cette lettre, Mathilde s'en était ouverte à son patron, qui n'avait pas eu connaissance du drame. Bien sûr, il savait que son ami, Édouard de Foncourrieu, n'était pas chez lui et il proposa à Mathilde de l'amener jusqu'à Saint-Just afin qu'elle puisse rencontrer Mme Hortense.

— Je vous remercie pour votre gentillesse, avait-elle répondu. Je sens bien que ce n'est pas le moment. Peut-être serait-il préférable que M. de Foncourrieu revienne de son voyage, vous pourriez alors le rencontrer ?

— Votre sagesse m'étonnera toujours, Mathilde ! Et votre sagesse, et votre éducation ! Alors, nous monterons là-haut vers le début novembre ou au tout début décembre, ce sera plus calme. Édouard sera rentré !

XXI

Le rebouteux

LE RETOUR DE LA PAIX avait dynamisé les foires, et celle dite de la Saint-Amans, qui durait deux jours, attirait une foule considérable. Il s'agissait alors de véritables retrouvailles pour les habitants de la contrée, de sympathiques fêtes dont le caractère ne manquait pas de pittoresque. Aussi se déroulaient-elles dans la liesse générale, teintée des bruits les plus divers.

On venait de loin aux foires de Saint-Geniez. Les marchands du Cantal, de l'Hérault, du Gévaudan, du Tarn ou de la Haute-Loire arrivaient la veille en de longs charrois. La cité s'amplifiait d'une animation nouvelle. Les auberges et les hôtels, tout à coup trop étroits, étaient pris d'assaut dans des envols de blouses, des roulis de chapeaux à larges bords, des tintements de verre. Les rues se trouvaient encombrées, et cet affairement inhabituel générait un caractère de festivité.

La foire commençait tôt, dans un concert de bêlements, de beuglements, de piétinements et de grognements bien divers. Selon les saisons, les troupeaux perçaient dans le brouillard ou soulevaient des nuages de poussière. Ils arrivaient de toutes parts, des vallées qui convergent vers la ville, des Causses pour les bêtes à laine. D'autres traversaient le pont et se pressaient dans la rue de l'Hôtel-de-Ville, passaient devant la demeure du médecin pour rejoindre le foirail.

Mathilde et ses camarades de travail se penchaient alors aux fenêtres pour apprécier ces belles vaches d'Aubrac, à la robe fauve et aux cornes en forme de lyre. Le Dr Benoist admirait leurs yeux maquillés. À leur passage, il taquinait son épouse Éléonore : « Regardez, ma chère, regardez ces beaux yeux, bordés de khôl, troublants comme ceux des femmes de mauvaise vie ! » Et il riait de bon cœur.

Les commerces avaient été ouverts plus tôt que d'ordinaire, et les cafés déjà pris d'assaut avant que la grosse clientèle n'arrive. Alors, les femmes se rendaient au marché. Un mélange d'effluves divers et de senteurs bizarres s'exhalait, autant des étals que des vêtements remisés trop longtemps dans les armoires. Peu à peu, l'effervescence de la ville s'amplifiait. Les ménagères s'empressaient autour des marchands de faïence, de drap et de quincaillerie. Sur le champ de foire, où se tenaient les animaux, c'était une cohue indescriptible, et dans de puissants éclats de voix les affaires se traitaient. Pris dans ce vacarme étourdissant, les enfants se sentaient déchaînés, car c'était pour eux une journée de congé. De même pour tous les employés, hormis les serveuses des cafés et des restaurants, une heure leur était accordée afin qu'ils puissent faire « un tour de foire ». Mathilde en profitait pour effectuer quelques achats tout en promenant son chien.

La vente du bétail se traitait dans les cafés et exigeait des palabres interminables. Les restaurants faisaient salle comble en de longs repas. Ce jour-là, en effet, les familles éloignées se retrouvaient. Chacun profitait au mieux de ces moments de cordialité qui duraient parfois une bonne partie de la nuit. La foire se prolongeait alors dans le tumulte, aux sons de chants éraillés et des éclats de voix de fêtards trop souvent avinés.

Au second jour de la foire, Mathilde se leva dès 6 heures du matin. La journée promettait d'être belle. On devinait que la légère brume ardoisée qui flottait sur la ville serait vivement absorbée par les premiers rayons du soleil. Déjà, l'exubérance gagnait la cité. Sur le foirail, un taureau avait pris peur. Il avait rompu la corde qui le reliait aux chaînes destinées à maintenir les bovins. L'animal courait, fou furieux, à travers la ville, renversant les étals. Les gens se collaient contre les murs des maisons afin d'éviter ses cornes meurtrières.

Mathilde avait préféré faire ses courses assez tôt, car bientôt la chaleur serait vive. Alors qu'elle sortait dans la rue de l'Hôtel-de-Ville, Joli-Cœur devant elle, le pauvre chien, dans un craquement sourd, se fit broyer les côtes par la lourde bête qui emportait tout dans sa folie. Il gisait au sol, immobilisé. Deux paysans qui couraient derrière le taureau à grand renfort de cris regardèrent un instant le chien, haussèrent les épaules avant de s'esbigner rapidement. Ils continuèrent jusqu'à ce qu'on puisse enfin arrêter l'animal énervé au fond d'une étroite ruelle.

À terre, Joli-Cœur gémissait. Ses yeux souffrants possédaient véritablement quelque chose d'humain. Mathilde se pencha aussitôt vers son petit compagnon, qui la considérait d'un regard éperdu.

— Mon Dieu ! Mon Joli-Cœur !

La pauvre fille ne savait que faire en observant son chien aux pattes disloquées. Une bave molle filait entre ses crocs. Il était-là, larmoyant, tournant son museau engorgé vers Mathilde. Il avait l'air de demander un secours, une aide quelconque. Sa langue écarlate pendait hors de sa gueule. Et les yeux pleins de larmes de sa maîtresse exprimaient une détresse infinie...

— Aidez-moi, hurla-t-elle de dépit, mon chien s'est fait écraser ! Je vous en prie, aidez-moi !

Un vieillard couvert d'une longue cape s'approcha. Il regarda le chien, puis Mathilde, et eut aussitôt un sourire compatissant de toute la générosité de ses chicots.

— Pauvre bête ! dit-il. Vous devez l'aimer, celle-là !

Ébahie, désorientée, Mathilde l'observa. Le vieil homme lui dit :

— Il vous faut un rebouteux.

— Un rebouteux ?

— Oui, un rebouteux, il a une patte arrière démise, ça se voit ! Il faudrait pas qu'il ait des côtes cassées... Attendez-moi, je vais chercher le lenguejayre, il est sur le foirail...

Il arriva en sifflotant, son large chapeau de cuir à la main et une grande sache de jute qu'il avait plié à demi de façon à s'en faire un capuchon, et qui lui pendait jusqu'aux mollets. Les badauds s'écartèrent. On respectait ces hommes-là ! Il s'assit au sol près de Joli-Cœur et posa son havresac et son galurin entre ses jambes.

— Oh, mon chien, on t'a fait du mal ! dit-il en le caressant.

Il poussa un long soupir, puis appuya la tête du chien contre sa cuisse. Joli-Cœur s'abandonna aussitôt, comme s'il comprenait naturellement qu'on ne cherchait qu'à lui venir en aide.

Mathilde venait de reconnaître Baptiste, le lenguejayre. Il avait un peu changé, à peine grossi. Son nez rigolo jappait toujours à la lune, et ses yeux noirs, pleins de malice, n'avaient jusqu'à présent qu'observé la bête souffrante. Il ne devait pas changer trop souvent ses vêtements, car ils étaient chargés de son odeur, celle de la terre, de la sueur et des bêtes. D'un bout à l'autre de l'année, il restait en bras de chemise, jetait sa veste sur son dos ou, comme aujourd'hui, posait sur sa tête cette sache qui pouvait lui rendre service en d'autres occasions.

Le rebouteux se pencha sur Joli-Cœur qui le regarda avec confiance. L'avait-il reconnu, lui aussi ? Certainement, car il se laissa faire. L'une des pattes semblait anormalement pliée. Baptiste se mit à parler doucement de sa voix grave, se concentrant sur la bête, oubliant tous les gens qui s'étaient attroupés autour de lui. D'une main, il parcourut la patte blessée, faisant rouler les articulations, tâtant doucement chaque centimètre. Malgré la douleur que l'on devinait aisément au frémissement de sa peau, l'animal ne bougeait pas, calmé par ses paroles lénifiantes. Il reprit la palpation de bas en haut puis de haut en bas, renouvelant à plusieurs reprises son geste. Il ferma un moment les yeux puis marmonna :

— La patte est déboîtée ici.

Baptiste prit un peu de salive au bout de son doigt et mouilla le poil de la bête afin de marquer l'endroit précis qu'il venait de découvrir. Entre ses doigts robustes, il saisit le membre, comme s'il voulait le casser, et d'un mouvement magistral, précis et violent, il le remit en place. Aussitôt, le chien poussa une plainte...

— Pardon, mon chien, pardon ! dit-il avec empathie. Tu verras, ça va aller maintenant...

Il ouvrit alors sa besace et en sortit un bout de lard avec lequel il massa la patte encore tremblante de Joli-Cœur. Celui-ci se laissa faire et ses yeux oscillaient entre Mathilde, qui lui caressait la tête, et son sauveur, le lenguejayre Baptiste... Celui-ci continua un moment les palpations sur tout le corps de l'animal qui, bientôt, se releva.

— Pas de côtes cassées, annonça-t-il. C'était juste la patte !

C'est alors qu'il reconnut Mathilde.

— Mais je vous connais, et votre chien aussi... Il doit me reconnaître, j'étais étonné qu'il soit si confiant...

— Merci, monsieur, lui répondit avec chaleur Mathilde. Oh ! Que je suis heureuse que vous ayez pu soigner Joli-Cœur ! Que puis-je faire pour vous remercier ?

— C'est avec plaisir, mademoiselle, vous savez, ce n'est pas grand-chose... Alors, vous habitez ici.

— Oui, depuis que nous nous étions rencontrés en descendant de l'Aubrac. C'est une chance que vous soyez passé par là aujourd'hui.

— J'avais pas mal à faire, c'est une grande foire ! J'ai encore quelques cochons à contrôler puis, dès cet après-midi, je repars vers Espalion. Ensuite, je dois rejoindre Entraygues-sur-Truyère et enfin Florentin-la-Capelle. Avant dix jours, je serai dans le Cantal. Voyez, je n'arrête pas de gambader... Peut-être qu'un jour je poserai mes guêtres par ici...

— Je vous offrirais bien volontiers un repas dans une auberge, mais je ne pourrai vous accompagner.

— Vous êtes trop bonne ! Pour ce que j'ai fait, ça ne vaut pas un repas ! Mais, voyez-vous, je dois me rendre à la ferme des Charlottes, où je pourrai casser la croûte. Je m'y arrête assez souvent lorsque je viens à Saint-Geniez. Au revoir, mademoiselle.

Et, caressant Joli-Cœur, Baptiste partit aussi tranquille qu'il était venu, tout en sifflotant.

XXII

Retour à Saint-Just

La saison champêtre se terminait. La vie devenait plus calme. Au tout début novembre, le Dr Benoist proposa à Mathilde de l'emmener en voiture sur la montagne, jusqu'au village de Saint-Just-d'Aubrac.

— J'ai à faire là-haut et j'en profiterai pour rendre visite à mon ami Édouard, qui est revenu de voyage, lui dit-il. Mon épouse, Éléonore, m'accompagnera et nous n'y resterons que deux ou trois jours... Si cela peut vous rendre service...

— Je serais très heureuse de revoir mon amie Hortense durant ces quelques jours. Sera-t-il possible de faire suivre Joli-Cœur ?

— Ah, Joli-Cœur ! Mais bien sûr, ma bonne Mathilde, sinon vous seriez malheureux autant l'un que l'autre. Au château, il n'y aura aucun problème pour l'accueillir. Édouard adore les chiens et, bien sûr, il se fera un plaisir de vous recevoir.

— Oh, non ! objecta aussitôt Mathilde. Je n'oserai venir dormir au château, même si je connais la prévenance de M. de Foncourrieu. De plus, je crois qu'Hortense ne serait pas contente si je n'allais pas chez elle !

— Je vous comprends, Mathilde ! Sachez toutefois qu'Édouard vous estime et vous inviterait avec un réel bonheur !

* *
*

Novembre se présentait déjà comme venteux, pluvieux et hostile. Depuis la matinée, la neige tombait sur un fond de lumière grisâtre et ne tenait pas au sol. La Traction Avant du médecin avançait à une allure calme. Elle était confortable et Mme Benoist se tenait à l'arrière auprès de Mathilde, son chien à ses côtés.

— La route tournicote jusqu'en haut. C'est assez pentu par ici. Si vous avez la nausée, dites-le-moi, je m'arrêterai ! informa le docteur dès les premiers virages.

Les hameaux défilèrent les uns après les autres, et personne ne fut malade. Il était prévu de s'arrêter pour le déjeuner à l'auberge de Saint-Chély-d'Aubrac, dont le médecin appréciait les menus.

— Mes chères, vous allez vous régaler, vous me direz des nouvelles de leur aloyau et de leurs tripes ! Certes, la route est longue, mais je puis vous dire que l'arrêt vous enchantera et vous fera oublier les tournants.

La cuisine de l'auberge ravissait le médecin. Tout ce qu'il voyait suspendu aux poutres embaumait les lieux. Il y avait de petits sacs remplis de girolles ou de cèpes séchés, des rangées de saucisses et saucissons qui s'étiraient sur des perches de peuplier, des jambons secs et demi-secs. Amateur de bonne chère, le médecin s'emplissait les poumons de ces odeurs fort appétissantes avant de se garnir convenablement la panse... Et bien souvent, avant de s'attabler, il allait faire un tour aux cuisines... n'hésitant pas à se pencher sur les sauces odorantes !

Après le café, il demanda une prune à l'eau-de-vie, et l'on reprit la route. Tous les trois, sans oublier Joli-Cœur, se trouvaient bien rassasiés. Car le menu se composait, outre de l'aloyau et de tripes, de soupe, d'aligot[1], de boudin et de fromages, complétés par une tarte aux poires ! Aussi, dès que le véhicule commença à s'ébranler,

1. *Plat régional composé de pommes de terre, de crème et de tomme fraîche.*

les deux femmes ne mirent pas longtemps à s'endormir... Lui, le médecin, chantait des chansons guerrières. C'était ainsi qu'il faisait pour ne pas s'assoupir lorsqu'il avait bien mangé ou lorsqu'il sortait la nuit pour ses malades.

Arrivée à Saint-Just, la Traction Avant s'arrêta devant la maison de Mme Hortense. Emmitouflée dans sa cape, son bonnet de laine enfoncé jusqu'aux oreilles, les mains enfouies dans les poches et la tête baissée pour se protéger de la bise, Mathilde avança vers Hortense qui, prévenue par lettre, les attendait sur le pas de la porte. Un crachin tombait sur le soir triste. Le col du veston relevé sur la nuque, le Dr Benoist avançait vers la modeste demeure, donnant le bras à son épouse.

— Ah ! Vous voilà enfin ! Je me faisais du souci avec le mauvais temps. Rentrez donc pour vous réchauffer et boire un peu de café !

— Ce sera avec plaisir, répondit le médecin. Depuis que Mathilde nous parle de vous, nous sommes enfin heureux de vous connaître !

Hortense n'arrêtait pas de serrer sa jeune amie dans ses bras.

— Mathilde, ma chérie... Tu me fais tant plaisir de venir me voir ! Allez, venez, entrez donc.

Ils pénétrèrent dans l'unique pièce, la cuisine, où un dressoir en noyer supportait toutes sortes d'ustensiles, des assiettes, des écuelles, des bols. Une longue table de chêne, flanquée de deux bancs, occupait le centre de la pièce. Sur la table, une tarte aux pommes, une bouteille de vin et des assiettes alignées. La haute pendule à balancier sonnait 5 heures et le soir tombait. Un bon feu brûlait dans la cheminée. Joli-Cœur s'allongea aussitôt sur la pierre foyère, au même endroit qu'il occupait lorsqu'il vivait avec Hortense.

— Bon sang, il a bonne mémoire, ton chien, remarqua la vieille femme.

Le soir venu, alors que le médecin et son épouse avaient rejoint le château tout en haut du village, Mathilde s'installa à table, le dos au feu, tandis qu'Hortense lui servait une soupe odorante.

— Quel bonheur de vous revoir, Hortense ! Je crois que nous avons beaucoup à parler !

Jusque tard dans la soirée, toutes deux conversèrent de mille choses auprès de la cheminée, grignotant quelques châtaignes. Il y avait tant à dire que les lettres se révélaient toujours insuffisantes. Hortense voyait sa jeune amie avec un ravissement exquis.

— Tu es devenue une vraie femme, une très jolie femme ! Tu as de beaux vêtements, on voit que tu habites la ville.

— Ce sont des cadeaux pour la plupart. L'entourage du Dr Benoist me gâte. Parfois, j'ai l'impression que lui et son épouse me considèrent presque comme leur fille. Vous comprenez, ils n'ont pas d'enfant, et sa sœur, qui vit avec nous, est célibataire...

— Finalement, tu es heureuse chez eux, et tu te plais à Saint-Geniez, cela se sent !

— C'est une ville étonnante, agréable, avec son pont, son cloître, sa belle rivière et ses fraises... Ah ! Les fraises !

Après une bonne nuit et un solide petit-déjeuner, elles partirent au cimetière. Hortense avait entretenu la tombe de Jeanne avec autant d'amour que celle de sa fille. Mathilde la remercia.

— Ce n'est pas une lourde charge pour moi. Je viens régulièrement dire un petit bonjour à ma pauvre Simone. Alors, nettoyer, fleurir, enlever une herbe... je peux bien le faire.

— Cela me touche, Hortense, répondit Mathilde en l'embrassant.

À la sortie du champ des morts, Mathilde décida de faire un saut au couvent et en informa son amie.

— Cet après-midi, j'irai revoir la sœur Marie-Véronique, dont je vous avais déjà parlé. Peut-être saura-t-elle quelque chose de plus concernant ma sœurette ? Et puis elle est si gentille que je lui dois bien une petite visite. Elle est encourageante et m'a persuadée que ma petite sœur est vivante... Cela me fait du bien ! Et pourtant, la sœur Pilar, l'exécrable supérieure, a dit à M. de Foncourrieu qu'elle était morte ! Mais à présent, il doute...

— Ah, celle-là ! Elle est infernale et tire tout vers le bas, comme si elle s'en réjouissait. Je plains les pauvres sœurs qui doivent la supporter ! Elle irait bien avec notre curé. Lui ne s'est pas amélioré... Je peux t'assurer qu'ils formeraient un joli couple...

— Hortense, savez-vous davantage sur la noyade de cette pauvre Cécile ?

— Non ! Toutefois, on en a beaucoup parlé dans le village, mais rien de nouveau concernant le drame lui-même. On raconte... ou on invente plutôt la vie qu'elle menait... qu'elle avait un appétit insatiable des hommes, qu'elle les aimait tous, du garçon de ferme au facteur en passant par le secrétaire de mairie... Elle n'était pas des plus jolies, mais très avenante, à tel point que peu d'hommes lui résistaient. Les femmes la haïssaient, et Lucienne, la couturière, n'était pas la dernière pour rapporter ses frasques amoureuses au curé. Lui, il bondissait comme un diable. Je peux te dire que ce ne sont pas des choses à lui raconter. Ça l'énerve ! Ça l'énerve, tu ne peux savoir ! De toute façon, il y a toujours quelqu'un pour lui faire renifler ces choses-là ! Avec tout ça, c'est le pauvre Hubert, tu te rappelles, le forgeron et aussi garde-chasse, qui est ébranlé. Il était son amant, je te l'avais écrit dans ma lettre. On le surveille comme le lait sur le feu car, dans sa famille, on sent qu'il veut faire une bêtise... Parfois, on dirait qu'il perd la boule... C'est bien dommage, tout ça. La pauvre Cécile semblait se stabiliser avec ce garçon. Finalement, c'était leur affaire, ils s'enflammaient l'un l'autre. Et puis il faut savoir que la flamme ne détruit pas la flamme. L'eau pour éteindre ce feu-là n'existe pas...

XXIII

Simulacre d'enterrement

Dès le début de l'après-midi, Mathilde gravit la ruelle escarpée débouchant sur la place de l'Église et se dirigea vers le couvent. Elle appréhendait de revenir en ces lieux, ne souhaitant surtout pas rencontrer la supérieure, mais uniquement sœur Marie-Véronique, la petite nonne qui l'avait déjà si bien informée et si bien soutenue.

Après avoir sonné, elle patienta à la porte. Au bout de plusieurs minutes, elle entendit des pas traînants et la porte s'entrebâilla. Une religieuse apparut.

— Serait-il possible de rendre visite à sœur Marie-Véronique ?

La sœur portière trouva bizarre que l'on demande cette religieuse qui était la personne la plus oubliée de la communauté et qui n'avait jamais reçu la moindre visite depuis des lustres.

— Vous êtes une parente ?

— Oh ! Une lointaine cousine...

Mathilde avait lancé ce petit mensonge qui lui paraissait tellement anodin par rapport à celui qui l'opposait à la supérieure qu'elle en souriait intérieurement.

— Veuillez entrer, elle est juste à côté en train de balayer le réfectoire.

Mathilde souffla. La religieuse était dans les parages, l'entrevue serait plus facile et elle ne rencontrerait pas la supérieure. Elle s'approcha.

— Bonjour, serait-il possible de me recevoir quelques instants ?

— Vous recevoir ? Mais je ne suis qu'une sœur sans importance…

— Oh, non ! Loin de là. Vous n'êtes pas sans importance, et je suis heureuse de vous revoir. Vous vous souvenez de moi ? Tout ce que vous m'aviez dit concernant ma sœurette m'a fait du bien et donné espoir… J'espère un jour la retrouver !

— Bien sûr que je me souviens de vous et de la petite Jeanne ! Venez avec moi, allons retrouver notre coin discret… comme l'autre fois. Ça tombe bien, j'ai terminé de balayer.

Elles arrivèrent dans le réduit, et aussitôt la religieuse lui murmura de sa voix sifflante :

— Gardez espoir, mademoiselle, il le faut ! Je prie tous les jours pour cela, pour qu'elle vous revienne. Je n'ai rien oublié de nos rencontres…

— Chaque jour qui passe, j'ai une pensée pour elle et ma pauvre maman. Lorsque j'ai su que je devais revenir à Saint-Just, je me suis promis de vous rendre visite. En effet, j'ai appris qu'on avait enterré, dans le cimetière du couvent, un bébé. L'annonce avait été faite aux religieuses le matin même et les obsèques se sont déroulées dès l'après-midi… Est-ce exact ?

— Mademoiselle, sachez que je suis extrêmement malheureuse à cause de ce qui s'est passé ici, dans ma communauté… J'en ai honte… Vous vous rendez compte… Il ne s'agit en fait que d'un simulacre d'enterrement. Je puis vous assurer qu'il n'y a jamais eu de bébé mort ici, ces dernières années ! Je n'ai pas le droit de parler de ces choses-là, mais comme elles vous concernent directement, comme c'est vous qui êtes malheureuse, et comme personne n'a le courage de vous dire les choses, eh bien, je dois vous avouer un fait.

La religieuse laissa peser un long silence pendant lequel elle parut réfléchir intensément. Puis elle ajouta d'une voix encore plus faible :

— Mademoiselle, c'est quand même grave ce que je vais vous dire ! Mais cela pourrait expliquer bien des choses !

Mathilde restait tout ouïe, ne voulant manquer aucune parole. De ses grands yeux, elle observait gravement la religieuse.

— Alors que depuis de longues années on me confie les défunts, sans en oublier un, que je les prépare avant de les mettre dans leur caisse, là, on ne m'a rien dit... Vous comprenez, j'ai trouvé cela bizarre, anormal. D'autant que l'annonce de la mort du bébé a été faite lors de la prière du matin, et ses obsèques, quelques heures après seulement... Comme si l'on souhaitait se débarrasser de ce petit corps le plus rapidement possible... Je ne savais que faire. Vous savez, ici, je n'ai pas voix au chapitre ! Je n'ai qu'à me taire, mais cela n'empêcha pas que je fusse intriguée au plus haut point, et personne autour de moi ne se rendait compte de la situation. Alors j'ai voulu en avoir le cœur net, car je trouvais la situation surprenante !

La religieuse regarda Mathilde, lui prit la main en esquissant son pauvre sourire édenté, mais un sourire sincère et de réconfort.

— Peu avant l'enterrement, alors que toutes mes sœurs étaient au réfectoire, je me suis rendue à la chapelle où l'on avait amené le petit cercueil... et je me suis permis de l'ouvrir... Oh ! Ce fut facile, le couvercle ne tenait qu'en deux endroits. La minuscule bière était vide... Pour faire un peu de poids, on y avait glissé une bûche... J'ai honte de vous raconter tout cela, honte pour la communauté à laquelle j'appartiens, j'en ai pleuré et je ne comprends pas tous ces mystères...

Muette de saisissement, Mathilde se contenta de hocher la tête. La sœur Marie-Véronique posa sa tête sur son épaule et elle la prit tendrement dans ses bras...

— Oui ! C'est bien étrange... Merci, ma sœur, de m'avoir confié cela.

Alors que Mathilde rentrait chez Hortense pour lui faire part de son entrevue au couvent, le Dr Benoist et son épouse, revenant de leurs affaires, s'en retournaient au château de leur ami. Édouard n'était pas chez lui et l'on dirigea le couple au salon, où un bon feu crépitait. Il y avait là les parents d'Édouard, Georges, son père, en fauteuil roulant et son épouse, Geneviève, une femme douce et attentive qui ne le quittait jamais. Le médecin les salua, mais Georges, comme à son habitude, ne réagissait pas. Depuis son accident de cheval, il n'était plus le même. Le médecin s'enquit de sa santé puis se laissa tomber lourdement dans un fauteuil près de la cheminée, et aussitôt ses mains délacèrent les cordons de ses souliers. Depuis le matin, il marchait dans la neige à moitié fondue. Son épouse prit une chaise et s'assit près de son amie Geneviève, tendant ses bottines vers les flammes.

— J'avais les pieds glacés, dit-elle en s'approchant davantage du foyer.

— Oui, c'est l'hiver, ma chère Éléonore, et soyons heureux qu'il n'y ait pas plus de neige... Dans la vallée où vous habitez, le temps est tout de même plus clément.

Une servante approcha bientôt, chargée d'un plateau, d'une cafetière et de jolies tasses de porcelaine.

— Cela nous réchauffera, reprit Geneviève. Le temps est humide et froid. D'ici une demi-heure, nous aurons Édouard. On vient d'apercevoir sa voiture qui venait de franchir le col de la Garde. À vol d'oiseau, ce n'est pas très loin, mais il lui faut faire encore un bon détour ! D'ici, nous avons une belle vue dès l'instant où le temps est clair.

Édouard de Foncourrieu arriva enfin, tiré à quatre épingles, la barbe brune bien lissée, les mains gantées de cuir noir. Une longue veste de fourrure lui couvrait les reins et un bonnet de loutre enveloppait sa tête presque jusqu'aux yeux.

— Bonjour, Marcel, bonjour, Éléonore ! claironna-t-il dès qu'il eut franchi la porte du salon. Excusez-moi pour mon retard. J'espère que vous vous êtes réchauffés !

Il salua le médecin et son épouse, regarda sa montre gousset tout en se débarrassant de son bonnet et de sa veste. Il s'assit enfin dans un fauteuil recouvert de damas rouge, croisa les jambes et prit son visage entre ses mains.

— Tout le jour, à violentes rafales, le vent a giflé les montagnes ! s'exclama-t-il. Maintenant, il vient brusquement de s'apaiser, comme épuisé, ce qui sera quand même plus agréable… Ce temps, bien changeant, nous tourneboule, n'est-ce pas ? Comment allez-vous depuis avant-hier ? Je n'ai pas encore vu votre jolie protégée, Mathilde…

— Édouard, répondit Mme Benoist, nous lui avons dit qu'elle pouvait venir chez vous pour ces quelques jours, mais elle a préféré demeurer chez sa vieille amie Hortense qu'elle n'avait pas revue depuis longtemps. D'ailleurs, nous avons rencontré l'autre jour cette dame lorsque nous avons déposé Mathilde chez elle. Quelle brave personne !

— Elle nous a fort bien reçus, souligna le médecin. Qui plus est, avec une excellente tarte ! Voyez-vous, il y a parfois une attention surprenante chez les petites gens…

— Oh ! Je n'en doute pas, appuya l'épouse de Georges. Mme Hortense a le cœur sur la main… J'ai souvent surpris sa générosité…

— Rassurez-vous, Édouard, reprit le Dr Benoist, Mathilde n'est certainement pas restée sans rien faire ! De nombreuses questions la taraudent… Il lui tardait de revenir… Je crois qu'elle n'abandonnera jamais sa recherche. C'est une fille opiniâtre !

— Au fait, Marcel, coupa Édouard, figurez-vous que pas plus tard qu'hier j'ai rencontré l'un de vos confrères. Il exerce la médecine à Aurillac, mais il est de la région. Il s'agit du Dr Fabre, Amédée Fabre.

— Je ne connais pas de Fabre à Aurillac. Plusieurs ailleurs… Montpellier, Clermont-Ferrand…

— Vous allez le rencontrer, car il se joindra à nous tout à l'heure, pour le déjeuner. Il m'a révélé des faits étranges. Je n'ai pas voulu en informer votre charmante employée, Mathilde, car je désire en connaître davantage… Mais il a su que des nourrissons ont été raflés à leur mère, plutôt de pauvres filles, qui soi-disant n'auraient pu s'en occuper… Et bien sûr, cela d'une façon insidieuse, voire perfide… en tout cas, étrange !

Le Dr Benoist et M. de Foncourrieu se trouvaient en effet très circonspects par rapport à ce qui s'était passé à Saint-Just-d'Aubrac. Qu'il s'agisse des noyades ou de l'enlèvement de la petite Jeanne. Ils avaient déjà évoqué ces drames à plusieurs reprises mais, n'étant sûrs de rien, conservaient discrètement leurs informations.

XXIV

Trafic d'enfants

Le Dr Amédée Fabre arriva avec un peu de retard. La route enneigée n'avait pas été facile. Durant tout le repas qui se déroula dans la quiétude du château, il ne fut question que d'échanges entre médecins, de faits classiques ou de nouvelles mondaines. Puis Éléonore Benoist et son amie Geneviève se retirèrent, tandis que les trois hommes continuèrent leurs discussions au fumoir. Là, confortablement installés, ils allumèrent le havane. Bientôt, l'odeur de la poire domina celle de la fumée.

Assis dans un fauteuil profond, le Dr Benoist tétait voluptueusement une bouffée de son cigare fiché entre ses lèvres épaisses. Il réfléchissait...

Le Dr Amédée Fabre prit soudain la parole :

— Cher confrère, je dois vous informer de faits surprenants que j'ai déjà confiés à notre ami commun, Édouard. Je les tiens d'un confrère de Bordeaux : il existerait un trafic honteux d'enfants, de bébés, de gamins de deux, trois, quatre, cinq ans et même plus... C'est, paraît-il, une réalité ! Mais il est impossible de le prouver. Ce ne sont que des rumeurs. Cela se passerait, en grande partie, dans la péninsule Ibérique... Des familles fortunées, dont l'épouse serait stérile, seraient prêtes à acheter à n'importe quel prix des bébés ou des enfants qu'elles pourraient choisir suivant leur désir.

— A-t-on une idée depuis combien de temps ce trafic existe ? S'il existe, bien sûr ! demanda le Dr Benoist.

— On croit savoir que cela a débuté après la guerre civile en Espagne... C'est du moins ce que m'a rapporté mon confrère girondin.

— Pensez-vous que l'on aurait pu détourner un... nourrisson... français ?

— Je ne le sais pas, mais si cela est vrai, c'est abject ! Et l'abjection est capable de tout ! Enlever un enfant pour le revendre ? Quelle ignominie !

— Édouard a dû vous le dire... Ici même, au couvent, un nourrisson aurait disparu... Et ce bébé serait la propre sœur de Mathilde, qui travaille chez moi.

— Je connais fort bien la supérieure du couvent, sœur Pilar, une Espagnole, intima Édouard de Foncourrieu. Elle est plus que stricte, je vais même dire... impitoyable. On m'a rapporté, il y a peu, un fait étrange que je ne peux prouver : une jeune fille répondant au prénom d'Isabelle avait accouché dans une campagne reculée. Sur le moment, elle ne voulut pas garder l'enfant, car elle le considérait comme « un fils du péché ». Pourtant, il était magnifique et en pleine santé. Celui-ci aurait été confié au couvent de notre bourgade. Toutefois, quelques jours plus tard, la jeune parturiente désira reprendre son bébé. Elle revint ici et apprit, de la bouche même de sœur Pilar, que son enfant était mort... « Ma chère Isabelle, aurait-elle dit avec beaucoup de condescendance, votre bébé n'a pu survivre ! Il est enterré depuis plusieurs jours. Toutes les sœurs ont prié pour son âme. Il a été baptisé, il est donc votre petit saint. Dès à présent, vous pouvez le prier, il vous exaucera. Et puis, ma fille, vous êtes encore très jeune. Tant de femmes ne connaissent pas cette bénédiction de pouvoir enfanter : vous en aurez d'autres ! » « Mais, que s'est-il passé ? Il était en pleine santé mon bébé ! » se serait-elle insurgée. « Il s'est étouffé... Malheureusement, ce sont des choses qui arrivent parfois, lui aurait-on répondu. C'est si fragile à cet âge-là ! »

— Tout cela est bien étrange, en effet, reprit le Dr Fabre. Il serait intéressant de revoir cette jeune personne afin de la questionner.

— Cela ne sera pas possible... Elle est morte d'une embolie pulmonaire...

Les hommes restèrent pensifs sur cette réponse sans appel. Ils se servirent à nouveau de l'eau-de-vie de poire, rallumèrent un cigare et fumèrent en silence jusqu'à ce que le Dr Benoist reprenne :

— Mathilde, mon employée, devait se rendre au couvent, où elle s'est fait une amie. Vous savez, elle cherche cette petite, elle cherche ! Je puis vous l'assurer. Elle veut comprendre ce qui a bien pu se passer...

— Serait-il possible de lui demander... le résultat de cette visite ? proposa M. de Foncourrieu.

— Bien sûr, si l'on peut faire envoyer quelqu'un jusque chez Mme Hortense. Mathilde doit s'y trouver...

— Rien de plus simple, je vais la chercher, répondit Édouard. Ma voiture est disponible !

* *
*

Dans le salon du château, assise non loin des trois hommes, et quoique intimidée, Mathilde répondait avec clarté et venait de leur raconter l'enterrement hâtif qui s'était déroulé au sein même du couvent, sans toutefois dévoiler sa source. Elle voulait protéger la petite nonne de tout tracas. Sa version correspondait aux propos d'Édouard. Elle précisa un autre élément, qu'elle n'avait partagé jusqu'à présent qu'avec M. de Foncourrieu et son patron, celui que sa propre mère avait été probablement assassinée...

— Votre mère ? La maman de la petite soustraite du couvent, voulez-vous dire ? s'exclama le Dr Fabre.

— Oui, ma mère... découverte noyée... On n'a jamais su pourquoi...

— Y aurait-il un lien ? Mais... d'où tenez-vous cette information ?

— D'une personne qui a vu une étrange trace noire sur le cou de ma mère... Il est impossible qu'elle se soit suicidée, malgré tout ce que l'on a pu dire... On l'a vraisemblablement maintenue dans l'eau... de force... d'où cette marque... Elle avait tout préparé pour s'occuper de ma petite sœur à son retour du lavoir ! Tout, absolument tout !

Mathilde ne put retenir ses larmes qui remplirent ses beaux yeux d'une résignation touchante, et ses lèvres tremblèrent. Pourtant, elle restait droite, digne, les traits réguliers, et son regard laissait passer une petite flamme brûlante. Tout en elle suscitait l'admiration, le respect ! Les hommes la regardaient avec une attention fébrile, pleine de compréhension.

— Comment avez-vous pu savoir cela ? articula le Dr Fabre avec gravité.

— J'ai fait mon enquête auprès de plusieurs personnes, notamment celles qui ont connu autant ma mère que ma petite sœur. Mais j'avoue que je ne comprends pas... et je ne sais si ces deux drames sont liés... Maman est morte, c'est un fait ! Pourtant, je reste persuadée que ma petite sœur vit toujours. Je veux tout faire pour la retrouver et je vous remercie pour votre aide. J'y compte beaucoup... cela me permet de garder espoir... Je dois vous dire qu'elle a reçu le prénom de Jeanne lorsque le curé du village l'a baptisée... Ma mère ne voulait pas lui donner ce prénom, elle l'appelait Olympe. Si ma petite sœur a été... vendue... après qu'on l'eut volée[1], ce que je crois à présent, elle doit avoir probablement changé de nom et de prénom. Elle doit atteindre aujourd'hui à peine ses six ans...

— Six ans, dites-vous ! Il sera très difficile de la retrouver, déclara le Dr Fabre. Elle aura changé physiquement et nous n'avons aucun repère. À mon sens, ce ne sera que de son côté, si un jour elle le souhaite bien sûr, pour une raison ou pour une autre, qu'elle pourra se manifester. Placée dans une famille, dans une école, elle fera naturellement sa vie, ignorant son enfance. Elle peut vivre à l'autre

1. *Après la guerre civile en Espagne, des enfants ont été volés à leur mère afin de les confier à des familles proches du régime franquiste et de les éduquer dans cet esprit.*

bout de la France, dans le département, tout proche de nous ou à l'étranger, et mener son existence comme elle l'entend... Bref, on peut tout supposer...

— Effectivement, tout est possible, souligna le Dr Benoist. Mathilde, merci de toutes ces informations. Je constate que de notre discussion découle une lumière nouvelle qui éclaire certes bizarrement nos raisons de douter, mais en fait des raisons d'espérer... Il faut croire, et vous avez raison d'y croire, que cette petite Olympe est en vie !

Il avait neigé timidement une partie de la nuit. À présent, les flocons descendaient doucement, fort rares, et de temps en temps le soleil apparaissait dans un ciel percé de bleu. Le Dr Benoist, son épouse, Mathilde et son chien quittèrent Saint-Just-d'Aubrac après le déjeuner. Quand ils arrivèrent à Saint-Geniez, le pouls de la ville avait cessé de battre. Il faisait nuit de bonne heure en cette saison, et les commerces fermaient beaucoup plus tôt. Chacun allait se calfeutrer chez soi jusqu'à ce que les jours rallongent enfin.

Troisième partie

ESPAGNE, RÉGION DE LA NAVARRE, PAMPELUNE, ORPHELINAT DES SŒURS DE LA MISÉRICORDE

XXV

Une petite sauvageonne

Après avoir quitté le couvent de Saint-Just-d'Aubrac, avec à son bord la sœur Agustinia, une nourrice et la petite Jeanne, la voiture avait rejoint sa destination : l'Espagne. De couvent en couvent, toujours en des haltes discrètes et rapides, elle avait traversé la frontière en suivant des routes assez cahoteuses. La Traction s'était arrêtée devant une grande bâtisse ceinturée d'une haute muraille : l'orphelinat des sœurs de la Miséricorde de Pampelune.

— Nous y sommes enfin ! marmonna la sœur Agustinia en balayant d'un regard critique la façade grisâtre et défraîchie.

Puis, observant les fenêtres branlantes aux carreaux dépourvus de mastic, la toiture où manquaient quelques tuiles et le faîtage vieilli sur lequel roucoulaient quelques pigeons, elle maugréa :

— Il y a à faire ici ! J'espère qu'ils seront généreux ! C'est bien fatigant tous ces voyages...

Une religieuse vint ouvrir le portail et une vaste cour apparut, dominée par une imposante croix de métal érigée sur un socle qui ne l'était pas moins. La voiture avança doucement jusqu'au-devant d'un porche surbaissé et s'arrêta à nouveau. Les voyageurs attendirent quelques minutes, puis une jeune femme à la poitrine généreuse sortit du porche et se dirigea vers le véhicule dont elle ouvrit une porte arrière, là où se trouvaient la nourrice et le bébé.

— *Dame el niño !*[1] murmura-t-elle.

La nourrice le lui tendit sans un mot de plus. Le bébé se mit à geindre doucement puis à pleurer. De son côté, la sœur Agustinia ouvrit sa portière à grand-peine. Un vent violent, chargé de lourdes gouttes, s'engouffra instantanément dans la voiture, faisant voler son vêtement de religieuse.

— Dépêchons-nous ! ordonna-t-elle.

Elle sortit, prit dans le coffre une valise et suivit aussitôt la femme qui avait le bébé dans ses bras. Elles disparurent bientôt dans le couvent avec la nourrice, et la porte se referma. Sans tarder, le véhicule reprit le chemin inverse, passa le grand portail et s'éloigna dans le chemin pierreux.

* *
*

La petite Jeanne, que sa mère appelait Olympe, devint une vraie sauvageonne à qui l'on donna le prénom de Carmen. Dès son arrivée à l'orphelinat des sœurs de la Miséricorde de Pampelune, elle était passée de nourrice en nourrice, puis, dès qu'elle fut plus grande, intégrée aux autres enfants venus d'horizons bien divers. Lorsque ceux-ci atteignaient leur cinquième ou sixième année, une flopée de petits travaux leur étaient attribués. Ils devaient rendre, en quelque sorte, tout ce qu'on leur donnait pour les élever, et cela dans une discipline de fer.

Généralement, on confiait à ces enfants de menues tâches qui, bien qu'anodines, se révélaient considérables pour leurs petites mains. L'hiver, une sœur aigrie obligeait sa jeune troupe à marcher pieds nus sur le sol gelé, cela en guise de pénitence. La « pénitence », ce grand mot qu'elle utilisait constamment pour dicter sa conduite sévère aux tout petits, se trouvait toujours sur ses lèvres

1. *« Donnez-moi l'enfant ! »*

qu'elle avait minces et mobiles pour donner des ordres ou des corrections. Elle était impitoyable avec sa badine toujours à la main, et « ses » enfants, tels qu'elle les appelait, devaient marcher droit ! Cette religieuse, sœur Evangelista, au ventre adipeux, à la tête ronde, promenait un regard malicieux et perçant. Dotée de gros sourcils épais, exprimant une sévérité cruelle, elle en imposait. Sous sa coiffe blanche, son visage couleur de brique reluisait comme du cuivre astiqué. Les enfants, qui voyaient ses grands yeux rusés derrière ses lunettes, sa bouche rouge comme une blessure sanguinolente, en ressentaient une certaine peur. Seule semblait résister la petite Carmen car, dès les premiers âges, son caractère s'était affirmé.

— Tu n'es qu'une sauvage, hargneuse de surcroît ! lui hurlait la sœur Evangelista. Je saurai te mater, viens ici que je tire tes cheveux et tes oreilles par la même occasion !

Mais la fillette n'approchait pas pour autant. Elle connaissait désormais son agressivité et certainement sa malveillance, préférant s'en tenir éloignée, sachant très bien qu'elle courait bien plus vite que la grosse sœur. Cependant, un tantinet perverse, la religieuse se débrouillait pour la coincer d'une façon ou d'une autre et la sermonner d'une manière désobligeante. La petite Carmen ne pleurait pas, ce qui faisait enrager la tourmenteuse. Elle supportait stoïquement les pincements, les gifles ou les fessées, comme les sifflements de sa badine, sans un cri, sans une larme. Ses petits poings serraient si fort que ses ongles entaillaient la paume de ses mains...

Cruelle, la religieuse n'avait pas hésité à lui assener : « C'est à cause de toi que ta mère est morte et qu'elle est en enfer ! Il te faut écouter, sinon tu la rejoindras ! » Elle s'en était posé des questions, la petite Carmen, à genoux dans la chapelle ! Elle en avait inventé des prières, et des plus déchirantes ! Elle s'était même imposée des punitions pour racheter sa faute, celle d'avoir fait mourir sa mère !

Au cœur de l'hiver, on envoyait ces petits au lavoir, où ils devaient tordre les draps que les plus grands sortaient de l'eau. Ils se mettaient à deux ou trois enfants d'un côté, et autant de l'autre, pour vriller les draps afin de les essorer. Leurs petits doigts tendres s'entaillaient de crevasses qui s'ouvraient encore plus sous ces mouvements. Afin de les soigner, on leur donnait une boule de graisse qu'ils devaient pétrir longuement le soir. Une autre tâche ardue qu'ils se coltinaient concernait l'entretien des parquets à la cire d'abeille. Avant de cirer, ils devaient décaper les interminables planchers à la paille de fer, puis les balayer. À genoux sur le bois rêche, ils passaient alors au chiffon une couche d'encaustique qu'ils devaient encore briquer de longues heures pour rendre le sol brillant. Leurs mains et leurs genoux se trouvaient à dure épreuve. Il n'était pas rare en effet que des échardes de bois s'empalent dans leur peau tendre et délicate. Pauvres orphelins dont on volait l'enfance un peu plus chaque jour...

Dans la dureté de cette vie dont ils ne connaissaient qu'une sombre facette, les orphelins essayaient de s'épauler à leur façon. C'est ainsi que Carmen et sa petite camarade prénommée Sophia, qui devait être dans ce couvent depuis deux ou trois ans, ne se quittaient pas. Autant l'une que l'autre aimait jouer à chat perché, l'un des rares jeux qu'on leur tolérait. Vives, toujours en mouvement, il leur fallait des jeux d'action. Mais Sophia ne savait guère défendre le souffle léger de sa vie. Fragile, autant de corps que d'esprit, elle était en admiration devant son amie qui, elle, ne pleurait jamais, même si elle avait mal, même si on la battait, car Sophia ne s'en sentait pas capable. Cependant, elle s'insurgeait contre certaines camarades qui se moquaient de Carmen à cause de sa peau plus sombre que la leur, n'hésitant pas à lui dire qu'elle était sale et sentait mauvais. Alors, Carmen courait vers la fontaine pour se frotter avec fureur les bras, les jambes et le visage, en espérant les débarrasser de leur couleur ou de leur odeur.

Le chœur de la chapelle était émaillé d'étoiles d'or peintes sur fond bleu. Dès l'entrée, on y respirait l'odeur de l'encens évaporé et des cierges qui brûlaient près de l'autel. Des statuettes de plâtre, accrochées aux murs, au faciès consolateur ou souffrant, semblaient veiller sur les enfants. Il y avait une décoration ostentatoire qui ne manquait pas de les intéresser. Durant les longues prières, Carmen et sa petite amie s'étaient prises au jeu de compter les étoiles de la voûte, mais il y en avait tellement qu'elles n'en retrouvaient jamais le même nombre.

Les deux amies devaient se rendre régulièrement à la chapelle, car on leur avait confié l'entretien du sol, des bancs et des chaises qu'elles devaient, suivant les ordres établis, laver, dépoussiérer ou cirer. Près de l'autel, une crèche, qui restait en place très longtemps, attirait leur attention. Elles avaient remarqué, juste au-devant, un ange qui remerciait de la tête quand on glissait une pièce dans un petit coffre posé sur ses genoux. Les visiteurs du couvent y déposaient toujours quelques piécettes, certainement pour racheter leurs fautes. Les petites jouaient avec ce personnage rigolo dont la tête n'arrêtait pas d'osciller. Ne possédant pas de pièces, elles y glissaient de petits cailloux plats qu'elles ramassaient dans la cour, remplissant ainsi le coffret jusqu'au bord, à tel point qu'on ne pouvait plus y introduire quoique ce soit. Il fallut tout vider... et, bien sûr, il y avait plus de cailloux que de pièces ! On attribua donc ce sacrilège aux deux gamines qui furent violemment sermonnées et qui durent passer de longues heures à genoux à réciter des prières. Et Carmen, la plus délurée des deux, fut désormais étroitement surveillée. On lui avait adjoint une fille plus âgée, promise à la vocation religieuse, qui devait l'accompagner sans la lâcher d'une semelle. Elle s'appelait Lusiana. Grande fille d'une vingtaine d'années, aux cheveux noirs roulés en macarons sur les oreilles, elle devait la guider dans la connaissance de l'institution, l'aider le soir à faire ses devoirs et dans tous les gestes quotidiens. Elle l'incitait à la lecture et lui apportait des livres qu'elle avait déjà lus.

Affectueuse, dévouée, aimante, Lusiana était une personne très douce, absolument adorable. Et Carmen, qui n'avait jamais reçu d'amour, acceptait d'être entourée, cajolée, ce qui lui réchauffait le cœur. Durant les repas, ses yeux se posaient sur elle avec une expression de tendresse. La gamine, qui avait si peu l'habitude d'être câlinée, se laissait volontiers entraîner par cette attention particulière et légère que développait tendrement la grande fille à son égard.

— Je veux te rendre l'enfance que tu n'as pas eue, lui susurrait-elle d'une voix tremblante d'émotion. Je sais que tu sors de la misère, ma petite Carmen, et je ne demande qu'à t'aimer... C'est une belle chose, tu sais, la plus belle qui soit... Et puis tu es jolie et intelligente, je me plais tant en ta compagnie ! Je te protégerai de la vilaine sœur et de sa badine...

Muette de saisissement, Carmen se contentait de hocher la tête. Elle n'avait pas l'habitude de tant de prévenance et, depuis toujours, ne pouvait compter que sur elle.

Un matin, Lusiana aperçut une méchante ecchymose sur l'épaule de la gamine qui descendait jusqu'à l'avant-bras.

— Qu'as-tu, ma petite Carmen, comment as-tu pu te faire cela ?

Elle expliqua vaguement qu'elle était tombée. En fait, c'était la sœur Evangelista qui l'avait pincée si cruellement qu'elle en souffrait encore. Mais elle conserva cela pour elle. Lusiana lui fit aussitôt une compresse de jus d'ortie, ce qui la calma. Elle exigea de voir « plus loin » et découvrit d'autres marques, plus au moins anciennes, qui témoignaient justement des tourments qu'infligeait cette sœur à ses « petits protégés, ses enfants qu'elle aimait tant »...

Dès 6 heures du matin, Lusiana assistait à sa toilette, celle que l'on appelait la « toilette du chat », autrement dit du visage et des mains. Une fois par semaine, il s'agissait du trempage et du lavage des pieds et des jambes. Tout s'arrêtait normalement là, car le reste n'était pas prévu : ces parties, dites honteuses, représentant une occasion indubitable de péché, devaient être oubliées ! Lusiana ne souhaitait pas en rester là, voulant la laver tout entière, s'attardant même pour lui remplacer ses vêtements.

Dans la tiédeur sucrée des longs crépuscules, alors que tous les enfants sommeillaient, Lusiana s'était approchée du lit où Carmen dormait comme un ange, ses cheveux étalés sur l'oreiller. Elle se coucha près d'elle, l'enlaça, la caressa, la pressa contre son sein. Elle perçut la chaleur de son souffle. Carmen se réveilla et vit alors ses yeux qui semblaient la défier.

— Ah ! Ma jolie Carmen, comme j'aime le pigment de tes lèvres. Laisse-moi te connaître, te déguster, lui murmura-t-elle à l'oreille.

— Laisse-moi dormir, j'ai sommeil lui répondit-elle sans trop comprendre les intentions de celle qui était censée veiller sur elle...

Une autre fois, elle l'attira contre son être et osa, dans un geste peut-être maladroit, baiser sa joue... mais elle embrassa le coin de ses lèvres entrouvertes... Elle semblait affamée de ce jeune corps souple qui ployait sous elle comme un roseau.

La mère supérieure de l'orphelinat n'était pas dupe et avait remarqué que la jeune fille serrait souvent la gamine sur sa poitrine. Elle l'embrassait à tout bout de champ et avec beaucoup trop d'emportement. Elle comprit le lien étroit et malsain qui s'établissait entre Lusiana et Carmen... et décida de les séparer. Un matin, les choses changèrent. Ce fut une autre qui vint dans le dortoir, une trentenaire à la mine sévère. Dès lors, elle tapait violemment dans ses mains, à l'heure voulue. Elle venait assister au réveil des enfants qui devaient se hâter. Rapidement, elle écartait les rideaux, ouvrait les fenêtres puis les volets, laissait enfin la lumière et le vent se couler dans le dortoir. Lusiana n'était plus là. Elle avait été conduite dans un autre couvent, à Madrid...

XXVI

Des secrets inavouables

PARTICULIÈREMENT ENDIABLÉES lorsqu'elles se retrouvaient seules, Carmen et Sophia adoraient fouiller les moindres recoins. Pour elles, il s'agissait d'une véritable échappatoire dans ce monde trop fermé, et chaque découverte, très anodine parfois, les remplissait de joie. Elles pouvaient alors informer les autres orphelines, avides de leurs observations, ce dont elles étaient très friandes. C'était ainsi un vrai bonheur que de restituer les attitudes ou les déconvenues qui pouvaient concerner les religieuses, principalement celles de la sœur Evangelista, qu'aucun enfant, d'ailleurs, ne pouvait souffrir. Alors, dans ces cas-là, un bon sourire émaillait leur visage habituellement triste. Les deux gamines rapportaient, avec sérieux et fierté, le produit de leur chasse. Mais c'était toujours avec une certaine espièglerie qu'elles servaient à leurs camarades les prises de bec entre l'une ou l'autre, ce qui ne manquait pas d'intérêt, les noms d'oiseaux qu'elles se jetaient, jusqu'aux empoignades parfois vigoureuses.

Au cœur de cette grande bâtisse, les multiples activités de nettoyage, d'époussetage, de lessivage ou de rangement permettaient à Carmen et Sophia d'aller en des endroits plus ou moins cachés ou interdits, comme le dortoir des grandes filles et les couloirs où se succédaient les cellules des sœurs. Même si l'on cherchait à séparer les orphelines, suivant leur âge, des plus jeunes aux plus âgées, des contacts s'établissaient. De ce fait, des secrets inavouables circulaient allègrement, au grand dam des sœurs qui ne pouvaient tout contrôler. Et bientôt, le secret n'en était plus un ! Les informations cheminaient gaiement de petite bouche à petites oreilles attentives. Par ailleurs, les grandes filles leur expliquaient fièrement les étapes troublantes de la modification de leurs corps qu'elles avaient elles-mêmes connues :

— Vous verrez quand vos règles viendront, le sang coulera entre vos cuisses. Il faudra faire avec ! D'ailleurs, c'est de là que les bébés sortent !

— Mais comment ils entrent ? interrogeait innocemment une gamine.

Et, bien sûr, une grande rigolade issue des plus grandes matérialisait alors ce moment. Et les explications repartaient de plus belle, avec parfois un dessin à la craie sur le sol ou une portion de mur dissimulé. Finalement, il semblait que les orphelines, enfermées dans cette enceinte de couvent, connaissaient beaucoup plus de choses sur ces mystères cachés que les filles qui vivaient libres à l'extérieur. Une ancienne fille des rues qui devait bientôt prononcer ses vœux avait raconté des choses qu'elle avait vécues il y avait déjà quelques années, choses qui se transmettaient toujours allègrement. Elle avait accouché à quinze ans dans un autre couvent, y laissant son bébé. La pauvrette, qui n'avait aucune famille, ne savait que faire, car elle venait d'une maison où l'on recevait des hommes : à treize ans, elle savait tout de l'amour pervers mais n'avait jamais rencontré le vrai. C'est pour cela qu'elle avait épousé Jésus, celui qu'épousaient toutes les sœurs. Le Jésus du couvent, qui avait souffert autant qu'elle, et que l'on représentait cloué sur une croix...

C'est ainsi que Carmen et ses amies avaient appris, auprès de grandes filles, comment se faisaient les bébés, comment se déroulait l'accouchement, jusqu'à certains détails de la vie qui pouvait exister entre deux êtres physiquement différents. Quelques mois auparavant, Lusiana elle-même avait révélé à sa protégée des confidences troublantes... avec l'aide de quelques attouchements inquisiteurs... Bien sûr, dans leur aréopage enfantin, les plus jeunes écoutaient avec un plaisir évident ces révélations inopinées, d'autant qu'elles étaient révélées sous le sceau du secret, ce qui développait indubitablement le piment de la chose.

* *
*

Toujours affectées aux basses besognes, Carmen et Sophia avaient été appelées afin de nettoyer le sol de la chambre où était couchée une jeune parturiente. Celle-ci, qui paraissait bien misérable, venait de vomir, et le sol en avait été souillé. Peu de jours avant, elles l'avaient aperçue à son arrivée, une petite valise à la main, le ventre rebondi. Visiblement, elle avait peine à marcher.

— Je suis désolée de vous donner cette corvée, pardonnez-moi, mesdemoiselles, je n'ai pu me retenir, articula faiblement la future maman.

— Vous savez, madame, si on ne nettoie pas ici, ce sera ailleurs ! répondit avec un joli sourire Carmen. On va tout laver et rien n'y paraîtra !

— Vous êtes des petites adorables, merci ! Si j'avais pu me lever, je l'aurais fait, mais mon bébé va venir d'un instant à l'autre... je crois...

Il ne fallut pas longtemps aux filles pour remettre de l'ordre. Elles étaient à bonne école et savaient que la besogne devait être menée rapidement, sinon gare aux pincements, taloches et autres coups de badine !

Le jour suivant, sortant de la chapelle, elles virent une autre femme d'une trentaine d'années, au ventre proéminent, traverser la cour.

— Tu vois, Sophia, cette dame va bientôt faire un bébé ! Viens, on va la suivre. Peut-être qu'on va la mettre à côté de la dame qui a vomi ? Oh ! Elle sent bon !

Fort élégante, cette future mère portait un grand chapeau et un sac à main, laissant dans son sillage les effluves d'un parfum envoûtant. Malgré son handicap, ne paraissant nullement en être gênée, elle marchait d'un pas rapide et vif. Avec une certaine fierté, promenant son abdomen saillant, elle suivit un couloir puis frappa à une porte. Une religieuse en sortit et lui dit aussitôt d'une voix mielleuse tout en lorgnant sa taille épaisse :

— Ah ! Bonjour, madame, nous vous attendions. J'espère que le voyage n'a pas été trop fatigant.

— Non, non ! On vient de me déposer devant le porche d'entrée. Je repartirai demain, à la première heure. Mon mari viendra me chercher.

— Votre bébé vous attend, madame, et votre chambre aussi. L'enfant est magnifique, vous allez pouvoir l'emporter ! Je vous conduis d'abord chez notre mère. Ensuite, vous aurez la chambre numéro 7. Voyez, c'est tout à côté...

Curieuses comme deux chattes, tout en étant très discrètes, Carmen et Sophia, qui avaient suivi la dame enceinte, avaient tout entendu. Pour elles, c'était un jeu émoustillant que d'observer ainsi. Il y avait un recoin, face à la chambre numéro 7, et elles s'y réfugièrent. Bientôt, la porte du bureau de la supérieure s'ouvrit et la dame en ressortit, toute souriante, pour regagner la chambre désignée. Mais elle s'en échappa presque aussitôt, aussi fine qu'une liane, aussi souriante qu'un chérubin. Tenant contre sa poitrine son sac à main, elle retourna dans le bureau qu'elle avait quitté quelques minutes auparavant.

Ce manège intrigua les deux filles tout en aiguisant un peu plus leur appétence. Sans réfléchir davantage, elles pénétrèrent à l'intérieur de la chambre 7 et aperçurent, posée sur une table, une sorte de petit matelas rembourré avec deux bandes de tissu qui devaient servir à l'attacher. Elles comprirent aussitôt qu'il s'agissait d'un faux ventre[1]. D'ailleurs, imprégné de son parfum, il était encore

1. *Ce type de faux ventre de grossesse a été utilisé vers cette époque par des femmes stériles afin de pouvoir dissimuler au mieux le trafic d'enfants.*

tiède de la chaleur corporelle de celle qui venait de le déposer. Il n'y avait aucun doute ! Sans tarder, joyeuses de leur curieuse découverte, elles reprirent leur ouvrage... Tout à l'heure, elles auraient à raconter à leurs camarades...

Dans la matinée, travaillant à balayer la cour, Carmen et Sophia croisèrent la jeune femme qui, la veille, avait vomi dans sa chambre. Sa mauvaise mine et son visage blafard interpellèrent les deux filles. Elle repartait tristement, sa petite valise à la main, les yeux mouillés de larmes. Malgré son jeune âge, Carmen possédait déjà une sensibilité aiguë. Elle lui dit tout simplement :

— Vous êtes encore malade, madame...

— Non, je n'ai pas vomi comme l'autre jour, je suis tout simplement fatiguée. Mes enfants ! Vous êtes bien bons... Je crois que je ne pourrai plus... J'ai perdu mon petit garçon... Il est parti vers le ciel, m'a-t-on dit...

Et elle avança jusqu'à la sortie pour enfin disparaître... Carmen et son amie ne surent jamais que la dame au chapeau et au faux ventre était repartie, de bonne heure le matin même, emportant dans un couffin d'osier un joli petit garçon. Celui de cette pauvre femme...

XXVII

Un vent de liberté

CET ÉTÉ, LE SOLEIL D'ESPAGNE semblait allumer chaque jour un grand incendie dans le ciel. La chaleur pesait dès les premières heures de la matinée jusqu'au milieu de la nuit. Sous cette canicule pesante, Carmen et Sophia avaient été envoyées chercher une énorme corbeille de linge. Elles avaient un peu traîné dans leur tâche harassante. Dehors, l'astre du jour coulait son huile chaude, l'intolérable soleil les faisait tituber. Toujours ensemble pour des tâches répétitives, les deux filles étaient rouges, à croire qu'elles avaient des tomates mûres à la place des joues. Sous le poids de leur fardeau, elles n'avançaient qu'à petits pas lorsque la sœur Evangelista, qui semblait s'impatienter, arriva, son éternelle badine à la main, tout en les réprimandant sur leur retard, leur promettant une sérieuse pénitence.

— Allez, petites fainéantes, dépêchez-vous, on vous attend. Ce n'est pas le moment de lambiner !

Et elle les fouetta, tant sur leurs jambes nues que sur leur tête. Tout à coup, Sophia s'effondra… Sa nuque heurta une pierre saillante. Elle eut quelques convulsions et ne bougea plus. La sœur Evangelista se pencha sur elle, vit que du sang s'écoulait de sa tête et appela. Deux religieuses se précipitèrent pour secourir l'enfant et la transporter à l'intérieur. Mais, peu de temps après, la vie s'échappa de ce jeune corps...

Sophia était morte. Lorsqu'on l'avait relevée de terre, telle une jolie fleur coupée, une mare de sang s'était figée à l'endroit même où sa tête avait cogné. On aurait dit un long pétale de coquelicot géant. Carmen resta quelques minutes abasourdie, immobile, après que l'on eut emporté la frêle dépouille de son amie, à scruter cette couleur écarlate qui brillait étrangement sous le soleil violent... Et dans son regard, où circulait âprement une lueur de révolte, on voyait se heurter ses prunelles sombres...

Ce soir-là, après le drame, la nuit vint comme un mauvais présage. Dans la longue mansarde du couvent, sous le toit de cette grande demeure, alors que ses camarades dormaient et qu'au-dehors la nuit était tombée, allongée sur sa couche au sommier de fer, la petite Carmen, véritable écorchée vive, toujours prête à bondir, n'avait cessé de tourner. Après qu'ils eurent appris la tragique nouvelle, les petits orphelins avaient été dirigés vers la chapelle afin de prier pour leur camarade « que le Bon Dieu venait d'appeler près de lui pour en faire une sainte »... C'était ainsi que la supérieure leur avait présenté cette fatalité. Sous ses draps, Carmen, qui ne pleurait jamais, pleurait, non pour elle, mais pour sa petite amie qu'elle ne devait plus revoir... De longues et lourdes larmes coulaient de ses yeux. Des larmes tourmentées, des larmes de douleur qu'elle lapait lorsqu'elles arrivaient à la commissure de ses lèvres... Mille questions, dont elle n'obtenait aucune réponse, hantaient âprement la gamine : est-ce donc ainsi, la vie ? Est-elle si courte et si sombre ? N'y a-t-il rien de plus ? C'est vraiment cela, le destin ? Ce petit bout d'existence mené à la baguette, bousculé par une femme détestable ?

Son esprit, empli de silences, hurlait violemment au plus profond de son être, ce qui l'empêchait de s'apaiser. Tout d'un coup, elle quitta vivement son lit en essuyant ses larmes, marcha jusqu'à la fenêtre, l'ouvrit, inspira plusieurs goulées d'air tiède. Par l'interstice des volets, un éclair illumina le dortoir, puis plusieurs autres lui succédèrent. Elle poussa les battants. Depuis les hauteurs du dortoir, elle voyait, sur le sol de la cour, cette trace, encore apparente malgré la pluie qui venait de tomber, cette marque, à présent brune, qui témoignait douloureusement de la mort de son amie Sophia… Cette empreinte la suivait, sa couleur la hantait…

Tous les oiseaux s'étaient tus. La nature devenait sombre, pesante puis noire comme un manteau de veuve. Le tonnerre ébranla tout l'espace. Les cohortes serrées de nuages ténébreux s'amoncelèrent. On aurait dit que la colère du ciel voulait se déchaîner au-dessus du couvent. Bientôt, une pluie drue, sulfureuse, de plus en plus violente, tomba en bourrasque, inondant le plancher du dortoir. Trempée, stoïque, impassible, Carmen resta devant la baie ouverte. Un éclair déchira le ciel, immédiatement suivi d'un coup de tonnerre magistral. Il y eut un énorme fracas suivi d'un sifflement violent qui ressemblait à un hurlement humain. La girouette disposée au sommet de la toiture reçut un coup de foudre et vola en éclats. Les débris tombèrent dans la cour, et certains s'accrochèrent à la croix qui la dominait. L'orage, effroyable et hallucinant, continua son œuvre, déchirant les dentelures sombres d'un ciel en colère. La grosse pluie engorgea les gouttières, et le vent s'emporta à son tour en des hurlements dantesques, pourchassant les nuages au-delà des hauteurs… Puis le calme revint, le ciel s'assainit, l'air devint plus cristallin et les étoiles apparurent. Carmen se sentit prise au piège, comme un oiseau qui se cogne aux vitres pour retrouver sa liberté. Cette grande demeure aux murs si hauts et si sévères était sa prison, mais l'odeur de la terre mouillée remonta jusqu'à ses narines, lui inspirant un air de liberté. Elle se recoucha.

Sous sa couverture, dans la profondeur pacifique du silence, enveloppée par des craintes diverses, Carmen essayait de contrôler ses passions, de dissimuler ses sentiments tout en obéissant afin de mieux contrôler sa vie. Cependant, dans l'ambiance pervertie de ce couvent, elle ne pouvait grandir avec insouciance. Peu à peu, sa toute jeune colère s'amoindrit, comme la tempête qui venait de se taire, comme la rivière regagne ses berges naturelles après la crue.

Pour elle, tout devint clair. Il fallait qu'elle fuie ces lieux trop carcéraux, lourds de mensonges et de perfidie... Elle se releva et, de la mansarde, évalua l'espace : le couvent était un long bâtiment ancien, avec une grande cour occupée par des parterres anémiques et une rangée d'arbres. De hauts murs sans ouverture, hormis celles du portail d'entrée et d'une petite porte dérobée, la clôturaient. Il fallait qu'elle longe ces murailles afin de trouver une solution...

De bonne heure, le son coriace de la cloche du couvent retentit et tira les orphelins de leur rêverie. La grande fille arriva à l'heure précise et tapa dans ses mains. Carmen était lasse d'une vie étiolée et stricte entre les dortoirs sombres et puants, entre les murailles hautes qui limitaient autant la vue que la vie. Elle en avait assez de la robe de mérinos noir, triste à pleurer, qu'elle portait toute l'année comme ses compagnes, et surtout de l'agressivité maladive de la sœur Evangelista. Dans cette atmosphère morose, les yeux de trop d'orphelins ressemblaient à des perles éteintes. Les siens, cependant, restaient animés d'une flamme vive qui ne vacillait pas ! Au-dessus du dortoir, le vent s'était à nouveau levé, brutalisant les tuiles... Une lueur particulière brillait dans ses yeux : bientôt, elle dormirait dehors, sous les étoiles... Ce qu'elle avait pensé la nuit revenait à sa mémoire. Elle allait se sauver, gambaderait librement, et en trouverait le moyen. À présent, du haut de ses neuf ans, Carmen savait parfaitement ce qu'elle faisait !

Un matin, alors que les religieuses étaient encore à la chapelle pour leur premier office obligatoire, Carmen se leva. Évitant de faire du bruit, elle avait ôté ses galoches inconfortables et marchait pieds nus sur la pointe des pieds, craignant de rencontrer quelqu'un. C'était le moment d'en profiter. Ayant atteint la cour, elle remit ses chaussures à moitié ouvertes, et se mit aussitôt à courir. La veille, près d'un angle, tout au fond, elle avait repéré une faille dans le mur d'enceinte en partie éboulé. Alors, comme un petit taurillon, elle se dressa sur ses jambes et, escaladant les pierres, elle glissa et retomba sur l'éboulis, s'écorchant les genoux. Ce n'était pas facile ! Derechef, elle recommença et réussit à s'enfuir en sautant la clôture. Enfin au-dehors, elle resta un moment interdite, observant un paysage nouveau qui s'étendait sans aucune barrière. Un souffle tiède agitait les branches fleuries. Le petit peuple de la cité commençait à s'agglutiner au seuil des fenêtres. Elle respira avec avidité cet air de liberté dont elle avait rêvé et qui sentait bon, puis marcha un long moment dans des ruelles aux murs si étroits qu'une personne adulte pouvait s'y érafler les coudes. Le vent éparpillait le son des cloches de l'orphelinat comme des gouttes d'eau, ce qui la fit sourire. Espiègle, libre, délurée, Carmen continua son chemin entre les habitations, puis se mit à suivre un homme vêtu d'une cape de berger qui traversait la place avec son âne lourdement bâté : tous deux se rendaient au marché. Elle se mit à courir dans les rues de Pampelune, déjà encombrées d'une foule bruyante et multicolore. Le roulement des charrettes, les vociférations des cochers, les troupeaux d'animaux, les cris joyeux d'enfants témoignaient déjà d'une vie exubérante qui s'amplifiait peu à peu. Une musique d'harmonica et de guitare noyait la vibrante circulation sous une mélodie familière. Elle suivit un moment cette marée qui s'arrêta plus loin, dans une belle boucle que formait la rivière l'Arga[1], là où se tenait habituellement le marché.

Sur les bords du cours d'eau, de hautes herbes bruissaient doucement sous la caresse du vent. Elle s'approcha, courut sur la berge, les cheveux embroussaillés, puis pénétra dans l'eau pour jouer dans le courant. Non loin de là, d'autres enfants vinrent s'amuser. Elle se mêla à eux, rayonnant de bonheur, heureuse de vivre, appréciant cette liberté soudaine. Toute la journée, avec la fougue de son âge, sous ce beau soleil, elle n'eut de cesse de gambader, de vivre ces moments glorieux d'indépendance.

Alors que l'astre du jour tournait, les enfants espagnols quittèrent leurs jeux, et Carmen fit de même pour s'aventurer à nouveau dans les rues. Elle avait faim et trouva au sol quelques fruits tombés des étals et même un morceau de pain. Cela lui suffit. Elle grignota tout en observant un dernier soleil qui rougissait le vide du ciel.

1. *Jolie rivière de Navarre (Espagne) qui traverse la ville de Pampelune.*

Rassasiée, la gamine reprit tranquillement son chemin. Devant elle, au milieu de la rue, dans la lumière qui s'estompait, un homme muni de béquilles claudiquait. Il avançait difficilement, s'essoufflait, s'arrêta enfin, puis s'assit au sol en s'appuyant contre un mur.

— Vous avez mal, monsieur, lui dit-elle d'une petite voix teintée de chagrin.

Le vieil homme la regarda un moment, étonné qu'on lui adresse la parole.

— T'en fais pas, ma petite, je suis comme ça depuis longtemps ! Tu es bien mignonne de te préoccuper ainsi de moi. La plupart des gens ne me disent rien... C'est tout juste s'ils ne me bousculent pas. Dis-moi, comment t'appelles-tu ?

— Carmen ! Voulez-vous une orange, monsieur ? Je viens de la trouver au marché. Par terre.

— Décidément, tu es très gentille, Carmen ! Que fais-tu ici ?

— J'étais à la rivière.

— Je vois, tu es toute mouillée, rentre chez toi pour te sécher... Il ne faut pas rester comme ça, tu peux attraper le mal !

— Je vais courir vite, ça va me sécher. Tenez, prenez cette orange, j'en ai déjà mangé. Elles sont bonnes !

Elle déposa le fruit au creux de sa main et s'élança aussitôt dans la rue étroite, disparut bientôt aux yeux du mendiant en se faufilant au cœur d'un lacis d'antiques venelles, pour cheminer, un peu plus tard, au travers de la ville. Au bout d'une place, entre les toits, la lune, cerclée d'une fine couronne brune, apparut. Il faisait bon, et dormir dehors ne la tourmentait pas, bien au contraire ! Elle découvrit une sorte d'alcôve sous un escalier où l'on avait entreposé un peu de paille et s'y réfugia. L'intensité du silence était rassurante. Recroquevillée comme un jeune animal, sous un ciel encombré d'étoiles, elle n'avait ni peur ni froid et s'endormit, heureuse dans sa liberté, les mains jointes entre les genoux.

Tôt le matin, les bruits de la rue eurent raison de son sommeil. Carmen s'étira, puis respira à pleins poumons un air chargé d'odeurs nouvelles. Elle se dirigea vers la rivière qu'elle avait quittée la veille, ce qui lui permit de s'asperger. Alors que son ventre vide criait famine, elle n'eut pas le temps de s'en préoccuper, car deux jeunes religieuses apparurent. Les pieds encore dans l'eau, elle voulut se sauver, mais fut prestement rattrapée. Son éphémère liberté était anéantie...

Dès son retour à l'orphelinat, la sœur Evangelista l'attendait de pied ferme, laissant libre cours à son ironie caustique. Sa lèvre se retroussa dans un mauvais sourire, son regard noir et ses gros yeux brillaient d'une certaine volupté. Elle pencha légèrement la tête sur le côté et l'observa comme une proie facile.

— Ah, te voilà enfin, petite chipie ! Tu vas apprendre qu'ici on écoute ! Et tu écouteras, renchérit-elle d'un coup de badine sur les jambes tout en lui tirant les cheveux. Allez ! Avance, graine de fille perdue !

Cette fois, Carmen refusa l'affrontement. Traînant les pieds, sous les coups répétés de baguette, sous les pincements sévères et cruels, comme si elle ne les ressentait pas, elle s'engagea dans le couloir qui menait à sa geôle, suivie de sa tortionnaire. Carmen était lasse, elle était pâle sous son hâle naturel et ses mains tremblaient. Elle entendit la cloche du couvent : il était un peu plus de 7 heures, sa chère liberté n'avait duré qu'un jour et une nuit...

La sœur Evangelista l'enferma dans une minuscule pièce où il n'y avait qu'une paillasse posée au sol pour dormir et un seau pour les besoins naturels. Elle y resta cinq jours, seule, avec du pain et de l'eau : une véritable prison, presque totalement obscure. Elle regardait à travers les fentes de la porte celles qui passaient en donnant parfois un coup de pied à la cloison. De l'autre côté, certaines raillaient : « C'est bien fait pour toi, la fugueuse ! » Et tout le temps qu'elle resta dans cet édicule, on ne vida jamais le seau, qui n'avait même pas de couvercle...

XXVIII

La vente

Lorsqu'on la libéra, lorsqu'on lui permit de retrouver son lit habituel, Carmen tournait et retournait, ne trouvant pas le sommeil. L'atmosphère du dortoir, avec son odeur fade issue de ses matelas de paille, de fanes de pommes de terre ou de copeaux de bois, imprégnait à nouveau la gamine. Dans sa geôle, ça ne sentait pas bon, mais là, ce n'était guère mieux ! « Je repartirai ! J'étais bien sous mon porche », se disait-elle en fermant les yeux. Et aussitôt, son esprit volontaire, imprégné de liberté, s'orientait vers son escapade, revivant les moments où le soleil caressait son visage, où elle respirait à pleins poumons sur les bords de l'Arga, où elle gambadait allègrement sous les grands arbres de la rivière... Elle se revoyait au cœur de ces rires d'enfants qui ne semblaient pas être bridés par une règle sévère.

Les jours, les mois, les saisons passaient, et Carmen souffrait de plus en plus de l'uniformité ambiante. Le soir, sous ses draps, les yeux gonflés de larmes dont aucune ne perlait, elle haïssait fortement ces sœurs qui la retenaient prisonnière. Elle vivait des nuits agitées, pleines de cauchemars enchevêtrés qui l'accablaient. Au matin, ses jolis yeux étaient soulignés de cernes. Elle avait recherché un moyen de fuir à nouveau, mais trop de regards l'observaient. La pauvre fille ne savait que faire pour échapper à cette monotonie qui l'entourait, à ce vide, à cette insuffisance de vie dans laquelle la sienne s'épuisait comme une flamme dans un air raréfié. Autour d'elle, on ressentait sa fébrilité, son malaise. Cette fille n'était pas faite pour le couvent, on allait l'expédier !

Un jour, la trentenaire, qui la surveillait comme le lait sur le feu depuis sa fugue, vint la chercher alors qu'elle travaillait à la plonge. La gamine essuya ses mains rougies par l'eau chaude de la vaisselle et la suivit jusqu'à la chapelle. Ce n'était pas habituel. Lorsqu'elles arrivèrent, la mère supérieure du couvent attendait. Femme rigide, qui effrayait quelque peu ses jeunes pensionnaires, elle avait toujours ses bésicles d'acier poli qui serraient un brimborion de peau entre les deux yeux. Et, lorsqu'elle parlait, le lorgnon s'agitait, décochant des éclairs.

— Asseyez-vous, dit-elle, dès qu'elles furent dans le sanctuaire.

Intimidée, Carmen obéit. Elle se tint bien droite sur son banc, les bras croisés, regardant avec un certain effroi cette sœur imperturbable à l'allure tyrannique. D'ailleurs, devant la supérieure, comme devant les autres sœurs, elle ne baissait pas les yeux. On le lui avait souvent reproché, mais fière malgré les pincements et les coups, la demoiselle n'en faisait qu'à sa tête !

— Ma fille, soyez attentive à ce que je vais vous dire, énonça-t-elle avec gravité. Vous êtes ici, dans cet orphelinat qui vous a accueillie avec générosité. Aujourd'hui, le Bon Dieu, qui vous protège depuis votre naissance, veut vous confier à d'autres personnes. C'est le moment pour vous. Vous allez intégrer une famille très croyante, qui vous entourera le mieux du monde. Dès lors, vous aurez un père et une mère. Ils vous donneront tout leur amour. Vous devrez les écouter sur tous les points. J'espère que vous ne ferez pas honte à notre communauté qui a dépensé des trésors pour vous élever.

La supérieure s'arrêta un moment tout en regardant Carmen, qui n'avait cessé de l'observer depuis qu'elle était arrivée. La gamine n'en baissa pas pour autant les yeux. Alors, elle continua de sa voix impassible et sèche :

— Ma fille, vous allez nous quitter pour rejoindre la France. M. Carlos Valenciano, avocat à Bordeaux, et son épouse, Mme Catherine, viendront vous chercher après-demain. Ils arriveront en voiture. Je vous recommande la discipline, la politesse, l'écoute, et surtout la prière, indispensable pour lier le tout ! Vous serez obéissante. Vous écouterez tout ce qu'ils auront à vous suggérer et à vous apprendre. Ils vous mettront dans une bonne école et vous deviendrez une personne convenable, droite et disciplinée ! Avez-vous compris ?

— Oui, ma mère.

— Avez-vous des questions ?

— Non, ma mère.

— Alors, faites votre prière et retournez à vos tâches !

Le surlendemain, vers le milieu de la matinée, une grosse berline sombre arriva dans la cour du couvent. Un homme grand, aux cheveux légèrement grisonnants et qui portait de beaux habits, accompagné d'une femme dûment chapeautée, plus petite, plus discrète, au regard bleu, sortirent du véhicule et se dirigèrent vers le parloir, où on les fit asseoir avant d'avertir la mère supérieure. Celle-ci ne tarda pas à venir avec Carmen, quelque peu effarouchée. Elle était maigre dans sa tenue, autant rapiécée que désordonnée, les cheveux mal taillés qui partaient dans tous les sens. Ses jambes efflanquées, sur lesquelles on devinait des hématomes, s'emboîtaient dans des galoches ouvertes aux lacets cassés.

— Je suis bien heureuse de vous rencontrer enfin, après nos échanges épistolaires ! s'exclama la supérieure en saluant le couple. Tout est en ordre du côté de la communauté. Et voici Carmen, monsieur Valenciano ! Est-elle telle que je vous l'avais décrite ?

L'homme observa longuement la petite orpheline qui, elle-même, semblait juger ce couple qu'elle avait devant elle.

— Elle a de beaux yeux, de très beaux yeux, certes ! Mais il va falloir qu'elle se remplume, dit-il d'un ton neutre.

Mme Valenciano fit deux pas en s'approchant de la petite, s'abaissa à son niveau, lui prit les mains entre les siennes. Une joie radieuse éclaira aussitôt son visage de future mère adoptive, un sourire doux apparut, mouillé de tendresse.

— Ma fille chérie, je serai pour toi une vraie mère et mon mari un vrai père, sois rassurée !

Et elle l'embrassa, la serra doucement contre son sein. La gorge nouée, Carmen demeurait impassible.

Dès que Mme Valenciano se releva, elle s'adressa à la supérieure :

— Ma mère, nous avons apporté de nouveaux vêtements, comme vous nous l'aviez suggéré... Et de nouvelles chaussures.

— Vous avez bien fait ! Nous allons procéder ! Suivez-nous, Carmen !

— Oui, ma mère.

Les deux femmes s'éclipsèrent un moment avec Carmen pour revenir quelques minutes plus tard. Revêtue d'une nouvelle robe claire et d'un chandail de laine couleur rose, de chaussettes grises et de chaussures neuves, son futur père l'examina de la tête aux pieds, la fit tourner sur elle-même puis acquiesça. Un sourire apparut sur ses lèvres. Il semblait rassuré et déclara, radieux :

— C'est bien ! Cependant, il va falloir arranger tes cheveux. Tu seras très jolie, Carmen !

Me Carlos Valenciano dévoilait sa satisfaction. Son épouse également. Il tendit à la supérieure une grosse enveloppe[1] qu'elle enfouit aussitôt dans son vêtement. En échange, la religieuse lui remit un manuscrit qu'il déplia avec soin. Il lut, avec une attention soutenue, les trois pages du document. Il prit le temps, sembla approfondir certains points, relut deux ou trois paragraphes. Quand il eut terminé, il replia le manuscrit et le glissa dans sa poche.

— Parfait ! Parfait ! dit-il sans façon.

Et il remercia chaleureusement la religieuse en lui serrant la main.

— Prenez bien soin de cette enfant, lui dit-elle. Vous aurez notre reconnaissance. Au nom de notre communauté, je vous remercie pour votre générosité...

---

1. *Après la guerre civile espagnole, le trafic d'enfants devint une affaire effroyable et très lucrative dans la péninsule Ibérique.*

XXIX

Une enfant studieuse

LORSQUE CARMEN AVAIT QUITTÉ l'orphelinat de Pampelune, bien entendu sans aucun bagage et les mains vides, elle avait pris place à côté de Mme Valenciano, à l'arrière de la grosse berline sombre qui sentait le cuir neuf. Le véhicule s'était engagé dans un chemin bosselé avant d'arriver sur la grande route. Alors que l'avocat conduisait, n'ouvrant pas la bouche, son épouse, Catherine, désormais mère adoptive, parlait doucement à la gamine. Elle sentait parfaitement autant sa fébrilité que son inquiétude, et lui expliquait qu'elle allait dorénavant vivre dans une grande ville et une belle maison. Qu'elle n'aurait plus jamais froid ni faim, aurait de beaux habits et de confortables chaussures…

Dès leur arrivée à Bordeaux, rue Duffour-Dubergier, où vivait le couple adoptif, Catherine Valenciano lui attribua une jolie chambre située tout au fond d'une aile, parfaitement équipée et dotée d'un point d'eau. Les deux fenêtres possédaient des rideaux de mousseline empesée, et le lit, un édredon qui bombait outrageusement sa courtepointe. Un petit bureau, sur lequel tictaquait une pendule d'albâtre surmontée d'une croix, complétait l'essentiel de l'ameublement. Mais Carmen, qui n'avait jamais rien possédé, ne fut pas sensible à ce luxe.

Le lendemain de sa première nuit, l'avocat fit examiner la gamine par un médecin de ses amis qui établit un bilan complet. Puis on lui fit une nouvelle coupe de cheveux et la fillette se trouva toute transformée dans de beaux vêtements, avec aux pieds des chaussures vernies, chaudes et confortables. Elle ne se reconnaissait plus ! C'était une autre vie qui commençait, une rupture totale avec ce qu'elle avait vécu au préalable : une chambre lumineuse qui sentait bon, un lit moelleux, de belles assiettes, de bons repas raffinés où elle mangeait des aliments nouveaux et savoureux. Elle en ressentit comme un trouble étrange, anormal. Il y avait en effet un tel décalage avec ce qu'elle avait vécu précédemment, et pensa même que c'était trop ! Toutefois, elle appréciait l'éloignement avec l'orphelinat et surtout avec la sœur Evangelista. Celle-là, elle ne risquait pas de l'oublier ! Fille intelligente et libre, toujours sur ses gardes, elle ne tarda pas à saisir qu'on souhaitait la « mouler » à l'ambiance des lieux, à la vie des gens avec lesquels elle vivait désormais, et bientôt avec ceux qu'elle allait rencontrer. Ses parents semblaient ravis d'avoir cette enfant : madame lui ouvrait largement ses bras et son cœur, monsieur se sentait pleinement satisfait... de son achat. Malgré des attentions agréables, elle percevait tout de même un froid particulier, un froid intérieur qu'elle ne s'expliquait pas...

Dans la grande maison où habitaient Carmen et ses parents adoptifs, tous les jours, et depuis plusieurs années, une petite dame venait faire le ménage et la cuisine. Son visage rouge et large, ses yeux plissés par le sourire, mais ronds et brillants, semblables à des perles de verre, attiraient la sympathie. Elle était adorable et se prénommait Anne-Marie. D'une discrétion absolue, elle effectuait consciencieusement son travail. On ne la voyait pas, et cependant les meubles étaient cirés, les cuivres lançaient des reflets, et les cristaux scintillaient sur les consoles. Les carreaux des fenêtres ne possédaient aucune trace et chaque chose dérangée la veille retrouvait sa place le lendemain. Quant à sa cuisine, elle était toujours excellente... Cependant, Anne-Marie était sourde et muette...

Carmen devait appeler « papa » et « maman » ses parents adoptifs. Lorsque son père arrivait, le soir après son travail, il s'installait devant la cheminée, dans son fauteuil habituel. L'abat-jour baignait la pièce d'une lumière douce. Il lisait alors son journal. Son épouse, Catherine, lui amenait sa boîte de cigares et son apéritif. Elle était une femme qui portait sa beauté avec mélancolie et qui s'était laissée sacrifier par son mari sans protestation. Il ne fallut pas longtemps pour que Carmen comprenne qu'elle s'efforçait souvent de sourire car, sur son visage qu'elle levait vers elle, il lui était arrivé de discerner des traces de larmes... Ses yeux faits pour pleurer exprimaient quelquefois une étrange détresse.

Cette ancienne famille de Bordeaux recevait évidemment le beau monde des alentours. Me Carlos Valenciano, avocat et grand bourgeois d'allure impeccable, entretenait des relations éminentes. Les plus hautes personnalités de la ville et des environs le rencontraient, soit pour affaires, soit pour tout autre sujet.

Lorsque de beaux messieurs, de belles dames venaient rendre visite, toujours bien habillés et dûment parés de gants, de montres à gousset en or, de magnifiques chapeaux et de somptueuses fourrures, Carmen, comme sa mère d'ailleurs, devaient se changer et revêtir leurs plus belles robes. L'avocat tenait à cela comme à la prunelle de ses yeux. La jeune fille était alors présentée comme un objet d'art, ainsi le ressentait-elle. Parmi ces gens, il y avait des médecins, des avocats, des prélats, des notaires, des préfets, bref, des personnalités très influentes, dont certaines appartenaient à l'Opus Dei[1]. Tous affichaient doctement leurs savoirs, parlant plusieurs langues, notamment le français, l'anglais et l'espagnol. Ces visites se terminaient parfaitement bien, chacun soulignant la beauté de Carmen,

1. *Ce qui se traduit du latin par « Œuvre de Dieu ». Organisation créée en 1928 dont certains membres ont été partisans du franquisme. À noter que ceux-ci prétendaient préserver les âmes des enfants des « Rouges » en les enlevant à leurs mères pour les confier à des familles proches du régime. C'était du moins ce que réclamait le psychiatre militaire Antonio Valleja-Najera.*

l'élégance de son épouse et le bon moment qu'il venait de passer en si bonne compagnie.

* *
*

Chaque jour, en jeune fille sérieuse, toujours à la tête de sa classe, Carmen rejoignait son école, habillée en jolie demoiselle riche, un bandeau dans les cheveux, le cartable de cuir à la main. Il s'agissait d'un excellent établissement choisi par son père où, bonne élève, elle apprenait avec ténacité, aimant étudier, quelle que soit la matière. L'amour des livres et de la musique représentait pour elle une échappatoire prodigieuse. Très jeune encore, elle se régalait de lire des classiques, qu'ils appartiennent à l'Antiquité gréco-latine ou aux grands auteurs du XVIIe siècle. Carmen gagnait comme une battante les premières places à l'école. Souvent, elle revenait, joyeuse, exubérante, avec un carton à la main, criant : « Je suis devant ! » Elle s'affirmait étonnamment de jour en jour et retenait tout, le bon comme le mauvais. Le soir, dans sa jolie chambre, très consciencieuse, elle ouvrait ses cahiers d'école sous la lampe et, la langue au bout des dents, se mettait à travailler dur.

Avec l'argent que lui donnait son père, elle pouvait s'offrir quelques bricoles, surtout des livres de littérature. Il semblait qu'elle était promise à un bel avenir et qu'une nouvelle vie allait pouvoir commencer. Sa mère la trouvait très courageuse, particulièrement attachée à ses études.

— Dis-moi, ma chérie, lui demanda un soir son père, devant un aréopage de personnalités, avec une affection curieuse, une sorte de désir de contraindre son destin par des paroles, de le lier à jamais avec quelques propos anodins. Que voudrais-tu faire plus tard, après tes études ?

— Eh bien, je deviendrai comme toi, avocate, répondit-elle nettement et avec une excellente élocution. Et je défendrai ceux qui souffrent, ceux qui sont maltraités, les enfants, ceux qui se font battre, je serai près d'eux ! Et je n'oublierai pas les femmes !

— Les femmes ? reprit-il, étonné.

— Oui, les femmes ! J'ai lu dans un journal que j'ai trouvé l'autre jour à l'école que la première femme qui prêta serment d'avocat en France était Olga Petit. Et que Jeanne Chauvin[1] plaida la première fois dans notre pays en 1907. Je veux faire comme elles !

— C'est bien ! Je n'en doute pas, ma fille, je n'en doute pas ! Et je constate que tu as bien retenu ce que tu as lu. Tu as bonne mémoire, et justement, il faut une bonne mémoire pour exercer convenablement cette profession !

1. *Sonia, Olga Petit (1870-1965) et Jeanne Chauvin (1862-1926), toutes deux avocates et féministes. Pour son premier procès, en 1907, Jeanne Chauvin plaida dans une affaire de contrefaçon de corsets. À noter que la profession d'avocat ne fut ouverte aux femmes qu'en décembre 1900.*

XXX

Un homme de haut rang

Depuis son arrivée à Bordeaux, Carmen s'était pliée à ces entrevues périodiques de hautes personnalités, mais ne restait pas dupe. Elle avait compris que cela ne représentait, pour son père adoptif, qu'un enduit superficiel, maintenu et redoré à chaque rencontre. Elle savait que celui-ci, avocat respecté, reconnu par ses confrères, apprécié de sa riche clientèle, s'affichait ostensiblement aux grandes cérémonies de la cathédrale, mais encore à la messe de chaque dimanche. Toujours sanglé dans un costume dont nul n'aurait pu déceler la moindre négligence, rasé de près, la tête haute, il marchait droit, madame donnant le bras à son époux, Carmen près du couple. Là encore, le peuple saluait bien bas et publiquement cet homme de haut rang, son élégante épouse et leur fille...

Et justement, leur fille, la jolie Carmen, s'était aperçue de bien des choses ! Ce père de substitution n'était pas si lisse qu'il voulait bien le montrer. Chaque jour, il vidait consciencieusement sa bouteille de bourbon[1]... et ne paraissait jamais saoul ! Elle avait compris que, dans ce milieu-là, celui où elle évoluait, il ne fallait pas parler d'éthylisme. Et pas davantage de violences conjugales ! Cela n'existait que chez les petites gens, les familles fragiles, peu

1. *Le nom de cet alcool, produit aux États-Unis dans le comté de Bourbon, lui a été donné en rapport avec la famille royale française des Bourbons.*

cultivées, au sein des foyers d'ouvriers ou de paysans. Et pourtant ! Le grand bourgeois, irréprochable, celui dont on recherchait l'appui, frappait son épouse…

Carmen n'avait pas tardé à deviner ce qui se passait dans le confinement de la maison. Surtout le soir, après qu'elle se fut couchée, ou la nuit. Sa chambre étant à l'extrémité de l'appartement, dans une petite aile, assez éloignée du salon où se tenaient les réceptions, elle ne percevait pas grand-chose. Pourtant, elle avait surpris plus d'une fois des éclats de voix entre ses parents, et avait compris que ce père qu'on lui avait donné n'était qu'un méchant. Dans l'intimité de la maison, le vernis civilisé s'était progressivement craquelé, apparaissant chaque jour, aux yeux de la jeune fille, un peu plus fissuré. Carmen s'était plusieurs fois interrogée devant l'attitude fermée de sa mère, les sourires forcés qu'elle exprimait difficilement. De plus, elle mettait des vêtements à manches longues alors qu'il faisait chaud, des foulards qui lui cachaient le cou, des robes qui lui arrivaient jusqu'aux chevilles, de grosses lunettes d'écaille… Un matin, elle l'avait vue boiter, et souvent ses yeux étaient rouges. Frissonnait-elle de peur ou de froid ? Avait-elle un problème de santé dont elle ne voulait pas parler ? Carmen restait dubitative face à cette situation qui semblait même s'aggraver et dont elle n'obtenait aucune réponse malgré son questionnement soutenu…

Mais un jour, alors qu'elle entrait brusquement dans la salle de bains, elle vit un gros hématome sur l'avant-bras de sa mère.

— Maman, qu'as-tu là ? Tu es tombée ?

— Oui, c'est ça… je suis tombée…

— Vraiment ! Fais-moi voir…

— Non ! Ne te fais pas de souci… ce n'est rien, dit-elle en s'esquivant. Je suis tombée l'autre jour, je me suis accrochée à une pierre sur la place des Quinconces.

La pauvre femme n'avait surtout pas envie de se confier, de lui dire qu'elle était victime de violences conjugales. Cependant, la jeune fille insista et releva davantage la manche de la robe, découvrant le bras jusqu'à l'épaule, où apparut une trace rougeâtre.

— Ce n'est pas rien ! Maman, tu as d'autres blessures, ici... et là... et là encore... Que se passe-t-il ? Il faut que tu me dises ! Tu dois me dire ! Et puis tu as terriblement maigri. Il me semble que tu fonds comme neige au soleil.

Elle avait l'air d'une phalène affolée. Oui, telle était l'impression qu'elle donnait ! Une phalène qui se bute d'une flamme à l'autre, qui ne sait où aller. La sueur perlait à son front. Sa gorge était sèche, elle eut l'impression d'étouffer. Silencieusement suppliante, elle regarda sa fille, puis, doucement, les larmes coulèrent sur ses joues, comme une fraîche averse après un été sec. Enfin, elle remua les lèvres. Il fallut un certain temps pour qu'il en sorte des sons. Une lourde chape semblait peser sur elle, épaisse et grise, pareille à du plomb.

— C'est vrai... avoua-t-elle péniblement sur l'insistance de sa fille. Tout lui est prétexte pour lever la main sur moi ! Parfois, j'enrage contre moi-même, je méprise ma faiblesse... Je n'y peux rien... Mais j'espère changer son comportement...

Carmen entraîna sa mère et la fit asseoir. Elle allait découvrir un comportement de son père qu'elle avait inconsciemment toujours ignoré, même si elle en avait plus ou moins pressenti quelque chose de méchant et de corrompu : une part de sa personne plutôt violente, voire inquiétante !

Bien calée dans son assise, après un long soupir, Catherine réussit à limiter ses pleurs puis à articuler quelques mots. Un rayon de lumière se faufilait à travers les jalousies et baignait doucement sa figure.

— Ma chérie, dès que tu as été parmi nous, j'ai essayé de m'occuper de toi, en te donnant tout l'amour dont j'étais capable. Je ne suis pas ta vraie maman, mais j'ai fait le maximum pour te transmettre ce que je pouvais, notamment une éducation convenable... Je ne crois pas avoir commis d'erreur dans la manière dont je t'ai élevée...

Elle s'arrêta quelques instants de parler, renifla, essuya ses yeux et regarda Carmen en soupirant.

— Oui, tu as tout compris, ton père me bat. Malgré cela, je t'en conjure, ne dis rien... Surtout, ne dis rien ! Ton père a construit un univers autour de sa notoriété ; il est reconnu comme un homme de valeur, qui sait beaucoup de choses, et il est utile à la société. On fait souvent appel à lui et à ses compétences... Alors, dans tout ça, je ne suis rien. Je ne suis que son épouse. Et puis, tu vois, je suis fautive, c'est de ma faute !

— De ta faute ?

— Bien sûr, ma fille ! Il voulait un enfant, et moi aussi je voulais. Même plusieurs... et, vois-tu, je ne pouvais pas... Et lorsqu'il l'a compris, son comportement à mon égard a changé du tout au tout[1] ! Que veux-tu, ma chérie, il a raison ! Je suis incapable de lui donner un enfant, de le rendre heureux...

— Maman ! Te rends-tu compte de ce que tu avances ? protesta-t-elle d'un ton pénétré. Tu n'es pas fautive, tu n'es pas coupable ! Comment peux-tu dire des choses pareilles ? Tu ne dois pas te comporter devant lui de cette façon ! Voyons, il doit te respecter, il n'a pas le droit d'agir et de te traiter ainsi. Sa violence ne pourra qu'empirer si tu ne dis rien... Il faut que tu réagisses ! Malgré ta douleur, malgré ta peine, vois, maman, nous sommes ensemble, tu ne rêves pas et je tiens ta main. Écoute ce que je te dis !

Mais ces paroles glissaient sur elle comme l'eau sur les plumes d'un canard. Elle vivait intérieurement son monde, celui d'une femme qui devait être naturellement dévouée à son mari, voire le subir si nécessaire, car telle était sa mission ! Une mission qu'elle avait apprise lorsqu'elle était enfant, une mission qu'on lui avait inculquée à nouveau lorsqu'elle était jeune fille et qu'elle devait impérativement respecter en tant que femme mariée... Bien canalisée dans ce devoir qu'elle devait accomplir, les propos que lui tenait sa fille ne pouvaient guère pénétrer son esprit... Toutefois, sur l'insistance de Carmen, Catherine murmura d'une voix lasse :

1. *Le régime franquiste sublimait les familles nombreuses. De ce fait, l'on ne regardait pas d'un bon œil une femme stérile. Cela était systématiquement de sa faute, même si la stérilité venait de son conjoint.*

— La première fois qu'il m'a frappée, alors que j'étais à terre, il m'a relevée puis m'a longuement serrée dans ses bras. Je n'en revenais pas ! Il m'a demandé pardon et m'a juré qu'il ne recommencerait pas. Durant quelques jours, il a été un mari parfait et je lui ai fait confiance… On m'a toujours enseigné que le bonheur est dans l'oubli de soi-même, dans le dévouement… et le dévouement d'abord à son mari… Alors, c'est ce que j'essaie de faire… Peut-être que cela ne lui suffit pas… Mais je t'interdis absolument de dire quoi que ce soit ! Je te confie cela, et ça doit rester entre nous ! Rien ne doit transpirer de ce qui se passe ici. Cela ne regarde personne… Je t'en prie, ne me trahis pas, ma chérie ! La sincérité, c'est la règle de ma vie. Je me suis imposé cela et je ne veux pas faillir à ce devoir !

Par ses propos, la maman Catherine essayait d'entretenir le dialogue avec sa fille, voulant lui faire comprendre que, dans un foyer, qui plus est béni par le mariage, l'épouse devait suivre son mari et le rendre heureux ! Carmen en profita pour lui rappeler qu'elle devait tout de même rester sur ses gardes :

— Tu ne dois plus accepter ses coups ! Si tu ne réagis pas, il deviendra encore plus violent. Il doit te respecter !

— Je sais qu'il n'a pas de cœur… D'ailleurs, je dois te dire que ses « amis », ceux qu'il reçoit chez nous avec une certaine fierté, il les considère comme une populace sale et vindicative. Rien ne lui convient ! Et c'est étrange, il préfère les mauvais garçons avec lesquels il tisse une existence de calculs et de ruses, d'amertume et de canaillerie. Malgré cela, il est mon mari, il est ton père, il a tous les droits !

— Ah ! Non, maman, il n'a pas le droit de te faire du mal ! Qu'il pense ce qu'il veut, mais il ne doit pas te battre !

— Oh ! Je n'ai guère de volonté et je pressens bien les dangers de ma faiblesse… Parfois, j'en ai les larmes aux yeux… Pourtant, ma fille, il n'existe qu'un chemin qu'une femme en ce monde doit suivre coûte que coûte : aimer et accompagner son époux sans lui déplaire ! Lorsque j'étais toute petite, on nous enseignait déjà au catéchisme que le poids de la réprobation première et de la faute originelle étaient dévolus à la femme. Ève avait entraîné Adam dans le péché : c'était donc à elle de le tirer de là !

— D'accord, maman, pour le catéchisme ! Mais ce n'est pas une raison pour que tu acceptes une telle vie !

— Mais si, ma fille, je te l'assure ! La femme est façonnée pour le dévouement... Nous apprenions justement qu'elle devait être subordonnée à son père comme à son époux, qu'elle était née pour servir, prier et endurer afin de gagner la vie éternelle. Les prêtres nous ont toujours enseigné cela, et ma pauvre mère disait pareil. Nous devons absolument respecter ces principes essentiels de la religion...

La jeune Carmen découvrait une histoire qu'elle avait peine à imaginer, et souffrait que sa mère admette une telle situation. Trop imbue de spiritualité, ne voyant qu'au travers des préceptes de la religion, elle était une femme particulièrement attentionnée à chacun, n'élevait jamais la voix, préférant subir que de solliciter ou de gêner.

Dans l'isolement de son lit, Carmen repensait aux révélations de sa mère. Le cours normal des sentiments qui l'animaient avait été dévié brusquement comme on détourne un ruisseau. Malgré ses jeunes années, elle ne pouvait accepter de tels propos. Elle venait de discerner une belle hypocrisie qui s'étalait manifestement sous le toit feutré où elle vivait. Bien sûr, son père n'avait jamais levé la main sur elle. Mais son esprit vif et ouvert s'assombrit aussitôt. Que pouvait-elle faire devant un homme pareil ?

Lorsqu'elle était arrivée à Bordeaux, certainement trop jeune ou trop insouciante alors, Carmen n'avait pas remarqué la dure physionomie de son père ni l'attitude de soumission de sa mère. Il restait toutefois attentionné à sa fille, lui expliquait sa vie, la questionnait sur ce qu'elle apprenait, sur ce qu'elle lisait, mais elle n'était qu'une adolescente sensible ne souhaitant qu'adoucir la vie de sa mère.

— Maman ! lui dit-elle. Tu es formidable et tu ne mérites pas ce qui t'arrive. On ne peut que t'aimer et tu es trop seule ici. Pourquoi n'invites-tu pas des amies à la maison ? Celles que l'on rencontre au-dehors paraissent très agréables, sympathiques, gentilles au possible, ce serait bien pour toi d'avoir quelques voisines qui viendraient papoter, surtout quand je suis au lycée ! Tu le constates, je m'absente longtemps !

— Il est vrai qu'avant mes amies venaient régulièrement et j'allais chez elles... J'étais heureuse en ces moments. On partageait beaucoup de choses, on riait, on mangeait un gâteau, on buvait du thé... Mais ton père a mis fin à tout cela. Il ne veut plus que je les fréquente, et les considère comme des personnes sans intérêt. J'en suis privée car il n'accepte plus qu'elles mettent les pieds ici.

XXXI

Un secret bien gardé

À LA SUITE DES CONFIDENCES de sa mère, Carmen s'était rapprochée d'elle. Leurs discussions régulières se révélaient plus sereines, leurs échanges leur apportaient un bienfait incommensurable et elles découvraient qu'elles avaient besoin l'une de l'autre. Catherine lui dit un jour :

— Heureusement que tu es là, ma fille chérie...

— Peux-tu me dire, maman, comment vous m'avez choisie, moi, à l'orphelinat ? Il y avait tant d'enfants !

— Comme je ne pouvais lui en donner, ton père voulait absolument un enfant qui lui fasse honneur, qu'il ait du caractère comme lui, qu'il soit éveillé et intelligent comme lui, enfin, un enfant qui puisse lui ressembler ! Il savait qu'il était possible, grâce à ses relations secrètes en Espagne, de « choisir » un enfant tel qu'il le souhaitait. De plusieurs orphelinats, il reçut des propositions, jusqu'à ce qu'une lettre du couvent de la Miséricorde de Pampelune attire son attention. Ce courrier ne disait pas grand-chose, car toutes les lettres qui circulaient à cet effet ne contenaient qu'un texte sibyllin qui pouvait dire tout et son contraire. Bref, à la suite de cette information, ton père quitta Bordeaux pour se rendre à Biarritz. Il devait rencontrer dans la crypte de l'église Sainte-Eugénie de la ville une religieuse à une heure donnée. Cette religieuse serait en oraison, sur le prie-Dieu de gauche, devant le tombeau du père Gaston Larré[1]. Ton père devrait alors s'agenouiller sur le prie-Dieu de droite et dire à la sœur que l'abbé Larré était de sa famille et qu'il venait ici, à date fixe, se recueillir sur sa vénérable dépouille sacrée. Après cette identification, dans l'ombre discrète de la crypte, cette religieuse devait lui confier un document te concernant. J'ai lu cela bien plus tard, en essayant de comprendre sa démarche, qu'il conservait absolument clandestine. La mère de cet orphelinat te proposait, toi ma gentille fille, en te décrivant physiquement et moralement. Ton père notait tout... et comparait les « offres » qu'il recevait d'un peu partout. Sur son calepin apparaissaient en plusieurs colonnes : âge, sexe, taille, vigueur, couleur des yeux, des cheveux et de la peau, intelligence, ouverture d'esprit, origine... Bien sûr, je n'étais au courant de rien ! Alors, un jour il me dit : « Catherine, ton ventre sec restera sec, j'ai décidé d'adopter un enfant ! » On a donc traversé la frontière et nous sommes venus te chercher... Il voulait un bel enfant, il l'avait trouvé en toi, mais j'ai vite compris que c'était pour parader...

— Pour parader ?

— Oui, pour parader ! En toi, il a aussitôt aimé ta beauté, ton intelligence, la couleur de ta peau, si semblable à la sienne, mais aussi ton petit visage buté et résolu... Tu lui fais honneur, ma chérie ! Il adore te présenter et, lorsque nous recevons, tu es sa pièce maîtresse. Moi, je ne compte plus... Je sens bien que je suis même de trop...

— Mais tu m'aimes, toi ? dit-elle en ouvrant tout grand ses beaux yeux noirs où s'alluma une flamme inhabituelle de vitalité.

— Bien sûr que je t'aime, ma chérie, ma fille adorée. Tu es mon rayon de soleil, même si certains jours sont bien sombres...

— C'est papa qui t'a informée sur sa démarche, celle de m'adopter ?

1. *Prêtre populaire et grand érudit (1853-1936), curé de Sainte-Eugénie, considérée comme « son » église.*

— Oh, non ! Ç'aurait été préférable... Tu n'étais pas encore parmi nous, Carmen, quand j'ai lu des documents destinés à ton père... et que je n'aurais jamais dû lire... Ils concernaient ce qui s'était passé dans la crypte de l'église Sainte-Eugénie, à Biarritz, où on lui avait remis cette fameuse enveloppe... Il l'avait laissée sur le bureau et j'ai eu le malheur d'en prendre connaissance et surtout de lui en parler... Sa violence fut terrible ! À la maison, ce fut alors comme si un orage éclatait... Ce jour-là, je crois qu'il était à deux doigts d'en arriver au pire ! Il m'a tant frappée que je n'ai pas quitté le lit durant cinq jours. Ton père m'avait enfermée dans la chambre afin que personne ne me voie... Même la femme de ménage, Anne-Marie, ne sut rien. Une dame de l'entourage de mon mari venait me rendre visite deux fois par jour pour mes soins et me donner à manger. Elle ne prononçait pas trois mots. Après cette incarcération, comme je boitais, il disait autour de lui que j'étais tombée et que ce n'était pas grave. Par la suite, j'ai pris le risque de lire d'autres lettres, car j'avais découvert une clé qu'il avait dû égarer et qui ouvrait le tiroir de son bureau où il les consignait. Et puis je savais que ton père, s'il l'apprenait, ne pouvait me battre davantage. Je croyais qu'il avait été au maximum de sa violence... mais je me trompais !

— Mon Dieu ! Ce n'est pas possible... Que contenaient ces courriers, maman ?

— Eh bien, c'était justement vis-à-vis de toi et... de ton achat. Je n'aurais jamais dû connaître cela. C'était son affaire, pas la mienne... À partir de ce jour où j'ai été copieusement battue, je n'ai plus compté les gifles et les coups. Quand il me frappait, je priais, mais sa violence montait chaque fois d'un cran. Pour un rien, pour un geste, pour un mot ! Il voulait me faire payer cette indiscrétion et, crois-moi, je l'ai payée au centuple... Que veux-tu, il est mon époux ! C'était un engrenage sans fin, avec des menaces, du chantage. Rien, absolument rien ne devait transpirer au-dehors. Et, comble de l'ironie, il exigeait aussi, lorsque nous marchions dans la rue, bras dessus, bras dessous, que j'offre un beau sourire à nos interlocuteurs... alors qu'il venait de me battre !

— Pauvre maman chérie… On sera deux à savoir, maintenant… Tu ne seras plus seule dans tes tourments.

— Vois-tu, grâce à ces documents tenus secrets, je puis t'informer sur ton origine, ma petite Carmen. D'abord, sache que c'est la supérieure du couvent où tu étais à Pampelune qui t'a donné ce prénom. Et puis, c'est vrai… tu le sais à présent, on t'a achetée à cet orphelinat, parce que ton père le voulait. Mais quand je t'ai vue, toi, petite chose maigre et triste, dans tes vêtements rapiécés, tes chaussures trouées, je t'ai aimée tout de suite ! Il ne m'a pas fallu plus de deux minutes pour que mon cœur s'attache au tien !

— Maman ! Mon cœur aussi est près du tien…

— Ce que je viens te dire est un véritable secret ! Ces enfants qui, comme toi, ont été accueillis dans ces orphelinats intéressent des personnes très puissantes, des personnes haut placées et influentes, et cela dans tous les domaines et toutes les professions. Cela se passe avec la connivence de médecins, d'autorités religieuses, de sages-femmes, d'avocats, de juges, de professeurs dont les liens discrets s'étalent en une ramification très importante dans tout le pays. La plupart de ces enfants ont été en fait volés à leurs parents[1] !

— Mais c'est affreux, ce qui tu me dis ! Voler un enfant ! Et la mère, la pauvre femme, que va-t-elle devenir ? Sa douleur, son angoisse, sa peine, son affliction… que peut-elle faire ?

— Ah, Carmen ! Oui, ces pauvres mères auxquelles on a soustrait leur enfant, je n'ose y penser ! Nul ne sait qui elles sont. Le grand secret est là ! Sont-elles mortes, n'ont-elles pas voulu de leur enfant à la naissance ? Et puis ces enfants sont-ils issus de la prostitution, de l'abandon, du vol… ou encore de la misère ? Sont-ils des champis, des orphelins ? Nul ne le sait ! Il est arrivé que des bébés soient immédiatement volés après l'accouchement avec la complicité de sages-femmes ou de médecins malhonnêtes… Des couvents

1. *À partir des années 1940, et jusqu'aux années 1980, des dizaines de milliers d'enfants (peut-être davantage) ont été volés à leur mère ou à leur famille pour des causes idéologiques, parfois directement confiés à des foyers franquistes, parfois mis en orphelinat en attendant que la « vente » puisse s'effectuer. À partir des années 1965-1970, les intentions initiales évoluèrent surtout vers une action lucrative.*

de religieuses ont même accueilli des filles-mères, ces pauvres filles rejetées trop souvent par la société, afin qu'elles puissent accoucher dans l'anonymat. C'était alors facile d'escamoter leur bébé, qu'elles ne voulaient pas nécessairement garder. Tu sais, ma fille, il ne faut pas se faire d'illusion, la plupart de ceux qui adoptent ainsi ces enfants ne s'embarrassent pas de sentiments. Ils sont persuadés qu'ils sauvent ainsi l'enfant du vice et le soustraient à une vie dépravée... mais, en réalité, leur éducation peut aller vers le pire...

— Mon Dieu, c'est tellement grave ce que tu m'apprends ! Que pouvait-on dire à ces jeunes femmes, ces mamans à qui l'on volait leur bébé ?

— Alors là, on proférait une belle menterie en disant à la parturiente que son enfant était mort-né, qu'il n'avait pu survivre, qu'il était trop faible et qu'elle se console, car elle en aurait sûrement d'autres ! On évitait de montrer le bébé à la mère, et on lui affirmait que ce ne serait pas bon pour son moral, car il n'était pas beau à voir, ou quelque chose comme ça... Ah ! On ne savait trop quoi inventer pour tromper ces pauvres femmes qui souffraient déjà en leur chair. Tu vois, tout cela baigne dans un énorme mensonge... Acheter un enfant, un enfant que personne ne recherchera et qu'on peut faire disparaître moyennant finances... Voilà une réalité, ma fille, une réalité qu'on ne peut malheureusement prouver !

Carmen se mit alors à penser à ce qu'elle avait surpris un jour à l'orphelinat de Pampelune, avec son amie Sophia : ce faux ventre, cette bourgeoise parfumée au chapeau, cette pauvre femme qui repartait en pleurs, sans l'enfant qu'elle venait de mettre au monde... C'était donc cela ? C'était donc vrai !

Depuis les révélations transmises par sa mère, Carmen observait avec une attention nouvelle l'attitude de son père. Il rentrait le soir après son travail à des heures très irrégulières, alors qu'auparavant il était précis comme une horloge. Un regard d'oiseau de proie posé sur son visage, il ne disait que quelques mots et allait s'asseoir dans son fauteuil habituel. Il ne lisait quasiment plus son journal mais buvait sans problème son bourbon.

Cependant, depuis qu'elle avait compris que sa mère était battue, une certaine peur atteignait Carmen, qui décelait plus facilement dans cet homme les ravages de l'alcool. Au fil du temps, ceux-ci semblaient s'accroître et, lorsqu'il commençait à élever la voix sur un ton de suffisance, il était à deux doigts de l'insulte. Fréquemment, après le repas du soir, il rejoignait des bistrots en banlieue de la ville, lieux hantés par une faune peu conventionnelle. Dans les rues malfamées, il avait ses habitudes et ses amis de la nuit, oubliant parfois de rentrer de ses tournées nocturnes.

XXXII

Violences et souffrances

De sa chambre éloignée, Carmen, qui ne percevait pas grand-chose, sembla entendre des bruits inhabituels, comme celui d'une bouteille cassée. Il était minuit passé. Elle se leva, avança doucement dans le couloir, passa devant la porte de la cuisine ouverte, où elle aperçut plusieurs verres et bouteilles sur la table, et au sol du verre brisé. Au fond du passage, elle vit sortir de la chambre de ses parents d'abord son père, avec son joli costume en partie dérangé, puis un homme plus jeune, au regard sombre et aux longues moustaches. Un autre, qui lui sembla une brute chancelante, au crâne couvert d'une chevelure hirsute, lui succéda. Ses yeux brillaient dans la demi-obscurité du couloir. Carmen prit peur ! Ne comprenant pas trop ce qui se passait, elle retourna dans sa chambre, cala sa porte avec une chaise par peur qu'ils viennent vers elle, et se recoucha. Que pouvait faire cette gamine devant ces trois hommes, visiblement saouls, qui envahissaient l'appartement en pleine nuit ? Elle ne pouvait savoir que son père, saturé d'alcool, comme deux de ses comparses qui l'avaient accompagné, venait de commettre un crime !

Cette nuit-là, en effet, ils étaient entrés dans la maison pour continuer leur beuverie, puis dans la chambre où dormait Catherine. Ils l'avaient réveillée et, elle qui ne buvait jamais, l'avaient forcée à boire de l'alcool à même la bouteille. Dans la brutalité de leur geste, ils lui avaient cassé deux dents. Puis ils avaient fait cruellement la farandole. Les deux complices avaient défait le lit, arraché la chemise de nuit de la pauvre femme et l'avaient promenée nue jusqu'à la ramener sur son lit. Tous les deux se sont couchés sur elle à tour de rôle. Ils rigolaient, elle se débattait, ils l'ont maintenue, ils l'ont battue. D'une gifle, son tympan s'est brisé, ils l'ont violée...

Ses yeux grands ouverts, cachée sous les draps de son lit, les oreilles tendues vers le moindre bruit, Carmen ne bougeait pas. Lorsqu'elle ne discerna plus rien, leur crime assouvi, les trois hommes venaient de sortir dans la nuit de la ville. D'un coup, le calme revint. La gamine se releva, dégagea la chaise qui bloquait la porte et avança doucement dans le couloir. Ses pieds nus foulaient le parquet de marqueterie aux lames cirées. Avec précaution, elle arriva jusqu'à la cuisine dont la table, habituellement nette, exhibait verres et bouteilles. Aucun bruit ne transpirait. Les trois hommes étaient repartis. Elle continua à pas de loup vers la chambre de ses parents, dont la porte était fermée, colla son oreille et entendit quelques légers gémissements.

— Maman, c'est moi, je peux entrer ?

Aucune réponse ne parvint à elle. Alors, elle renouvela son appel et, constatant à nouveau le silence, ouvrit la porte. Elle resta là, deux minutes, totalement abasourdie. Sa mère était étendue en travers du lit, nue, les jambes pendantes, les paupières closes, la bouche ouverte comme sur un cri. Elle avait une joue enflée et du sang coulait de sa bouche et d'une oreille. La petite se précipita, s'approcha et couvrit la pauvre femme, ne sachant trop quoi faire. Elle vit que le visage de sa mère se décolorait, se creusait. Sa tête glissa, son corps sembla fléchir lentement.

— Maman, je suis là, je vais te soigner, souffla-t-elle.

Carmen partit chercher de l'eau et une serviette, frotta son visage et, progressivement, Catherine ouvrit les yeux. Elle semblait toute bizarre, crachait du sang, mit sa main contre sa joue, essaya de parler, aucun son ne sortait de sa bouche. Sa fille lui murmura quelques mots en guise d'apaisement, mais il semblait qu'elle n'entendît rien. Toutefois, elle réussit à l'arranger sur sa couche, à rafraîchir sa face tuméfiée.

Progressivement, Catherine recouvra un peu de force dans ses esprits. Elle articula péniblement quelques mots en voyant sa fille penchée sur son lit et qui lui tenait la main.

— C'est toi, ma fille chérie ? C'est bien toi ?

— Oui, maman, c'est bien moi, reprit-elle avec plus de force.

— Je ne t'entends pas...

— Oui, maman, c'est bien moi, dit-elle plus clairement en parlant plus fort. As-tu besoin de quelque chose ?

— Je ne t'entends pas beaucoup, c'est lointain et ça résonne... J'ai mal à la tête...

Carmen lui posa une compresse humide sur le front. Elle se rappelait que sa mère avait agi ainsi pour elle-même lorsqu'elle était souffrante. Elle s'apaisa quelques instants, puis, prenant davantage conscience de l'ignoble crime dont elle venait d'être victime, elle demanda à sa fille de l'aider pour aller à la salle de bains. Elle sortit de son lit, aussi blanche qu'une boule de coton. Son visage se plissa, ses mâchoires se crispèrent dans l'effort. Puis, sous l'eau, elle frotta sa peau avec un gant de crin, aussi rageusement qu'elle le pouvait, comme si elle voulait s'écorcher vive, essayant de laver, d'atténuer le déshonneur subi. Un mal de tête prégnant la faisait vaciller. Derechef, elle fit appel à sa fille qui l'aida à faire quelques pas, puis à l'asseoir sur une chaise, enfin à la recoucher. Elle lui arrangea les couvertures et la laissa un moment tranquille.

— Merci, ma fille, lui dit-elle doucement. Tu es gentille, toi ! Oh ! Que j'ai mal à la tête ! C'est certainement pour cela que je n'entends pas très bien... Le ressort de mon énergie est brisé. Je n'ai plus de volonté. Je suis à terre, je ne pourrai plus me relever...

— Garde espoir, maman, je suis près de toi. Ferme les paupières, je vais renouveler la compresse sur le front, ça te fera du bien...

Peu à peu, la maman se calma. L'eau qui avait coulé sur son corps meurtri lui avait été salutaire, mais c'était surtout la présence de Carmen et sa douce attention qui la réconfortaient. Son audition semblait s'améliorer et elle pouvait converser plus aisément avec sa fille. Toutefois, les ailes de son nez frémissaient, ses yeux inquiets tournaient dans tous les sens, comme apeurés. De voir sa mère si touchée, Carmen en était choquée.

— Dis-moi, maman, que s'est-il passé ? C'est papa, n'est-ce pas ?

Elle ne répondit pas, ferma les yeux et sa mémoire. De nouvelles larmes affluèrent au bord de ses paupières.

— Dis-moi, réponds-moi, je veux savoir, réitéra la jeune fille.

— Il n'était pas tout seul... Ma chérie, j'ai sommeil, horriblement sommeil, et je suis si fatiguée... souffla-t-elle.

Elle s'endormit enfin au rythme d'une respiration pénible et saccadée.

Il était près de 3 heures du matin quand Carmen se coucha près de sa mère, après avoir ramassé toutes les bouteilles vides et les verres, balayé les débris, rangé ce qui était tombé, enlevé serviettes et compresses. Rien ne subsistait de ce qui venait de se passer, rien, sinon une grosse marque rouge sur la pommette d'un visage... et une femme démolie... anéantie... détruite à jamais...

Le matin arriva comme un jour ordinaire. Après cette folle nuit, Me Valenciano n'était pas encore rentré chez lui. L'avocat ne revint qu'après le déjeuner, frais et dispos, égal à lui-même. Son épouse était toujours couchée, mais il ne s'en soucia pas, malgré ce qui s'était passé quelques heures au préalable. À la quarantaine passée, l'avocat portait encore beau, même si son crâne commençait à se dégarnir. Il avança dans l'appartement d'un pas résolu, et Carmen décela tout de même chez lui une certaine agitation. Il s'adressa à sa fille :

— Tu as bien dormi cette nuit ?

— Oui.

— Si tu as entendu quelque chose, ce n'est pas vrai ! C'est un rêve... Ce ne peut être autre chose. D'accord ? Tu as bien compris ?

— Oui... Maman est malade...

Le bel et fier homme fit quelques pas vers sa chambre, ouvrit la porte et vit son épouse étendue. Quelques fils d'argents parsemaient sa chevelure. Une mèche ombrait son front haut et large.

Son visage d'une pâleur de cire exprimait une souffrance profonde, sa bouche faisait un pli d'amertume et de ses yeux rouges s'écoulaient des larmes... Catherine souffrait autant des coups et de ses dents cassées que de l'avilissement dont elle venait d'être victime. Son regard se porta sur celui de son mari sans fléchir ! C'était la première fois que cela lui arrivait. Ses yeux fixes gardaient leur brillance malgré la douleur, mais ne vacillaient pas. Lui, toujours campé dans l'encadrement de la porte, ne fit pas un mouvement. Lui, qui ne tolérait aucune volonté plus forte que la sienne, l'observa de ses yeux durs, non comme on considère une personne, mais comme on regarde quelque chose, n'importe quoi. Son regard était fixe, un peu absent. Elle se sentit mal à l'aise. Il lui faisait peur. Son attitude la laissa comme vidée de tout...

— Maman n'est pas bien, souffla Carmen qui se trouvait derrière lui. Elle a mal à la tête et sur le côté... et elle a des difficultés à entendre... Il faut appeler le médecin.

Il pivota sur ses talons tout en répondant à sa fille :

— Je vais envoyer le docteur Marchix, c'est un bon ami !

Me Carlos Valenciano sortit de l'appartement la tête haute, comme il avait coutume de le faire, sans un mot de plus.

Revoir son mari après ce qui s'était passé au cours de la nuit avait été une épreuve supplémentaire pour Catherine. Elle se mit soudain à trembler tandis qu'un frisson glacé la parcourait. La vue de son tortionnaire l'avait particulièrement atteinte. Son cœur s'était mis à tambouriner fortement. Elle cherchait sa respiration dans un halètement rapide et n'en pouvait plus. Désormais, une fatigue nouvelle appuyait durement sur ses épaules, pesait sur sa nuque.

Carmen revint près de sa mère et, comme elle glissait, la tête perdue dans le traversin de plumes, les yeux clos, sa fille la prit dans ses bras et l'installa à nouveau confortablement. Cherchant à l'apaiser en l'embrassant, en lui prenant la main, en lui donnant une caresse, elle restait attentive à sa douleur.

— C'est un monstre, papa ! dit-elle en se penchant près de son oreille. Il ne te mérite pas...

Malgré les tourments qui la suppliciaient, elle lui sourit, et d'une petite voix haute et faible, comme si elle était à bout de forces, elle murmura :

— Viens près de moi, ma chérie, il faut que je te dise… Oh ! Que j'ai mal à la tête…

Elle s'agrippa à son bras. La sueur mouillait son front, sa bouche s'ouvrait pour aspirer l'air. Elle lui sourit avec ses gencives qui saignaient encore un peu.

— Ma fille, lorsque le destin paraît ne nous réserver qu'une succession de coups durs, nous entraînant un peu plus dans le malheur, toujours plus loin, on essaie de se dominer en se disant qu'après cette nouvelle épreuve on ne pourra tomber plus bas…

— Oui, maman, il faut toujours garder espoir. On l'apprend à l'école !

— Hélas, ma chérie, il advient que même ce discret optimisme soit de trop ! On peut toujours tomber encore plus bas… Et c'est ce qui se passe pour moi…

— Maman ! Mais je suis là, maintenant, je suis près de toi, je peux te défendre !

— Tu es si gentille, ma Carmen, tu es une fille tellement prévenante… Pourrais-tu, s'il te plaît, m'apporter à boire ?

— Je vais te chercher du lait chaud sucré au miel, ça te remontera.

Bientôt, elle revint avec la boisson. Sa mère lapa son lait en évitant de mettre le liquide en contact avec ses lèvres meurtries. Au bout d'un moment, de légères couleurs apparurent sur ses joues.

Parfaitement à l'écoute, Carmen s'occupa au mieux de sa mère, essayant de la faire boire et manger, mais ses gencives blessées la torturaient.

— J'ai sommeil… et pourtant, j'ai des choses à te dire… Tu sais, le mal de tête, autant que le regard de ton père, m'épuise… Excuse-moi…

Elle s'assoupit à nouveau. Sa fille resta près d'elle jusqu'à ce qu'elle recouvre ses esprits, jusqu'à ce que l'angoisse desserre peu à peu son étreinte…

XXXIII

Tendresse et affection

Au pied du lit, Carmen attendait le médecin. Il lui tardait qu'il arrive, car la pauvre femme hoquetait parfois et son mal de tête semblait empirer. La douleur se lisait de plus en plus sur ses yeux qu'elle avait peine à ouvrir.

— Approche, ma chérie, je me sens de plus en plus mal et j'ai des doutes sur mon rétablissement. J'ai l'impression d'avoir un étau qui se referme sur mon crâne... c'est horrible. Je crois que ma tête va éclater ! Vraiment, ça ne va pas...

Carmen s'avança, inquiète, et l'écouta de toute son attention. Avec sa petite voix d'épouse brisée, avec des moments de silence et des raclements de gorges, cette femme vidait son cœur. Elle lui expliquait son amour pour elle qui n'avait jamais failli et lui demandait pardon de lui donner tant de peine. Mère et fille étaient restées un moment à s'observer, en silence, les yeux dans les yeux. Puis Carmen alla chercher une boisson chaude et l'installa au mieux sur sa couche. Sa mère, pâle comme ses draps, ferma les paupières et s'assoupit en marmonnant des paroles inintelligibles. Puis, au bout de quelques minutes, elle reprit difficilement :

— Ton père, bien qu'il soit Espagnol, n'a pas voulu te donner l'éducation rigide fortement préconisée par le Dr Vallejo Nagera[1],

---

1. *Ce médecin-psychiatre justifia ses diktats en précisant : « Les relations intimes existant entre le marxisme et l'infériorité mentale sont évidentes et concluent, sur*

un médecin espagnol proche du général Franco. Même s'il est violent avec moi, je lui sais gré de ne pas avoir voulu te donner cet enseignement rigoriste. Ah ! Ma fille, heureusement… Tu ne serais pas la même… Tu n'aurais pas la belle sensibilité qui t'habite…

Soudain, Catherine parut s'animer, tourna la tête et regarda sa fille. Elle souleva lentement l'un de ses bras comme s'il portait un poids énorme et désigna du doigt une direction.

— J'allais oublier de te dire, lui marmonna-t-elle dans un effort, là-bas, dans le bureau de ton père, à gauche, tout en bas, il y a un tiroir avec serrure… Il garde la clé sur lui, mais j'ai trouvé un double que je cache dans ma coiffeuse, dans la petite boîte de porcelaine où je mets des épingles. Quand ce sera possible, tu prendras cette clé et tu iras dans le bureau. Tu y trouveras le dossier te concernant… à moins qu'il l'ait emporté ! Il est recouvert de maroquin rouge…

Catherine avait le cœur qui battait fort. Son regard restait bas, comme résigné à tout. Dans la pénombre de sa chambre, elle exhibait sa solitude. Dès lors, elle n'ouvrit plus la bouche et plongea aussitôt dans un lourd sommeil qui ne ressemblait à aucun autre.

La jeune fille profita du moment où sa mère s'était assoupie pour rechercher la clé du bureau de l'avocat. Sans déranger les dossiers, elle fouilla partout, mais ne trouva rien. Sa quête fut totalement infructueuse. Lorsque sa mère ouvrit les yeux, elle lui en fit part.

— Cela ne m'étonne pas, répondit-elle, il a dû le détruire !

Le Dr Marchix sonna enfin à la porte et Carmen alla l'accueillir. Il était grand et fort, et son double menton s'appuyait sur un nœud de cravate sombre. Le crâne en partie dénudé, le teint basané, il présentait une caractéristique un peu satanique, si l'on s'attardait sur ses sourcils épais dont les pointes, exagérément effilées, rejoignaient les tempes. De plus, sa moustache fournie cachait pratiquement sa bouche. Il regarda un moment Carmen et lui donna son pardessus qu'elle rangea aussitôt sur un portemanteau. Dessous, il portait un

---

base de ce postulat, que la mise à l'écart des sujets, dès l'enfance, pourrait affranchir la société de cette idéologie. »

costume croisé gris fer, fort élégant, et une cravate bleu marine à rayures pourpres.

— Où est la malade ? demanda-t-il d'une voix grave.

— Suivez-moi, docteur, la chambre est au bout du couloir. Maman se repose...

Il pénétra dans la chambre, s'approcha du lit et, lourdement, se laissa tomber sur la chaise qu'occupait habituellement Carmen. Il souffla et prit le pouls de Catherine qui ouvrit faiblement les yeux. Le médecin posa alors sa main sur le front et constata une température élevée.

— Maman a très mal à la tête, c'est pour cela que je lui ai mis ce linge mouillé, s'avisa Carmen timidement.

— Tu as bien fait !

— Il sortit son stéthoscope et examina plus précisément la malade. Il vit les hématomes qui couvraient le corps de la pauvre femme, notamment sur les flancs. Quand il appuya, elle gémit douloureusement.

— Vous êtes tombée, n'est-ce pas ?

— Oui ! murmura Catherine d'une voix faible.

— Dans l'escalier ?

Elle ferma les yeux et hocha légèrement la tête. Il lui était impossible de dire la vérité, d'autant que son mari avait dû expliquer l'accident à sa façon. D'ailleurs, elle en eut aussitôt confirmation.

— C'est bien ce que votre époux m'a fait comprendre, dit-il en fronçant les sourcils. Il vous a relevée au bas des marches... Vous aviez malencontreusement raté la première... Vous avez deux côtes cassées, madame, il va falloir que je vous bande tout le thorax... Mais, ce qui m'inquiète, c'est bien votre mal de tête. Vous avez dû la heurter violemment, ce qui a causé la perforation du tympan...

Carmen, qui était restée dans le couloir, entendit la conversation. Elle n'était encore qu'une simple fille assaillie de craintes. Même si elle tenait un langage d'adulte, des propos raisonnables, son expression n'en demeurait pas moins celle d'une enfant paniquée. Son père adoptif, cet homme si bien dans la société, à son bureau, dans la rue, si tortionnaire à la maison, et qu'elle appelait « papa », cet homme obligeant et démoniaque était un criminel... et il était son père ! Une colère, prompte et brutale, la soulevait, l'aveuglait. Pourtant, comprenant tout, incapable d'agir, se sachant liée avec sa mère, elle ne sut quoi faire et dut ravaler sa colère.

Avec beaucoup de précautions, le Dr Marchix banda le torse d'une toile de flanelle, non sans avoir, au préalable, passé une pommade. Il lui donna quelque pilule afin de calmer son mal de tête et partit en disant qu'il reviendrait dans l'après-midi.

Carmen resta un moment près de sa mère, écoutant sa respiration. Elle s'était assoupie, mais ses paupières s'abaissaient, se fermaient nerveusement. De ses mains croisées sur sa poitrine, elle semblait réprimer le mouvement tumultueux de son cœur. La pauvre femme devait être en proie à des cauchemars. Puis elle poussa une sorte de gémissement plaintif et ouvrit les yeux. Sa fille lui reprit la main.

— Tu as un peu dormi, mais ce n'était pas un sommeil réparateur. Tu étais agitée...

— Oh ! C'est bien possible ! dit-elle d'une voix faible et chevrotante. Dans mes mauvais rêves, je vois passer des ombres, tour à tour humaines et monstrueuses. C'est épuisant... Viens près de moi...

Catherine frissonnait malgré les couvertures supplémentaires que lui avait apportées sa fille, et il lui était difficile de parler. Le regard et les doigts noués, toutes deux restèrent ainsi quelques instants.

— Ce n'est pas vrai, maman, tu n'es pas tombée dans l'escalier ? murmura Carmen.

— Non, ma chérie, j'ai été battue et...

Catherine n'alla pas plus loin. Elle se recroquevilla sous ses draps en gémissant de douleur et de désespoir. À quoi donc se raccrocher dans ce naufrage sans fin qu'était devenue son existence ? Elle n'avait absorbé qu'un demi-verre de tisane préparée par Anne-Marie, la femme de ménage, avant qu'elle ne reparte chez elle. Les tremblements la reprirent de plus belle. Le breuvage qu'elle avait absorbé ne l'avait pas réchauffée. Les médicaments donnés par le médecin ne semblaient pas agir. Des images indécises se formaient devant ses yeux. Une couleur grise teintait son visage. Jusqu'ici, un peu d'espoir la soutenait, mais, à présent, elle s'affaissait comme une plante dont on a coupé les racines et semblait extrêmement atteinte. Immobile sur son lit, son cœur solide continuait à battre, mais Carmen, qui était seule avec elle, commençait à craindre qu'elle ne se relève pas.

L'appartement n'était plus qu'un puits de silence au fond duquel se défaisait inéluctablement une vie. De temps à autre, la souffrante regardait sa fille d'un sourire doux et lui prenait la main. Elle essayait d'articuler quelques phrases, et Carmen, qui se sentait de plus en plus accablée par ses inquiétudes, faisait tout son possible pour la rassurer.

— Chut ! Ne dis rien, ton sourire me suffit ! Ne parle pas, le silence ensemble est si beau... Et puis je sais que tu m'aimes, et ça, c'est important ! Tu es la plus tendre, la plus douce des personnes qui se sont occupées de moi depuis ma naissance, tu es une maman formidable ! Reste avec moi, je t'en prie, j'ai encore tant besoin de toi...

Bientôt, Catherine s'assoupit et sa fille la laissa seule. Les aiguilles trottinèrent sur le cadran dont le tic-tac rythmait son pouls. De toute la matinée, elle n'avait pu avaler qu'un peu de bouillon ou de tisane. Toujours à ses côtés, sa fille ressentait le poids d'une pierre lourde et froide qui pesait sur son jeune cœur. Comme un brouillard épais, le silence s'étendait sur la maison. Comprenant qu'elle était mortellement atteinte et qu'elle ne se remettrait plus, elle regardait sa mère dont le visage se transformait d'heure en heure. Enfin, vers le milieu de l'après-midi, le Dr Marchix revint. Il fut soudain très soucieux en examinant sa patiente. Quelque chose de grave se tramait. Il pensa que le coup reçu contre sa tête devait avoir déclenché une hémorragie. Pour lui, le choc avait créé une dépression dans l'artère, un caillot avait dû se former, remonter au cerveau... pour rompre le fil de la vie. Sous les yeux du médecin, Catherine s'éteignit sans un cri, sans une plainte, sans un gémissement. Il appela Carmen, et la sévérité de son visage s'atténua pour lui parler avec douceur et compréhension.

— Ta maman est partie pour toujours… C'est Dieu qui a décrété sa mort. Et que puis-je pour arrêter la destinée suprême ? Prie pour elle et elle veillera sur toi de l'endroit où elle se trouve désormais…

Aussitôt, elle porta ses mains à ses paupières, et un torrent de larmes coula de ses yeux. Ces larmes, qu'elle n'avait jamais distribuées qu'avec parcimonie, ces larmes s'étaient accumulées pour elle, pour cette seule personne qui lui avait si généreusement donné son amour. Elle s'approcha de sa mère, dont le médecin avait fermé les yeux, et se coucha sur son corps encore chaud. Elle l'étreignit avec affection et colère à la fois.

— Maman, pourquoi es-tu partie, maman ? Tu es trop jeune pour ça, et on ne se connaît même pas… On venait juste de s'apprécier… Maman… Maman, jamais je ne t'avais appelé autant maman… et je découvre seulement aujourd'hui avec quelle force tu m'as donné ton amour !

Carmen pleura longtemps jusqu'à l'épuisement et le silence. Torturée dans sa chair comme dans son esprit, des images tragiques bousculaient sa mémoire. Quand, enfin, elle se releva et vit ce corps immobile au visage blafard, elle donna libre cours à ses sentiments de haine et de fureur contre son père, cherchant à fouler aux pieds l'amour qu'il avait pu lui porter. Elle profanait tous ses souvenirs qui auraient pu être sacrés. Son chagrin devenait une boule incandescente logée dans sa poitrine. Désormais, elle haïssait ce père de substitution, sa notoriété, son argent et tout ce qu'il pouvait représenter.

Quatrième partie

AVEYRON,
VILLE DE SAINT-GENIEZ-D'OLT

XXXIV

La femme idéale

DANS LA VALLÉE DU LOT, la discrète amourette qu'entretenaient Mathilde et Pierre s'était évanouie comme neige au soleil. Le jeune homme avait quitté la ville et suivait désormais les grands chantiers des barrages que l'on établissait sur les rivières du Lot et de la Truyère[1]. Les amoureux s'étaient séparés comme de bons amis, sans avoir été plus loin, dans leur quête de l'amour, que caresses et baisers. Le cœur de Mathilde se trouvait libre. Elle était devenue une jolie jeune femme que l'on considérait avec une certaine envie. Dans la ville, elle courait, légère et joyeuse. Les hommes la regardaient, frappés par sa beauté, mais *a priori* ni émus ni excités. Ceux qui persistaient à vouloir la séduire étaient éconduits d'une pirouette sympathique. Les femmes aussi s'accordaient à la trouver belle, sans envie ni colère car elle possédait une beauté qui ne faisait pas peur aux autres femmes.

Avec ses longs cheveux et ses yeux oblongs couleur de charbon, elle possédait un charme réel. Son rire généreux jaillissait pour chacun et résonnait agréablement dans la grande cage d'escalier de l'hôtel de Fajole, où habitaient le médecin et sa famille. Il s'agissait

1. *La Truyère est un affluent du Lot. En ce lendemain de guerre, on s'était lancé dans la construction d'ouvrages hydrauliques, ce qui donna du travail à tous les maçons du pays.*

d'un rire étonnant, coulant comme une cascade de grelots. C'était joyeux et revigorant, et le Dr Benoist ne cessait de lui dire que ce rire lui faisait un bien fou, qu'il en avait besoin et que, finalement, il représentait une thérapie efficace et qui ne coûtait pas un sou ! Pour le bon docteur qui n'avait pas d'enfants, comme pour son épouse, Éléonore, qui aurait tant voulu en avoir, Mathilde compensait un peu ce manque profond. D'ailleurs, la jeune fille ressentait au fond d'elle-même un attachement singulier qui débordait du cœur de ceux qui l'employaient. Elle en était reconnaissante en donnant à son tour le mieux de sa personne, et savourait la chance qu'elle avait eue en entrant dans ce foyer.

Dans cette maison, où elle recevait les patients du médecin, tout le monde la connaissait. On appréciait sa discrétion doublée de gentillesse, on la voyait régulièrement aux offices en bonne pratiquante, devenant ainsi la femme idéale qu'un homme, en vue de noces, aurait pu rechercher. En ville, on disait volontiers que « la plus jolie fille du pays n'était pas d'ici »... ce qui n'avait pas empêché plusieurs prétendants de l'aborder. Mais, bien souvent, décontenancés par sa beauté, sa façon de répondre et sa hardiesse naturelle, Mathilde leur semblait inaccessible. De plus, on ressentait, à sa manière de se comporter, qu'elle détenait une classe et une instruction sérieuse. Elle était respectable et respectée !

Édouard de Foncourrieu rendait visite plus souvent que d'habitude à son ami le Dr Marcel Benoist, car il venait d'acquérir une vaste et belle demeure à Saint-Geniez, dans laquelle il avait entrepris d'importants travaux. Située pratiquement en face de l'église, dotée d'une grande terrasse soutenue par de gros corbeaux de pierre, elle donnait sur les maisons de l'autre rive, sur le pont et l'ensemble de la rivière qui coulait à ses pieds. Un endroit paradisiaque.

Bien entendu, les rencontres avec son ami médecin se révélaient fréquentes, ce qui impliquait naturellement d'entrevoir Mathilde, chargée de l'accueil. Indubitablement, la jeune femme l'appréciait mais maintenait volontairement une distance naturelle. Elle savait qui il était et d'où il venait, ce qui impliquait qu'elle ne devait pas mélanger les conditions ! Toutefois, lorsque leurs yeux se rencontraient, une alchimie particulière semblait poindre. Discret dans son approche, M. de Foncourrieu possédait une délicatesse innée qui plaisait beaucoup à la jeune femme. Elle était ravie de le revoir, cela se devinait aisément sur son visage, et il semblait qu'il en fût de même pour lui, car il lui disait qu'il appréciait sa vivacité, son joli rire et la flamme de sa bouche... Pour sa part, Mathilde pensait qu'elle serait bien sotte de repousser une honnête amitié qui représentait tout de même une certaine douceur dans son existence.

* *
*

Ce fut au tout début du mois de décembre que le médecin et son épouse demandèrent à leur employée si elle souhaitait les accompagner jusqu'à Saint-Just-d'Aubrac. Le couple devait en effet rencontrer leurs amis afin de fêter la nouvelle année qui commençait.

— Cela me fera plaisir de revoir mon amie Hortense, répondit-elle. Vous désirez y rester quelques jours ?

— Deux ou trois jours seulement. Mon confrère, le Dr Martinazzo, me remplacera, mais je ne puis abuser de sa gentillesse. Nous partirions le 4 janvier pour revenir le 6 ou le 7. Il vous faut savoir que vous êtes invitée au château...

— Au château ?

— Oui, au château ! Mais ne vous tracassez pas, Mathilde, vous pourrez rejoindre votre amie Hortense ! Édouard compte absolument sur votre présence lors du repas...

— Mais je n'oserais pas... ce ne serait pas ma place !

— Et pourquoi donc, ce ne serait pas votre place, Mathilde ? répondit vivement le médecin. Vous savez très bien qu'Édouard vous apprécie beaucoup ! D'ailleurs, il me demande souvent de vos nouvelles, et ce serait un affront pour lui si vous refusiez...

Pour cette sortie vers l'Aubrac, le Dr Benoist voulut emporter tout son monde : Éléonore, son épouse, sa sœur, Mlle Marguerite, Mathilde, sans oublier Joli-Cœur, véritable mascotte de toute la famille. On se tassa un peu, car il y avait certes les valises habituelles, mais aussi quelques panières d'osier contenant du vin et des liqueurs, des fruits, des fromages et des fouaces de la vallée. De plus, sur l'impériale, le médecin avait attaché deux pelles au cas où trop de neige tomberait. Il savait qu'il convenait d'être prudent dans les montagnes aubraciennes, où les tourmentes se révélaient parfois terribles. Là-haut, sur les hauts plateaux, soufflait parfois l'écir, un vent violent qui façonnait en un rien de temps de grosses congères.

Comme convenu, les voyageurs s'arrêtèrent pour déjeuner à l'auberge de Saint-Chély-d'Aubrac. La salle du restaurant était pleine à craquer. On les installa près des cuisines, où l'on sentait la chaleur des fourneaux et l'odeur de grillades qui dominait d'autres effluves. Convenablement rassasiés, ils reprirent la route vers des sommets plus élevés. Le temps était froid. Depuis plusieurs jours, il gelait. Lorsqu'ils arrivèrent à Saint-Just-d'Aubrac, le médecin déposa Mathilde chez Hortense qui l'attendait, debout, derrière sa fenêtre. Il avait rempli un panier de fromage, chocolat, confiture de fraises, miel, pâté et autres excellentes denrées, dont une boîte de boules de gomme. Il offrit le tout à la vieille dame.

— Mais c'est trop, tout ça ! s'exclama Hortense.

— C'est l'hiver et cela vous fera du bien. Tenez-vous au chaud, Hortense, c'est tout ce que vous devez faire !

— Rentrez un moment boire un peu de café. Il est chaud.

— Quand nous repartirons, lorsque nous reviendrons rechercher Mathilde, je vous le promets !

Et, s'adressant à Mathilde :

— Demain, quelqu'un viendra vous prendre pour le repas au château ! Bonne soirée.

Ce soir-là, dans la modeste maison, les deux femmes bavardèrent longtemps devant le feu tout en grignotant les bons produits offerts par le médecin. Joli-Cœur n'était pas dépaysé, retrouvant sa place habituelle sur la pierre tiède du foyer.

Le lendemain, lorsqu'une voiture s'arrêta devant la maison d'Hortense, une lueur sale filtrait à travers de gros nuages obscurs. Le jour était si gris, le ciel si bas qu'un rideau semblait tendu devant les fenêtres. Le chauffeur du véhicule, qui n'était autre que le jardinier du château, vint frapper à la porte.

— Bonjour, mesdames, je viens chercher Mlle Delarbre. Elle est attendue chez M. de Foncourrieu.

Une impulsion électrisa un instant le cœur de Mathilde.

— Allez, faut y aller ! s'écria aussitôt Hortense. J'aimerais bien être à ta place. Ah ! Toi, tu es jeune, belle et tu as l'avenir devant toi ! Avec Joli-Cœur, on va t'attendre !

XXXV

Repas au château

À PEINE ENTRÉE dans la grande pièce du château qui éclatait de beauté sous la lumière des lustres, Mathilde éprouva une sensation de bienveillance, malgré une certaine anxiété qui la tenait. Tout le tour, sur un bon mètre de hauteur, des boiseries sculptées surmontées d'un tissu orangé très doux et de longs rideaux qui encadraient les hautes fenêtres apportaient une sensation agréable et de chaleur. La grande table était dressée dans une simplicité de bon aloi. Le Dr Benoist, assis dans un fauteuil Louis XIII, conversait avec le jeune châtelain. Les deux hommes discutaient de toiles de maître. Près de la cheminée, la grand-mère d'Édouard, ses parents, Geneviève et Georges de Foncourrieu, en fauteuil roulant, Éléonore, l'épouse du médecin, et Mlle Marguerite semblaient apprécier la chaleur du moment. Tout ce petit monde rassemblé égrenait quelques nouvelles. Dans le même temps arrivèrent les deux tantes d'Édouard, qui s'assirent près des autres femmes.

Dès qu'il aperçut Mathilde, qui entrait, portant une jolie robe avec distinction, Édouard se leva et, se dirigeant vers elle, lui offrit son beau sourire tout en lui tendant les bras. Il avait belle allure ainsi vêtu d'un pantalon noir, d'une chemise blanche et d'une veste sombre. Ses yeux brillaient d'un éclat inhabituel.

— Quel bonheur de vous recevoir ici, chère Mathilde ! Oui, quel bonheur, et je suis sincère ! Je connais votre lien indéfectible avec Mme Hortense, mais vous auriez pu venir passer ces quelques jours ici même. Il y a tant de chambres libres ! Venez, je vais vous présenter à ma famille, puis nous passerons à table.

Édouard plaça ses hôtes et s'assit face à Mathilde, qui en fut tourneboulée. Il l'observait avec une expression trop évidente, ce qui la troublait. D'emblée, afin d'échapper à cette gêne, elle feignit de s'intéresser aux tableaux, aux meubles, aux bibelots, aux beaux livres reliés de cuir qui s'étageaient sur une bibliothèque. Lui-même répondait évasivement, sachant très bien que l'intérêt était tout autre. En fait, elle ne voyait que lui… et faisait son possible pour éviter de croiser trop souvent son regard. Presque douloureusement, son cœur cognait dans sa poitrine, et elle se sentait aussi désemparée qu'une fillette vivant son premier amour pour un adulte inabordable… Le jeune châtelain se rendit rapidement compte de son trouble. Ses paroles l'apaisèrent et, peu à peu, la conversation devint plus fluide, plus naturelle. Mathilde se trouvait flattée de susciter tant d'intérêt de sa part. Jamais ils n'avaient conversé si longtemps ensemble. Le peu qu'ils se voyaient à Saint-Geniez se traduisait par des regards appuyés et quelques échanges verbaux. Là, face à face, ne pouvant échapper l'un à l'autre, leur approche mutuelle se nourrissait de minute en minute. Mathilde découvrait en lui une intelligence fine et claire, une volonté sérieuse, de l'orgueil sans doute, mais aucun faux-semblant. Elle appréciait aussi son attrait passionné pour les personnes et les choses, le goût des idées générales, sa parfaite culture artistique et littéraire, à tel point qu'elle lui glissa :

— Si maman était encore de ce monde, quel plaisir immense elle aurait eu à discourir avec vous ! Elle était intarissable sur les auteurs anciens. Elle appréciait beaucoup l'*Iliade* et l'*Odyssée* d'Homère. Vous auriez aimé discuter avec elle de philosophie ou de lettres, j'en suis sûre.

— Mathilde, je comprends à présent pourquoi vous êtes si cultivée… Votre maman n'est plus là, mais elle a su merveilleusement vous transmettre son savoir, aussi pourrions-nous nous-mêmes causer philosophie, art ou histoire ? Si vous êtes d'accord, bien évidemment !

Elle l'observa à la dérobée, appréciant à sa juste valeur sa sensibilité. Tout, en son être, semblait vrai, naturel, non calculé. Il y avait quelque chose de solide en lui, comme s'il avait été trempé dans l'acier le plus pur.

Le café servi, les hommes se levèrent pour aller au fumoir, les femmes au boudoir. Cependant, Édouard et Mathilde restèrent à table pour continuer leur discussion. Dehors, une pluie froide et drue tombait. Aussi, Mathilde, à présent détendue, se trouvait bien dans la chaleur et en si bonne compagnie. Édouard lui évoqua son enfance, sa jeunesse et ses études à Clermont-Ferrand puis à Paris, il lui parla de son métier dans le commerce de la fourrure, ce qui l'amenait à voyager, de l'accident de son père qui l'impliqua immédiatement dans ses affaires afin de le suppléer. Il dévoila aussi l'activité de son frère aîné, Guillaume, héritier du château et de ses terres, mais depuis bientôt deux ans à l'étranger. Il évoqua avec une émotion tangible son professeur de philosophie, qui avait aidé à la formation de son esprit et de son caractère en le purifiant de tout préjugé ; il loua avec une ardeur honnête sa valeur et sa culture immense.

— Souvent, je pense à cet homme unique que j'ai eu la chance de connaître, disait-il à Mathilde. Il était l'un des plus humbles de notre faculté, mais certainement le plus grand par son esprit. Voyez, la valeur des personnes se situe dans leur cœur et dans leur âme, pas ailleurs ! Il en est de même du Dr Benoist, pour lequel vous travaillez, mais aussi du Dr Amédée Fabre de la ville d'Aurillac. Deux hommes de grande valeur, je puis vous l'affirmer. Au fait, Mathilde, vous souvenez-vous de ce médecin cantalien que nous avons rencontré ici même ?

— Je ne peux l'oublier, M. de Foncourrieu ! Il nous avait informés de faits étranges et restait perplexe sur ce qu'il avait perçu de la part de ses confrères sur la disparition d'enfants.

— Oui ! C'est bien cela... Mais, Mathilde, appelez-moi Édouard, ce sera plus simple ! Je dois me rendre à Aurillac d'ici quelques jours, et je le rencontrerai à ce sujet. Nous avons conversé plusieurs fois sur ces enfants qui disparaissent. Nous n'avons jamais pu avancer d'un iota dans cette recherche. Pourtant, lui-même continue de communiquer avec d'autres confrères afin de pouvoir comprendre ce mystère. Nous espérons qu'une faille apparaisse et que nous pourrons savoir où est passée votre petite sœur... À moins qu'elle-même puisse un jour se manifester... Vous savez, cela est possible, même si les chances restent minces ! Tout espoir est bon à prendre, aussi incertain soit-il !

* *
*

Lorsque Mathilde avait embrassé Hortense, elle ne se doutait pas que c'était pour la dernière fois. Elle avait pourtant remarqué que des rides nouvelles apparaissaient sur son visage et qu'elle marchait plus voûtée que d'habitude. Lorsque la voiture du médecin s'était éloignée, emportant sa jeune amie, la vieille femme l'avait regardée tristement, conservant dans sa mémoire sa main s'agitant derrière la vitre en un au revoir semblable à un adieu...

À une allure tranquille, la voiture du médecin descendait les monts de l'Aubrac. Il adorait admirer la nature fabuleuse qui couvrait les pentes profondes de la vallée du Lot. Pour lui, c'était un paysage merveilleux dont il ne se lassait point. À l'arrière du véhicule, son épouse, Éléonore, dormait. Mathilde rêvait. Elle ne cessait de penser à Édouard, qui l'avait fait chavirer par d'aimables attentions et d'exquis propos. À présent, dans la chaleur de l'habitacle, elle les ressassait avec un plaisir évident. Il ne lui avait pas fait la cour, il ne lui avait pas dit qu'elle était désirable, spirituelle ou jolie. Non ! Mais il lui avait semblé curieux de sa personne, de son caractère, de ses goûts, de son existence. Cette curiosité semblait plutôt une forme d'affection, un mouvement naturel d'une personne à une autre. Enfin, avec tout de même quelque chose de plus…

Lorsqu'ils étaient attablés, l'un face à l'autre, elle avait observé ses belles mains, son visage régulier à la barbe bien taillée, ses lèvres fines et volontaires. Décidément, Édouard lui plaisait. Elle se demanda si ce qui s'était passé n'avait pas été le fruit de son imagination. Peut-être n'était-il tout simplement qu'un séducteur aux bonnes manières ? Elle se disait qu'elle serait bien dans ses bras, et cette pensée la déstabilisa. Mais aussitôt, elle pensa qu'il pouvait y avoir une femme dans sa vie, une maîtresse, une fiancée… et soudain, elle eut envie de pleurer.

Elle se fit violence et songea aussitôt : « Je ne veux pas qu'il m'aime et je ne peux l'aimer ! Cela n'est pas possible et inconvenant. C'est un fossé qu'il y a entre nous ! »

Pourtant, il lui tardait déjà de le revoir. Et cela allait arriver sans trop tarder car, avant de quitter le château, le Dr Benoist avait notifié à Édouard : « Je vous attends à Saint-Geniez pour le 14 février. Vous viendrez déjeuner, je compte absolument sur vous ! » Mathilde n'avait fait aucun rapport concernant cette date. Mais elle savait qu'elle le reverrait, et cela était suffisant pour elle. Les sentiments qui l'assaillaient la perturbaient. Pourtant, Édouard ne s'était jamais permis une familiarité quelconque, même la plus légère à son égard. Il semblait sincère, naturel, tout simplement lui-même.

Ce soir-là, lorsqu'elle se retrouva seule dans la crispation de son silence, Mathilde ne savait plus où elle en était… Et ce trouble, encore chaste, qui n'était pas un désir corporel, mais tout simplement le besoin impérieux d'être près de cet homme, de l'écouter, de le revoir, ce trouble grandissant la gagnait douloureusement. Quand enfin elle s'endormit, des rêves étranges, succédant à d'autres plus doux, vinrent l'envahir. Elle revoyait Édouard avec des yeux pleins d'ironie qui la toisaient, sa bouche qui s'approchait de la sienne puis qui se refusait. Mais au matin, elle avait l'âme trop haute pour ne pas dédaigner le sens insolite de ces rêves cocasses.

Quelques jours après cette visite à Saint-Just-d'Aubrac, Mathilde reçut deux lettres, ce qui n'était pas habituel. L'une de sa chère Hortense, qui lui disait qu'elle lui manquait et que la neige était tombée dès leur départ : une neige lourde et épaisse qui la cloîtrait chez elle. Elle restait la plupart du temps près du feu tout en tricotant un bonnet qui lui tiendrait chaud lorsqu'elle irait chercher son bois. La deuxième missive était d'une écriture inconnue, mais, lorsqu'elle l'ouvrit, elle reconnut l'estampille de la famille de Foncourrieu. Son cœur vola en éclats. Comme propulsée par une force inconnue, elle remonta quatre à quatre les marches du grand escalier de pierre et s'enferma dans sa chambre. Toute fébrile, elle lut :

Chère Mathilde, depuis que nous avons déjeuné face à face l'autre jour, j'ai appris à vous connaître davantage et je puis vous dire que votre absence m'est difficile, votre manque désagrège ma vie. À présent, je sais les fleurs qui vous plaisent, les livres que vous aimez, mais aussi la musique qui vous fait pleurer, celle qui vous touche le cœur... Il me manque cruellement la douceur de vos gestes, les tonalités de votre voix, l'éclat profond de vos yeux... votre compagnie tout entière... Ma pensée est désormais imprégnée de votre visage, et j'ai besoin de vous revoir pour ranimer à nouveau tout ce que j'ai compris de vous.

J'ai un extrême plaisir à venir à Saint-Geniez, surtout pour vous entrevoir, et si je devais y renoncer, ou espacer mes visites, cela me ferait le plus grand chagrin. Et vous-même, vous m'avez fait un joli cadeau en acceptant de venir déjeuner chez moi. J'aimerais vous recevoir plus souvent...

Mathilde ne se lassa pas de relire la lettre, deux fois, trois fois, cinq fois. Des larmes montaient à ses yeux. Son cœur battait à grands coups profonds. Ce jour-là, après avoir littéralement absorbé chaque mot, chaque ponctuation, quelque chose d'inhabituel et de fort avait pénétré sa vie. Quel charme attirait donc Édouard vers elle ? Certes, Mathilde était belle, mais de si humble condition. Lui, le châtelain, si élevé dans le monde, elle si pauvre ! Il souhaitait ardemment la revoir, d'ailleurs il avait terminé sa lettre par ces mots : « Écrivez-moi, ma chère, j'en serais si heureux ! » La jeune femme se demanda s'il n'avait jamais aimé d'amour... Elle comprit que, par cette missive, un élément nouveau était entré dans sa vie et que cela remplirait toute son existence. Le soir même de cette journée qui la laissa songeuse, elle s'endormit avec la lettre d'Édouard sur sa poitrine, sous ses doigts croisés.

Au matin, alors que le soleil n'était pas encore entièrement levé, mais dont on apercevait les premiers rayons prêts à surgir, à l'angle d'un toit ou à la pointe d'un clocheton, Mathilde, déjà debout, relut une fois encore sa lettre et prit la plume :

Mon cher ami, j'écris d'une main tremblante avec un voile sur les yeux... ne me laissez pas seule plus longtemps...

XXXVI

Rapprochement

Édouard de Foncourrieu était descendu dans la vallée du Lot la veille du 14 février. Les travaux qu'il avait lancés dans sa nouvelle demeure des bords de la rivière avançaient convenablement. Bientôt, tout serait en ordre. L'invitation chez les Benoist représentait pour lui un moment des plus agréables, car il y retrouverait sa chère Mathilde. Depuis leur repas à Saint-Just, il ne se lassait pas de repenser à elle et, depuis, plusieurs lettres avaient été échangées. Il savait qu'elle serait également invitée au repas prévu chez le médecin. D'ailleurs, ce ne serait pas elle qui servirait comme à l'accoutumée. Au travers de Mathilde, il discernait une personne cultivée, dotée d'une belle intelligence et d'une grande sensibilité. Même s'il avait l'habitude du monde et de ses contacts, le cours normal de ses sentiments s'en trouvait bouleversé. Incontestablement, revoir Mathilde faisait chavirer son cœur. Il ne s'agissait pas là d'affaires commerciales !

Lorsqu'il arriva le jour dit chez son ami le Dr Benoist, toujours bien vêtu, une cravate à rayures mauves sur une chemise blanche et chaussé de bottines à boutons, il offrit aussitôt les charmes rassurants de l'honnête homme. La pensée de Mathilde l'enveloppait, cela ne faisait aucun doute. Dès qu'il l'aperçut, il la sentit confiante, joyeuse de le revoir, ne cachant pas sa joie.

— Il me tardait vraiment que ce jour arrive, dit-il sans ambages en lui prenant la main. Figurez-vous que je comptais les jours comme un collégien !

Elle l'observait avec une expression qui l'émouvait, le cœur en miettes, ne pouvant repousser l'étrange sensation qui venait s'emparer d'elle. Sur le moment, elle se sentit désarmée mais trouva cependant la force de lui dire, assez gauchement d'ailleurs :

— Vous savez… je crois que j'ai fait comme vous… Enfin, ce sera une belle journée malgré le froid. Quel beau soleil avons-nous !

Heureusement, le médecin, debout derrière sa chaise, s'adressa directement à son ami, ce qui permit de rompre ce dialogue trop émotif pour la jeune femme.

— Mon cher Édouard, prenez donc place près de Mathilde ! annonça avec une voix heureuse le bon docteur. J'ai bien compris que vous avez besoin d'être l'un près de l'autre, n'est-ce pas ? Est-ce que je me trompe ?

— Non, Marcel, non ! Je suis ravi de revoir Mathilde et je vous remercie de votre délicate attention. Je vous avoue même qu'elle m'a manqué ! dit-il en la faisant rougir et en se tournant vers elle.

— Voyez-vous, Mathilde, reprit le médecin, aujourd'hui, il est de tradition de fêter les amoureux, une coutume qui remonterait, paraît-il, au XIVe siècle en Grande-Bretagne. C'est pour cela que nous déjeunons ensemble… En aviez-vous fait le rapprochement ?

Mathilde rougit de plus belle, répondant qu'elle n'avait fait aucun lien avec cette date… Et le docteur partit d'un rire clair qui se transmit rapidement à tous les convives, ce qui permit de détendre quelque peu l'anxiété de la jeune femme.

— Eh bien, Marcel va droit au but ! Vous ne trouvez pas, Mathilde ? souffla Édouard à son oreille.

— Je le connais bien, c'est tout à fait lui ! À vrai dire, cela ne me surprend pas beaucoup. Il est taquin mais tellement bon…

Tous les convives étant désormais devant leur chaise, à haute voix, le Dr Benoist récita le bénédicité :

— Veuillez donner du pan à ceux qui n'en ont pas. Amen.

Et d'un tonitruant « Bon appétit », il invita ses amis à s'asseoir.

— Vous devez connaître le menu, ma chère, demanda Édouard à sa voisine.

— Bien sûr, mais vous allez le découvrir... C'est la consigne !

Pour l'occasion, le médecin et son épouse voulurent régaler tous les convives. En épicurien véritable, Marcel avait proposé les mets les plus goûteux, ceux qui provenaient du terroir, dont une superbe poularde aux morilles et aux girolles. On n'aurait pu faire mieux !

À la fin du repas, comme le soleil brillait encore, Édouard proposa à Mathilde de monter sur la colline, celle sur laquelle est érigé un immense mausolée qui domine toute la ville. Ils partirent donc, traversèrent le pont et prirent un sentier qui serpente jusqu'au cimetière, lui-même érigé sur une arête rocheuse, tout en hauteur. La pente étant raide, Édouard donna la main à Mathilde. Tout en gravissant le chemin, il lui livra pour la première fois quelques sentiments très personnels en faisant allusion à une fiancée prénommée Eugénie. Ils devaient se marier, mais une septicémie foudroyante, aussi soudaine que brutale, la lui enleva. Les médecins s'étaient pourtant battus contre l'infection qui fut la plus forte, et qui emporta dans sa course la vie de celle qu'il aimait. Ce fut horrible pour lui et, dans le même temps, son père tomba de cheval ce qui le rendit infirme. Édouard se trouva alors aussitôt écrasé par les charges qu'assumaient habituellement son père et son frère aîné, Guillaume, qui se trouvait, à ce moment-là, à l'autre bout du monde. Il dut alors réduire sa propre activité commerciale afin de s'occuper du domaine de Saint-Just-d'Aubrac.

— Ma chère Mathilde, cette surcharge de travail m'a permis de réagir et de moins penser à la perte de ma fiancée. Mais certainement aussi à vous connaître... Aujourd'hui, grâce à vous, je revis, j'appréhende les choses différemment et j'envisage même l'avenir... L'avenir avec vous... Oui, Mathilde, avec vous à mes côtés !

Marchant à pas lents auprès de lui, le cœur de Mathilde battait la chamade. Elle s'enivrait des mots forts qu'il prononçait et n'osait l'interrompre. Elle écoutait ce murmure discret et pourtant si fort. Le reste n'existait pas. Sa voix, affective et pénétrante, suscitait en elle les échos profonds du désir et, doucement, s'insinuait, caressait, touchait son esprit et ses sens. C'était une douce torture dont elle n'aurait pu se passer. Elle résistait, détournant parfois le visage pour ne pas voir le sien qui l'attirait. Cet homme qui lui tenait la main, qui lui parlait avec tant de délicatesse et de sensibilité, représentait une force tranquille et bienveillante. Mais, au fur et à mesure qu'ils gravissaient la colline, elle se troubla sans trop savoir pourquoi ; elle transpirait et ne savait plus que faire pour échapper à l'emprise qu'il exerçait sur elle... Depuis l'aveu qu'il venait de prononcer, elle n'avait pas formulé un seul mot...

Enfin, arrivés au pied du grand mausolée[1], Édouard plaça sa main sur son épaule. Il ne fit rien d'autre que de la tenir imperceptiblement, lui laissant la liberté de se soustraire si elle le désirait. Mais elle ne bougea pas. Du haut de ce promontoire, une vue superbe s'étendait vers tous les horizons. La rivière se prélassait entre ses rives, et les belles demeures aux toits de lauze apparaissaient resserrées, enchevêtrées en un lacis de venelles étroites et tortueuses. Le pont se révélait tout petit et l'on discernait, au travers d'une brume légère, comme des chandelles dressées vers le ciel, les innombrables clochers qui dominent la cité.

— Quel beau paysage avons-nous là, se mit à murmurer Mathilde. Je n'étais jamais montée jusqu'ici, malgré les conseils de M. Benoist ou de sa sœur. La vue est splendide. Lorsque la belle saison naîtra, ce sera certainement un panorama enchanteur !

— Nous y remonterons, ma chère Mathilde ! dit-il en se tournant vers elle et en prenant son visage entre ses mains.

Doucement, avec une infinie tendresse, il se pencha vers elle, glissa sa main sous le menton et déposa un baiser sur ses lèvres légèrement entrouvertes. Elle eut l'impression de le connaître depuis toujours et laissa couler une larme qu'il essuya aussitôt de son pouce.

— Allons, ne pleurez pas, vous n'êtes plus seule ! dit-il avec un sourire rassurant.

1. *Inauguré en 1892. Lucien Magne, architecte diocésain de la ville de Paris, en fut le concepteur.*

— Je sais… je sais, Édouard, mais vous êtes trop… Ce n'est pas possible… Vous le comprenez, ce n'est pas possible… Nous sommes trop éloignés l'un de l'autre… Un abîme nous sépare… Je ne suis que la servante du Dr Benoist… Vous m'attirez… mais je ne peux pas, je ne suis pas de chez vous, de votre condition. Je vous apprécie beaucoup, Édouard, et tout ce que j'ai à vous offrir, c'est mon désir silencieux et discret…

Son regard ne variait pas, un regard attentif et calme. Un regard sincère et sérieux, qui voulait aller à l'essence même de son être.

— Allons, Mathilde ! Relevez les yeux vers ce mausolée. Là-haut, en prière, c'est la statue de Marie Talabot[1]. Nous sommes ici à ses pieds. Savez-vous qui était cette femme ?

— Il paraît qu'il s'agirait d'une parvenue, d'une demi-mondaine du XIXe siècle qui aurait fait construire ce tombeau, très ostentatoire d'ailleurs, afin d'écraser ses compatriotes.

— Bien sûr, c'est l'essentiel de ce que les gens racontent, car elle aurait dit, à la suite d'invectives qu'on lui aurait lancées : « Vous ne voulez pas me voir vivante ? Eh bien, je vous dominerai après ma mort ! » En fait, la réalité est tout autre ! Quoi qu'on en dise, elle fut une femme d'une grande générosité envers les plus pauvres, une femme de bien et de convictions. Elle s'appelait Marie-Anne Savy et souffrit, dans sa jeunesse, d'une misère profonde, une misère qu'elle n'a jamais reniée ! Partie de rien, orpheline de mère, comme vous, Mathilde, oui, comme vous ! Elle faisait du ménage, s'occupait des mille et une choses de la maison. Comme vous, Mathilde ! Et cela ne l'empêcha pas d'atteindre les plus hautes sphères de la société bourgeoise parisienne, tout en s'imposant remarquablement dans le monde phallocrate de l'époque. Justement, parce qu'elle avait connu la misère, elle sut remarquablement aider les

1. *Féministe, épouse de Paulin Talabot, ingénieur, polytechnicien, créateur du PLM, Marie Talabot (1822-1889) n'oublia jamais sa condition d'enfant pauvre. Par son mariage, mais également par sa culture et son opiniâtreté, par ses salons littéraires parisiens, elle sut côtoyer le grand monde de l'époque. (Voir* Marie Talabot, une Aveyronnaise dans le tourbillon du XIXe siècle, *Louis Mercadié, De Borée.)*

plus défavorisés. Elle fut une belle personne, et le grand monde ne lui fit jamais peur malgré une origine des plus modestes !

— Je crois savoir qu'elle avait épousé Paulin Talabot, un ingénieur qui s'intéressa aux chemins de fer.

— C'est bien cela, Mathilde ! Voyez-vous, ce qui compte vraiment, c'est ce que l'on a dans le cœur, le reste est tout autre.

Il la prit tout contre lui et la serra dans ses bras. Elle se sentait bien, toute petite, le nez niché dans sa chemise. Ils s'embrassèrent encore, avec moins de retenue cette fois, savourant consciencieusement le contact de leurs lèvres, de leurs bouches. Elle se mit à embrasser ses mains, ses joues et se perdit dans son cou, jurant de l'aimer.

Les yeux fermés sous ses caresses, la sentant vibrer contre son corps, Édouard la voulait à ses côtés, pour toute sa vie. Il lui murmura tendrement :

— Reste avec moi, Mathilde chérie, je veux que tu sois mon épouse, devant les hommes et devant Dieu...

Dans les yeux couleur acier d'Édouard, elle venait de déposer une goutte d'argent...

XXXVII

Un notaire véreux

Alors qu'au pied des monts d'Aubrac les amoureux préparaient leur avenir, en la grande ville de Bordeaux le temps était venu déposer un peu de baume sur les blessures de Carmen, mais jamais elles n'avaient cicatrisé. Cela n'avait pas été facile pour cette fille, écorchée vive, car elle avait grandi dans la colère. À la suite du décès brutal de sa mère, elle avait découvert le mensonge, la violence et la lâcheté des hommes, mais encore la dépendance des femmes. Elle avait compris que l'amitié demeurait le sentiment unique et bienfaisant dont on pouvait tenir compte, et sur lequel on trouvait appui. Devenue une jolie demoiselle, Carmen s'était métamorphosée en un être combatif et prudent. Mais une pierre lourde pesait constamment sur son jeune cœur, et ce poids, au fond d'elle-même, la peuplait comme un nid de vipères.

Très choquée par ce qui s'était passé, par ce qu'elle avait vu et vécu, la jeune fille n'avait pu combattre plus que ses forces le lui permettaient. Au soir de la mort de sa mère, son père n'était pas rentré. L'ami de l'avocat, le Dr Marchix, qui avait assisté l'épouse maltraitée jusqu'au bout, l'avait cherché en pure perte. Personne ne savait où il aurait pu se trouver. S'était-il caché ? Était-il parti vers d'autres cieux ? Avait-il rejoint l'étranger ? Sans aucun résultat, le médecin avait consulté ses nombreux confrères, lesquels s'étaient orientés vers d'autres recherches. Dans son propre milieu concernant la justice, on n'en savait pas davantage. Il fallut en conclure que le célèbre avocat bordelais Me Carlos Valenciano avait bel et bien disparu !

Quoique fâché avec lui, son frère, Alvaro Valenciano, averti par le Dr Marchix, arriva le soir même du décès. Ce fut lui qui organisa, quatre jours plus tard, les obsèques de sa belle-sœur et qui accueillit Carmen chez lui. Il habitait rue du Jardin-Public, une vaste maison avec un beau jardin à l'arrière.

Trois semaines plus tard, on repêcha dans la Garonne, près de Tonneins, une grosse voiture. On pensa que le conducteur avait dû perdre son contrôle, pourtant la route était droite en cet endroit. L'on retrouva le corps du célèbre avocat au volant. À ses côtés, un homme rondouillard, sur la banquette arrière, un jeune homme moustachu, tous deux connus des services de police...

Carmen avait conservé quelques souvenirs insignifiants, dont une photo où sa mère et elle-même se pressaient l'une contre l'autre. Le cliché, à peine plus grand qu'un timbre-poste, les représentait bras dessus, bras dessous, près de la dune du Pilat. C'était son père qui l'avait pris. Catherine, raide sous son chapeau, un sourire aux lèvres serrées, un peu crispé, et Carmen dans son vêtement classique et chaussée de bottines. Chaque fois qu'elle la regardait, il lui semblait apercevoir une tache sur la pommette gauche de sa mère : était-ce la marque d'un coup ? En tout cas, cela lui rappelait les insultes, les gifles, et les dents cassées... Elle fermait alors les yeux et, dans son esprit, les malaises apparaissaient : ce père d'adoption s'était enfoncé jusqu'au cou dans la saleté quotidienne qu'il générait, aussi écœurante sinon plus que le drame lui-même !

Carmen grandissait, mais les scènes d'horreur dont avait été victime sa mère restaient cruellement présentes dans sa mémoire. Elles s'étaient figées en elle comme des clous dans le bois. La nuit, ses cauchemars ne cessaient guère, le visage de sa mère souffrante lui revenait en alternance avec celui de son père, toujours vêtu d'un beau costume, mais dont la figure hideuse la hantait. Alors, il défonçait la porte de sa chambre, la frappait et elle s'éveillait tout en sueur. Elle se sentait parfois coupable de ne pas avoir su protéger sa mère adoptive, de ne pas avoir su réagir plus tôt. En d'autres moments, des images de frayeur venaient l'assaillir, et elle voyait la sœur Evangelista de l'orphelinat qui ricanait, la badine à la main, frappant sa petite amie, Sophia, étendue au sol dans sa tache écarlate…

À son réveil, à la suite de ces cauchemars récurrents, Carmen se sentait blâmable, faible, voire salie. Elle se découvrait une mauvaise conscience, se posant de nombreuses questions. Elle n'était qu'une grande adolescente, mais à l'esprit vif et réfléchi, et savait qu'évincer ces hallucinations semblait illusoire, du moins pour l'instant, se disait-elle ! Toutefois, en fille intelligente, elle en tirait d'utiles conclusions et pensait que la culpabilité représentait certainement la pire des inventions humaines !

Le temps s'écoulait. Carmen continuait à grandir et à s'instruire. À l'âge où d'autres se consacrent à des jeux, elle lisait des classiques, Montaigne, Rabelais… et le dictionnaire. Elle s'était lancée dans les études à corps perdu. Elle absorbait tout, lisait tout, s'intéressait à tout, comprenait tout ! C'était la seule sortie salutaire qu'elle avait trouvée après ce qu'elle avait connu. Mais une issue qui lui collait à la peau, qui lui convenait et lui permettait, peu à peu, d'émerger de ce cercle vicieux dans lequel elle était installée depuis son enfance. En classe de seconde, elle avait deux ans de moins que ses camarades. Étant nettement moins développée que les autres sur le plan physique, elle connaissait la cruauté des adolescentes entre elles, trouvant toutefois une certaine quiétude dans l'amitié.

Lorsqu'elle avait intégré la maison de son oncle Alvaro, elle avait aussitôt compris qu'il était aussi fier et suffisant que son père adoptif. Il était un homme corpulent, avec un don marqué pour une ironie sournoise qu'il exerçait volontiers dans ses relations. Son visage puissant laissait deviner un tempérament de feu, et témoignait, dès le premier abord, d'une personne autoritaire. Notaire de profession, il était assez souvent absent. Son épouse, plutôt distante vis-à-vis de Carmen, vivait sa vie à l'extérieur de la maison, dans un cercle aussi riche que bourgeois. Quand elle rentrait chez elle, son rituel semblait toujours le même : elle s'installait sur le canapé en contemplant ses ongles et en affectant une dédaigneuse indifférence. La femme de ménage lui apportait alors une boisson et la patronne lui racontait sa vie mondaine avec une certaine amertume, précisant que ces gens l'irritaient par leur médiocrité ou leur pauvreté d'esprit.

Ce n'était pas une vie de famille que vivait Carmen chez son oncle Alvaro. Il s'agissait d'une vie triste dans une indifférence profonde, issue autant de sa part que de celle de son épouse, laquelle se moquait totalement de ce que pouvait faire Carmen. Certes, elle habitait sous leur toit, dans une belle maison confortable, dorée et douillette, mais devait se débrouiller seule en tout point de vue. *A priori*, rien n'intéressait le couple dans la vie de la jeune fille. Toutefois, le notaire, qui avait la réputation d'être véreux, s'était particulièrement bien occupé de la succession de son frère, et n'avait « prévu » qu'une part négligeable devant revenir à Carmen. Pour ses combines malhonnêtes, il se trouvait à la première place !

En effet, à la suite du décès des parents adoptifs de Carmen, il avait décidé de l'accueillir, trop heureux de s'occuper d'un héritage particulièrement important. Et il y excella, car tout fut mené de main de maître et dans un temps record, d'autant que la jeune fille ne demandait rien et ne s'opposait à rien. Ces choses matérielles la rendaient complètement indifférente.

* *
*

Avec ses grands yeux en amande, sa poitrine affolante et ses longs cheveux bruns tombant sur son dos en vagues folles, la jolie Carmen ne laissait personne insensible. Elle était devenue une ravissante jeune femme, sa bouche s'était élargie, dessinant un sourire plus naturel. Elle plaisait aux garçons, comme aux filles d'ailleurs, qu'elle préférait nettement en amitié. Elle avait dix-huit ans, et une beauté flamboyante qui attirait inexorablement les regards, notamment ceux de son oncle Alvaro. Depuis que la féminité de la jeune fille avait explosé, son comportement vis-à-vis d'elle s'était modifié dans un esprit pervers. Il devenait plus doux, semblait s'intéresser à ses études, la regardait d'une façon qui la dérangeait, lui faisait quelques compliments sur ses tenues, puis sur ses formes, sur sa beauté. Carmen conservait ses distances et n'était pas dupe sur son attitude de prédateur. Aussi n'hésita-t-il pas à franchir un pas supérieur en exprimant ouvertement des propos sibyllins lorsqu'ils étaient tous les deux, seuls à la maison, des propos de plus en plus forts à connotation sexuelle. Sensible à la beauté féminine, le notaire trouvait bien agréable cette jolie fille vivant sous son toit, qu'il avait tout bonnement envisagé de mettre dans son lit !

Mais Carmen, qui avait amplement perçu son manège, évitait autant que possible de se retrouver seule avec lui. Le soir, elle se barricadait convenablement dans sa chambre où trop de souvenirs malsains revenaient à elle, se sentant vulnérable, trop seule malgré son attitude combative. Alors, elle envisagea de déserter définitivement le logement de son oncle, prit ses affaires et alla demeurer quelque temps dans une communauté qui vivait en autarcie, en marge du monde, non loin de la cathédrale. Finalement, elle y trouva une amitié sereine et bienfaitrice, empreinte de liberté, loin d'attaques sournoises et corrompues. Chaque jour, elle rejoignait la faculté afin de poursuivre ses études. Après ses cours, elle allait marcher au jardin public si le temps le lui permettait ou s'asseoir sur les marches du palais de justice. Là, elle y rencontrait d'autres étudiants qui, comme elle, venaient lire ou travailler. En d'autres moments, elle musardait dans les rues animées.

Ce fut à partir de ce moment-là que Carmen se mit à fumer. Dans la pseudo-famille de son oncle, elle s'y était tellement sentie étrangère que les cigarettes représentaient pour elle le seul foyer qui pouvait encore la réchauffer… avec sa liberté !

XXXVIII

Premières amours

Brillante élève, brillante étudiante, après ses deux baccalauréats passés haut la main, Carmen continua ses cours à la faculté de droit[1], où ses débuts furent spectaculaires. D'emblée, elle excella et se maintint dans ses résultats. Très ponctuelle, ne ratant aucun cours, son objectif était déjà tracé depuis longtemps et elle le respectait. Dotée d'une mémoire fabuleuse, elle n'avait aucune peine à retenir les textes de droit, pourtant fastidieux. Elle avançait courageusement dans la vie, mais il lui manquait cette chaleur humaine dont elle avait tant besoin. Depuis sa naissance, elle n'avait pas reçu grand-chose de ce côté-là.

Être aimée, se sentir aimée, elle n'en souhaitait pas plus : un mouvement amical, de légers baisers, que l'on prenne sa main, que l'on puisse l'enserrer dans des bras et lui dire des mots gentils. Sans le vouloir, elle mendiait la chaleur d'une peau, d'une main rassurante, d'une épaule sur laquelle elle aurait pu enfin se reposer… Elle en avait aussi le droit et aspirait fortement à cela. D'autant plus que Carmen restait sensible à la douleur des autres, à leur peine. Combien de fois s'était-elle improvisée psychologue pour certaines de ses camarades de faculté ! Combien de fois avait-elle discerné une angoisse ou un profond sentiment de culpabilité chez ses

1. *Établie en 1870, la faculté de droit de Bordeaux avait été installée place Pey-Berland.*

consœurs ? Alors, elle les entendait avec bienveillance et essayait, avec ses mots et une écoute attentive, d'éroder certaines peines. Elle aida ainsi des filles paumées, pour la plupart extraordinaires, au cœur tendre et doux, à l'amitié sincère et qui, bien trop souvent, souffraient sous la houlette des hommes. Chez certaines, qui semblaient tirer une ombre lourde et colossale derrière elles, la jeune fille se sentait doublement concernée, sachant très bien qu'aussi bas que pouvait tomber une femme, bien souvent un homme était responsable de sa déchéance... Cependant, son maudit passé lui collait méchamment à la peau. C'était plus facile d'être forte pour les autres que pour soi-même !

Carmen ne se trouvait pas belle, plutôt pulpeuse et surtout farouche... Toutefois, elle avait compris qu'elle plaisait aux garçons, comme aux filles d'ailleurs. Bien sûr, elle était ravissante, même si elle ne le pensait pas, avec sa bouche charnue qui les affolait, et sa beauté sauvage qui leur faisait aisément briller les yeux.

Travaillant avec ardeur sur les bancs de la faculté, elle ne pouvait laisser les étudiants dans une insensibilité notoire. Elle discernait parfaitement leur manège, et certains s'étaient mis en tête d'être le premier à coucher avec elle. Mais elle laissait dire. Leurs jeux amoureux la faisaient sourire. Pourtant, un jour, ce fut sur ces mêmes bancs qu'elle fit la connaissance d'Alexandre, un garçon sympathique. Issu d'une famille de vignerons, il avait décidé, comme elle, d'apprendre le droit. Lors d'une rencontre fortuite, ils avaient échangé plus longtemps que d'habitude sur leurs études. La discussion s'était révélée agréable et constructive, même si Carmen avait ressenti une certaine appréhension. Elle resta méfiante durant plusieurs jours, ne voulant accorder à ce camarade de faculté que des paroles banales. Cependant, peu à peu, avec infiniment de tendresse, il arriva à l'apprivoiser. Carmen comprit que sa présence lui faisait du bien et que sa pensée venait combler sa solitude et son besoin. Elle avait une grande estime pour cet étudiant qui paraissait doux comme une femme. Désormais, elle ne se sentait plus seule et bientôt, lorsqu'il voulut l'embrasser, ce fut elle qui se jeta la première dans ses bras.

Bien sûr, Alexandre trouvait Carmen magnifique. Les fossettes qui dessinaient les contours de sa bouche quand elle souriait se révélaient tellement touchantes ! Il se mit à la fréquenter assidûment. Elle était belle, et cette beauté naissante, arrogante même, faisait jaillir au plus profond de lui un désordre impitoyable. Il vint vers elle, le visage congestionné de désir et, tendrement, l'initia aux gestes fluides et libérateurs de l'amour. À son contact, elle découvrit le plaisir de la chair, et reçut les assauts répétés de sa vigueur. Mais ce qu'elle aimait dans le sexe, c'était surtout la douceur de ses gestes, le contact de sa peau et le sommeil qui venait juste après l'étreinte. Un nouveau sommeil, profond et libérateur.

Le dimanche, comme un couple bien établi, ils partaient se promener le long de la Garonne, un moment de détente indispensable pour s'aérer l'esprit. Mais l'intérêt pour les études n'intégrait pas la même force pour chacun des jeunes amants. Alexandre pensait surtout à batifoler, Carmen à étudier. Les résultats du jeune homme apparurent bien vite décevants, à tel point qu'il développa rapidement un sentiment de jalousie vis-à-vis de sa compagne. De plus, Alexandre devenait fort peu discret dans leur relation, ce qui déplut fortement à Carmen. Et bientôt, elle comprit qu'il désirait juste l'ajouter à la liste de ses conquêtes en cueillant sa virginité... Elle ne voulut plus de ses manières de faire et surtout de dire, et sut le lui exprimer nettement. Qu'est-ce qui lui donnait le droit de raconter à ses amis leur façon de s'aimer ? Elle était sincère vis-à-vis d'Alexandre et ne reniait pas l'amour qu'elle avait eu pour lui. Peu à peu s'insinuèrent des mots désobligeants, des attitudes peu sympathiques, altérant les relations de cette romance qui ne devait pas durer. D'ailleurs, le jeune homme ne poursuivit pas ses études de droit, pour lesquelles il n'avait guère d'aptitudes, et rejoignit le vignoble paternel.

Carmen connut d'autres amants, mais dans sa vie ils ne firent que passer. Avec eux, elle n'avait pas vraiment connu la folie des étreintes passionnées, car elle avait toujours eu peur d'aimer, et finalement elle comprit que ce n'était pas dans leurs bras qu'elle trouverait un bon équilibre. Elle était une femme révoltée qui luttait courageusement pour une meilleure vie. D'ailleurs, l'activité intellectuelle, sa liberté de parole et d'action et ses luttes permanentes éveillaient ses instincts de femme combattante. Ses amis lui disaient parfois :

— Toi, Carmen, tu n'es pas une fille moisie !

Et le fait est qu'elle se dépensait beaucoup pour les autres, qu'elle n'hésitait pas à secourir pour un besoin quelconque, jusqu'à concevoir des idées généreuses.

* *
*

À seulement vingt-deux ans, la plus jeune de sa promotion, Carmen venait de décrocher brillamment son diplôme d'avocate. Il est vrai qu'elle avait travaillé d'arrache-pied vers cette profession qu'elle avait décidé d'exercer depuis longtemps. En fille opiniâtre, les obstacles qu'elle avait dû combattre puis surmonter durant toute son adolescence avaient été finalement un aiguillon pour ses études, devenant ainsi une véritable échappatoire dans ses moments difficiles. Ce fut en fêtant son diplôme qu'elle rencontra une nouvelle amie, Louise, infirmière à l'hôpital de Bordeaux. Autant l'une était brune, aux yeux de biche, aux longs cheveux qui tombaient sur une peau métissée, autant l'autre était blonde avec de jolies taches de rousseur et des cheveux bouclés. Elle riait tout le temps et ses adorables fossettes, imprimées sur son visage rond, lui donnaient une beauté rare mais aussi mystérieuse.

Carmen avait été troublée par l'infirmière. À ses côtés, un frémissement passionné, une excitation inconnue, une attirance singulière, plus forte que jamais, s'étaient instaurés. La rencontre avec cette fille avait pris un tour tout à fait imprévu, et elle espérait qu'elle ressentait la même chose... Dès lors, les deux femmes s'en allaient, bras dessus, bras dessous, si différentes et pourtant d'une certaine manière semblables, avec leurs jupes amples et leurs chapeaux originaux.

Prendre quelques jours de vacances, après des études menées tambour battant, fut l'objet d'une décision rapide et simultanée. Durant plusieurs jours, le cap Ferret abrita leur amour. Pour la première fois, Carmen avait ressenti pour une femme ce qu'elle n'avait, jusqu'alors, jamais connu avec un homme.

Toute la semaine, ce ne fut que débordement, intensité, corps à corps furieux. Louise prenait les choses en main. Elle voulait que son amie se souvienne de chaque seconde de leurs moments exquis, de leurs caresses, de leurs baisers, de leurs audaces. Dans le même temps, Carmen était effrayée de voir son amante posséder une influence si tangible sur son plaisir, et de cette façon détenir un contrôle sur elle. C'était troublant, divinement heureux, terriblement excitant... Sa liberté, c'était ce désir partout présent, moqueur, désinvolte... Dès lors, Carmen comprit que la sexualité n'était pas forcément liée au genre. Homme ou femme, cela n'avait aucune importance. Mais son choix était fait ! Des sentiments et des désirs inconnus naquirent entre ces deux femmes, et Louise maîtrisa sa brune amie, comme on maîtrise un cheval fou...

Louise avait près de dix ans de plus que Carmen. Elle habitait une petite maison basse dotée d'un jardin.

— Viens chez moi, je n'ai personne, je vis seule, on y sera bien toutes les deux !

Le soir même, les deux femmes s'étaient aimées à n'en plus finir. Toutes deux se trouvaient affamées du corps souple de l'autre qui ployait comme une herbe folle. Quand Louise se retrouvait encerclée par ses longues jambes brunes, quand son ventre doré se faisait happer par la langue inquisitrice de son amie, c'était une explosion de tendresse qui les unissait. Indéniablement, elles savaient s'aimer. Louise n'avait pas grandi dans le luxe, mais ses parents l'avaient couverte d'amour. Naturelle, espiègle, elle appréciait autant la pluie que le soleil, marchait pieds nus dans les allées du jardin. Maintenant que Carmen avait Louise à ses côtés, elle n'avait besoin de rien de plus pour être heureuse. Lors d'une canicule du mois d'août, sous une pluie chaude qui s'était déversée en abondance, elle avait entraîné son amie sous le déluge bienfaisant. Louise était si désirable sous l'eau du ciel qui tombait ruisselante sur sa peau ! Toutes deux s'étaient mises à danser sous la pluie chaude, savourant cette folie qui les entraîna irrémédiablement vers des gestes de volupté.

Cette belle histoire d'amour, aussi violente que passionnée, ne devait pas durer. Justement, n'avait-elle pas été trop soudaine, trop vive, trop charnelle ? La passion de Louise tomba aussi vite qu'elle était apparue, et elle lui avoua que ses propres « histoires » n'avaient jamais été de longue durée. Alors, chacune retourna à son destin. Carmen ressentit toutefois un véritable abandon. L'amour qui vivait dans son être s'était progressivement affermi pour devenir même une adoration étrange. Dès lors, elle vécut avec un cœur à moitié mort. Complètement coupée du monde, elle marchait dans les rues, sur les places, comme un somnambule, sans voir ni entendre les gens qui l'entouraient. Elle se fourvoya dans le labyrinthe de ses angoisses et toute sa fraîcheur sembla lui avoir échappé...

Cinquième partie

DÉPARTEMENTS DE LA LOZÈRE ET DE L'AVEYRON, VILLE DE SAINT-GENIEZ-D'OLT, MONTS D'AUBRAC

XXXIX

Serments d'amour

Enfin de retour de l'étranger, Guillaume, le frère aîné d'Édouard, reprenait en main les affaires de son père lourdement handicapé. Désormais, il occuperait en permanence le château et ferait valoir les biens dont il hériterait plus tard. Par ailleurs, les travaux de la maison d'Édouard à Saint-Geniez étant terminés, celui-ci décida de l'habiter. Entre-temps, sa liaison avec Mathilde s'était fortement affermie et devait se concrétiser par un mariage. Une fin d'après-midi, il l'invita à visiter sa belle demeure aux commodités modernes. Seuls dans cette vaste demeure, leur rapprochement fut immédiat. Elle ne cessait de le regarder, comme sous l'effet d'un charme. Clairement, son cœur se réchauffait à sa vue : ses traits virils, sa stature, le reflet de ses yeux formaient une personnalité unique et attrayante. Pour sa part, souriant, tranquille, la main dans la poche de son gilet, il considérait avec bonheur celle qu'il aimait, celle qu'il désirait, troublé par sa taille fine, sa poitrine bombée, ses hanches qui s'estompaient sous l'envol de sa jupe. Il sentit le parfum de sa chevelure et sa main glissa jusqu'à sa taille. Une vague de bonheur les transporta. Mais pour la jeune femme, quelque chose d'inédit et de violent la secouait, quelque chose de troublant qu'elle n'avait jamais perçu avec Pierre.

Il la dirigea vers la terrasse, où l'on pouvait contempler les hautes façades de l'autre rive, baignées dans la lumière du couchant qui caressait les grandes toitures. Il se glissa derrière elle, entoura sa taille de ses bras et lui murmura en déposant des baisers sur sa nuque :

— Mathilde, tu es ici chez toi ! Je veux que tu viennes dans cette maison, je veux que tu en sois le cœur, la lumière, la vie… et je désire demeurer toute mon existence avec toi à mes côtés… Je te désire tant…

Vibrante d'émotion, emplie d'un trouble exquis, elle se retourna vers lui, saisit son visage entre ses mains et sentit son souffle chaud tout proche de ses lèvres. Elle lui murmura alors avec tendresse, mais aussi avec une certaine autorité :

— J'ai un besoin immense de tes baisers et de tes caresses, et je sais que nous sommes aussi brûlants l'un que l'autre pour cela. Mais je ne les goûte que dans l'amour, et il ne me suffit pas d'être désirée, je veux être aimée, mon chéri, uniquement aimée… Et je saurai te le rendre !

— Et moi, je veux que tu me donnes des enfants, et nous les aimerons !

Il lui prit alors la main et ils allèrent visiter sa grande demeure au passé séculaire. Lorsque, quelques instants plus tard, ils atteignirent la chambre d'Édouard, lorsque ses mains glissèrent de long de son corps déjà frémissant, lorsque ses doigts parcoururent sa peau, ses cheveux, ses épaules, ses seins et tout son corps, elle se laissa faire et se colla à lui : c'était donc cela, le désir ? C'était donc ce qu'elle ressentait, à ce moment-là, au plus profond de son être ? Mathilde goûtait enfin la saveur de la vie, une saveur unique doublée de l'amour d'un homme aimé. Il s'agissait d'une vibration étrange, chaude et tellement agréable qu'elle souhaita aussitôt connaître avec plus d'intensité, malgré un sentiment de culpabilité qui lui revint à l'esprit. Doucement, progressivement, il dégrafa ses vêtements qui tombèrent un à un à ses pieds. Comme il l'entraînait vers le lit, Mathilde lui murmura :

— Édouard… il faut que je te dise… C'est la première fois… Je ne l'ai jamais fait…

— Mon amour ! Mon tendre amour ! Je serai toujours près de toi... Il n'y aura que toi... Je te le promets, répondit-il doucement en l'étreignant.

Il ne s'attendait certainement pas à cela ! Il savait que sa jolie Mathilde avait rencontré un galant au bal des Fraises, qu'ils allaient le dimanche, après les vêpres, dans les chemins... et que certainement ils avaient... Extrêmement émue par la délicatesse de sa réaction, elle écrasa avec fougue ses lèvres charnues sur les siennes. Et ce mot « amour », qu'il avait prononcé avec tellement d'harmonie, elle le manipulerait avec crainte, avec respect, comme un mot magique dont le sens authentique l'émerveillait. Cependant, rien, dans les paroles et les pensées d'Édouard, ne trahissait la secrète influence d'une femme aimée...

Jusqu'à présent, ils n'avaient fait que se jauger, se reconnaître. Ces quelques mots venaient de libérer leur esprit, d'ouvrir le chemin de leurs émotions au fil des caresses qu'ils n'avaient fait qu'ébaucher. Un trouble d'une douceur ignorée envahit Édouard lorsqu'il regarda son corps nu, cette jeune poitrine aux seins pleins de vie qui palpitait d'émotion, la rondeur douce de ses cuisses, le secret de sa chair cachée par sa sombre toison... Désormais, elle ne souhaita ne faire plus qu'un avec lui. Elle voulait sa tendresse, elle voulait qu'il la regarde dans les yeux, qu'il lui témoigne son amour de toutes les façons...

Alors que leurs corps s'unissaient et que la houle du désir montait en eux, il la combla de tant d'amour qu'elle ne se soucia plus de péché ni de culpabilité. Ils étaient restés allongés, sans oser parler, occupés juste à reprendre leur souffle, presque gênés de s'être ainsi donné l'un à l'autre. Malgré tout, Mathilde savait, sans doute depuis longtemps, que seul Édouard serait capable de lui apporter cette rédemption dont elle rêvait, l'oubli d'un passé épuisant. Depuis ce jour, il l'avait prise sous son aile. Il l'avait prise comme une amante que l'on souhaite toujours garder près de soi.

* *
*

Libéré de la lourde charge qu'il avait prise à la suite de l'accident de son père, Édouard reprenait progressivement ses fonctions commerciales. Son mariage avec Mathilde avait eu lieu discrètement, quelques semaines seulement après le décès de son père. Quand Édouard avait passé l'anneau nuptial, en prenant dans les siennes les mains de sa future épouse, il les avait embrassées avec une telle tendresse que Mathilde en avait été bouleversée. Sans s'en apercevoir, elle pleura les plus belles larmes de sa vie... Il connaissait son regard, ses reflets, ses faiblesses, et savait lire son trouble à sa façon de plisser les paupières, mais surtout il avait su lui dire les mots qui font fondre les préjugés et renvoient de vous une image différente. Mathilde n'était plus la fille de « la Jeanne », houspillée par les femmes médisantes, la fille de la noyée... Elle était celle qu'il avait choisie ! Et lorsqu'ils remontaient vers la bourgade de Saint-Just, les villageois taisaient aussitôt leurs propos, car ils avaient révisé leur jugement. Dorénavant, ils considéraient Mathilde comme leur châtelaine, même si le couple n'habitait pas Saint-Just. Ils devaient aussi cet hommage à la dignité de son maintien et à l'autorité de sa parole.

Quoique réservées, ces noces avaient été pour le médecin et son épouse comme un bienfait qui tombait sur leur maison. C'était lui qui l'avait accompagnée à l'autel, lui qui lui avait fait office de père, et il avait tenu ce rôle les larmes aux yeux. Oui ! Le médecin aimait Mathilde comme sa propre fille, cela ne faisait aucun doute ! Ni pour l'un, ni pour l'autre. À la fin du repas, il prononça un discours si émouvant qu'il arracha des larmes à plusieurs avant de conclure : « Mathilde, ma chère enfant, faites-nous vite un bébé, nous avons hâte que la famille s'agrandisse ! »

Édouard vint un jour porteur d'une mauvaise nouvelle : le décès de leur vieille amie Hortense. Mathilde en eut beaucoup de peine, et toute la famille du Dr Benoist se tint auprès d'elle pour la soutenir. Ce fut-là, au cimetière de Saint-Just, où l'on venait d'enterrer Hortense, près de sa fille, qu'Édouard décida de faire ériger une tombe digne et correcte pour la mère de son épouse qui reposait dans la fosse commune. Lorsqu'ils revinrent quelques mois plus tard, une belle sépulture en granite, surmontée d'une croix massive, un entourage fait de la même pierre, matérialisait l'endroit recouvert de gravier blanc. Deux petits rosiers, plantés à droite et à gauche, fleurissaient déjà. Mathilde, qui ne s'attendait pas à un tel geste d'amour, fondit en larmes dans les bras de son époux.

XL

Recherches

Oublier Louise, vider sa mémoire de son absence, oublier sa chaleur, son odeur de femme ? Carmen n'y arrivait pas, malgré sa volonté ! Trop souvent, elle repensait à leurs vies si bien amalgamées, si pleines de tendresse et de connivence. Elle revivait leurs étreintes, elle s'imaginait encore quand elle se collait contre elle dans la moiteur du lit, quand elle sentait sa langue dessiner de folles arabesques sur son corps. Cependant, tout cela la laissait pantelante, désorientée. Comment pouvait-elle vivre sans sa présence ?

« Il faut absolument que j'ampute Louise de ma vie pour me réveiller ! se disait-elle fréquemment. Louise, c'est fini ! Je dois bouger, je dois partir, je dois reprendre ma vie ! » Elle devait en effet réagir ! Cet amour tronqué ne servait désormais à rien, vu qu'il s'était arrêté brutalement, comme le cœur d'une horloge cesse soudain de battre.

Finalement, ce fut à la suite de cette déception amoureuse que Carmen décida de se plonger dans la recherche de ses racines : une véritable échappatoire dans ces moments difficiles. Elle se mit à penser à ses origines, et notamment aux détails que lui avait confiés sa mère adoptive, et fouilla alors sa mémoire de façon à rétablir un lien avec son enfance. Certes, elle n'avait pu retrouver aucun document la concernant, pas la moindre lettre, pas le moindre signe.

Tout avait été effacé, réduit à néant par son mauvais père de substitution. Par ailleurs, était-elle le fruit d'un amour interdit ? Qui pouvait être sa vraie mère, son vrai père ? Pouvait-elle avoir de la famille ? Mille questions la taraudaient ! La seule piste qu'elle connaissait était ce que lui avait révélé un jour sa mère sur son lit de souffrance : « Tu t'appelais Jeanne et tu es née dans un village des monts de l'Aubrac. On t'avait confiée à un couvent de cette région dirigé par sœur Pilar. » Vraiment, c'était très peu ! De plus, son prénom avait été changé et elle ne connaissait même pas son vrai patronyme… Tant pis, elle ferait quand même une escapade vers cette contrée, questionnerait les habitants, les curés, les notaires. Bref, ferait son enquête !

Plusieurs fois, Carmen avait consulté ses livres de géographie afin de situer et connaître cette immensité qu'était l'Aubrac, ces hauts plateaux semi-désertiques qui s'étendaient sur trois départements et sur trois régions[1]. Il y avait, en effet, de nombreux couvents disséminés sur ces hauteurs et dans les vallées. Si elle voulait se rendre dans l'un d'eux, il lui fallait d'abord répertorier tous ces établissements pour n'avoir peut-être aucune réponse… Le secret devait être bien tenu ! Mais, rebelle, indépendante, intrépide et surtout habitée d'une forte volonté, ce n'était pas elle qui abandonnerait !

Sur un cahier, elle avait commencé à inscrire tous les couvents habités par des religieuses et situés dans les départements du Cantal et de l'Aveyron. Elle avait été d'ailleurs étonnée de leur nombre. Il ne lui restait que ceux de la Lozère. En tant qu'avocate, elle avait écrit aux tribunaux des principales villes afin de savoir si des procès ou quelques informations concernant des enfants disparus auraient pu être établis. Mais les lettres reçues se révélèrent toutes négatives ou sans intérêt particulier.

Pourtant, un jour d'été, sa décision désormais réfléchie, Carmen décida d'agir. « Discuter, gémir, à quoi bon ! » se dit-elle. Elle prit sa voiture, se dirigea vers ces régions montagneuses et s'arrêta

1. *Auvergne, Midi-Pyrénées et Languedoc-Roussillon.*

systématiquement dans tous les couvents. À chacun, elle demanda si l'on avait connaissance d'une religieuse portant le nom de sœur Pilar, de surcroît avec la charge de supérieure. Elle se méfiait et ne voulait surtout pas révéler sa démarche précise, se contentant, si la question lui était posée, de mentionner un lien éloigné de parenté avec cette personne. Elle posa quelques questions aux maires et aux curés, aux hôteliers chez lesquels elle logeait, parfois aux villageois qu'elle rencontrait. Elle demanda si le couvent en question avait pu accueillir, vingt ou trente ans plus tôt, des orphelins ou des femmes en couche... Scrupuleusement, elle notait le résultat de ses recherches. Elle observa que certains de ces établissements avaient reçu des enfants, que nombre d'entre eux vivaient encore au pays. Certaines filles s'étaient mariées, d'autres étaient entrées en religion, d'autres enfin avaient été confiées à des familles et l'on n'en savait pas davantage...

Dans sa démarche, Carmen s'attachait surtout à découvrir la supérieure espagnole, sœur Pilar. Il ne devait pas y en avoir beaucoup, surtout avec un tel prénom. Elle rechercha alors dans les registres de religiosité, mais cela en pure perte. On aurait dit que cette sœur n'existait pas. Mais cette région était si grande ! Pourtant, alors qu'elle questionnait le curé d'un village cantalien, il lui répondit qu'il avait un jour rencontré à Mauriac[1], lors d'un séminaire, une religieuse espagnole, laquelle devait diriger un couvent sur les hauteurs de l'Aubrac. Toutefois, il ignorait dans quel département, vraisemblablement, la Lozère ou l'Aveyron. En tout cas, pas sur le Cantal, car il l'aurait su.

— Ah ! Vous m'intéressez, monsieur le curé, avait-elle répondu.

— Si cela peut vous être utile, et si je puis vous rendre service...

— Savez-vous si son couvent accueillait des enfants, des orphelins peut-être ?

— Je ne puis vous le dire, mais je sais qu'elle parlait aussi bien français qu'espagnol. Une autre religieuse l'accompagnait et portait le nom de sœur Agustinia, si j'ai bonne mémoire... Vous savez,

1. *Chef-lieu d'arrondissement dans le département du Cantal.*

ça fait longtemps... Vingt ans, peut-être... Il ne m'en reste que des images effilochées... Entre elles, la communication se faisait en espagnol.

— Vous souvenez-vous du nom de l'autre sœur ?

— Sœur Agustinia l'appelait Margarita... Je m'en souviens parfaitement, car ma gouvernante porte ce prénom... en français, bien sûr !

* *
*

Carmen demeurait indécise depuis qu'elle avait connaissance de ce prénom qui ne correspondait pas à celui de la sœur supérieure. Le prénom « Pilar », qu'elle avait soumis à ce brave prêtre, ne lui disait absolument rien. Un barrage d'incompréhension se dressait devant elle. Il fallait donc chercher ailleurs. Elle continua sa quête avec opiniâtreté, n'omettant aucun détail. Elle rencontra également des avocats et des médecins pouvant la mettre sur une voie, des maîtres et maîtresses d'école, des sages-femmes, d'anciennes nourrices... On lui rapporta quand même quelques cas d'enfants confiés aux orphelinats, aux hospices, à des organismes de charité, mais jamais elle ne fit le lien avec une hypothétique sœur Pilar !

Alors qu'elle se trouvait à Mende[1], le vicaire général de la cathédrale lui conseilla de se rendre à l'hospice de Saint-Geniez-d'Olt. Il s'agissait en effet d'une grande structure qui, depuis longtemps, avait accueilli une ribambelle d'enfants. Ceux-ci devaient travailler, dès leur plus jeune âge, dans les mines ou les usines du secteur[2], ou bien ils étaient placés dans des foyers, parfois dans des fermes. Plus tard, certains iraient se louer dans les foires, pour les fenaisons ou tout autre travail. D'autres enfin essaieraient de voler de leurs propres ailes.

---

1. *Préfecture de la Lozère.*
2. *Voir à cet effet* L'Enfant trouvée, *Louis Mercadié, De Borée.*

— Vous devriez vous y rendre, lui avait-il indiqué. Il s'agit d'un hospice doublé d'un orphelinat. Des religieuses compétentes, des dames de charité, un médecin et un chirurgien offrent leur soutien d'une façon admirable. De plus, il y a une telle rigueur, autant dans le fonctionnement que dans la gestion, que l'on ne peut vous donner que des réponses sûres.

Carmen quitta la capitale lozérienne et se dirigea vers le sud-ouest en suivant le Lot. Lorsqu'elle atteignit enfin la ville de Saint-Geniez-d'Olt, une foire s'y déroulait. Elle avança tout doucement dans la cité encombrée. Le foirail débordait de bêtes à cornes et il fallait s'y faufiler avec dextérité, ce que Carmen fit sans problème. Mais l'on fut surpris de voir « une femme au volant ». De surcroît, une femme seule ! Elle alla se garer sur la grande place, près des étals des marchands. Carmen coupa le contact, ouvrit la portière et sortit enfin de sa voiture. Elle alluma une cigarette tout en considérant autour d'elle l'animation frétillante. En peu de temps, elle devint l'attraction de tous ceux qui l'observaient, tant avec curiosité qu'admiration. Car cette jeune femme en imposait avec ses cheveux lourds, ses yeux noirs en amande et son sourire communicatif. Une robe mi-longue moulait son corps mince d'où jaillissait une poitrine qui attirait irrémédiablement le regard en dépit de la sagesse apparente de sa tenue. Toute sa personne montrait un air de hardiesse, et une libre allure qui révélait la fille émancipée ou la femme sans époux, seule dans la rue, seule dans la vie...

Les passants s'agitaient en tous sens, les enfants couraient, des jurons parfois émaillaient l'espace. Carmen découvrait une ambiance sympathique dans cette petite ville particulièrement animée. Sans tarder, elle demanda où se trouvait l'hospice.

— C'est tout proche, mademoiselle, juste de l'autre côté de la place, le grand bâtiment !

Elle s'y rendit aussitôt et rencontra une religieuse qui contrôlait les allées et venues dans l'établissement. Elle lui déclina la raison de sa venue, et la sœur lui demanda d'attendre quelques instants.

— Je vais chercher notre sœur économe. Elle est ici depuis longtemps et pourra certainement vous donner une réponse.

La sœur Philomène, qui assurait le catéchisme et les comptes de la communauté, était une grande femme au sourire sympathique. Elle arriva en claudiquant.

— Que puis-je faire pour vous, mademoiselle ?

— J'aurais quelques questions à vous poser, ma sœur, si vous le voulez bien… Je viens de Bordeaux et suis avocate. Auriez-vous connaissance d'un couvent qui accueillait, voilà bien une vingtaine d'années, des enfants de pauvres, des orphelins, des enfants rejetés soit par leur mère, soit par la société ?

— Ici même, mademoiselle, nous en avons accueilli des flopées ! Et nous continuons d'en avoir. Ah ! Quelle misère avons-nous eue autour de nous ! À présent, il semble que les choses s'améliorent, mais dans ma jeunesse, alors que je n'étais même pas novice, nous en avions presque tous les deux jours ! Rendez-vous compte : juste à côté, nous avons notre chapelle[1]. Eh bien ! Nous avions été obligés de construire dans la nef un dortoir pour les accueillir et deux salles d'asile. Nous n'avions plus de place !

— Connaissez-vous un couvent de la région de l'Aubrac qui aurait pu avoir pour supérieure une religieuse portant le nom de sœur Pilar ?

— Ce nom ne me dit rien… Pourtant, depuis mon noviciat, j'en ai vu et entendu, des noms de supérieure…

La sœur Philomène réfléchit, prit son menton dans une main, baissa la tête, marmonna quelques noms de village, se tourna vers la fenêtre, fit quelques pas… Au bout d'un moment, elle s'adressa à Carmen :

— Vraiment, je ne vois pas, et je suis désolée de ne pas pouvoir vous aider. Ce prénom ne me dit rien… Attendez-moi un instant…

La religieuse revint au bout de quelques minutes avec un grand registre qu'elle ouvrit sur la table.

— Voyons, j'ai ici un répertoire alphabétique. Il ne faudrait pas que ma mémoire me joue des tours, je ne suis plus très jeune…

1. *Ancienne chapelle des Pénitents noirs à la décoration remarquable qui servit, après la Révolution, d'oratoire à la communauté qui dirigeait alors l'hospice et l'orphelinat.*

Elle parcourut les noms classés par couvent, tourna page après page et ne vit rien de probant.

— Ce prénom ne me dit rien, mademoiselle... N'y aurait-il pas un autre prénom accolé, par hasard ?

— Pourriez-vous chercher à Margarita ? dit-elle sans grande conviction.

Elle reprit son registre et trouva en effet une sœur qui portait bien ce prénom.

— Voilà ! Regardez vous-même, il est écrit « sœur P. Margarita ». Serait-ce « Pilar-Margarita » ? C'est fort probable. Elle était supérieure du couvent Sainte-Thérèse de Saint-Just-d'Aubrac. « Décédée le 29 mars 1956 dans ce même couvent, à l'âge de cinquante-huit ans. Née à Saragosse le 2 janvier 1898. » C'est ce qui est noté. Si vous voulez plus de renseignements sur cette personne, allez voir M. le curé, qui est originaire de l'Aubrac aveyronnais. Peut-être vous serat-il d'un certain secours. Le presbytère est près de l'église, juste de l'autre côté de la rivière...

XLI

Les deux sœurs

Lorsque Carmen quitta l'orphelinat, une migraine tenaillait sérieusement son crâne. Des craintes l'enserrèrent à nouveau, et elle se posa de nombreuses questions. Sa quête allait-elle enfin aboutir ? Cette sœur Pilar était donc décédée. Mais alors, comment obtenir une réponse ? En lui déclinant sa propre identité, elle seule aurait pu éventuellement la lui fournir ! Mais à présent, comment retrouver la trace de sa famille ? Si elle existe toujours... Tout cela la tourmentait. Le curé de Saint-Geniez allait-il pouvoir l'aider ? Elle n'y croyait pas beaucoup et avançait dans la promiscuité et le brouhaha de la foire. Elle se ravisa en pensant que ce couvent de montagne devait avoir conservé des dossiers dans ses archives et qu'elle pourrait alors les consulter. Quoiqu'il en fût, elle se rendrait dans ce couvent, à la mairie, à la cure, et mènerait son enquête jusqu'à savoir.

La jeune femme traversa le vieux cloître dont elle apprécia l'architecture et se dirigea vers l'autre partie de la ville, érigée sur la rive droite de la rivière.

Avec la chaleur, tous les cafés laissaient leurs portes grandes ouvertes. Il en exsudait des effluves et des paroles parfois vives, en d'autres lieux fusaient les rires gras des hommes ou ceux plus clairs et enjoués des serveuses. Il y avait là des gens qui dînaient de jambon, de fromage et de vin rouge. Elle traversa le pont aux trottoirs hantés de pêcheurs et de badauds, puis se dirigea vers l'église paroissiale qui s'élevait contre le flanc de la colline. Elle gravit l'escalier monumental et arriva sous le dôme. Hormis deux ou trois femmes qui en assuraient l'entretien, l'église était vide. Elle leur demanda si M. le curé était là.

— Nous ne l'avons pas vu aujourd'hui. Vous pourriez interroger Mme Angèle, qui s'occupe de son presbytère. Elle doit savoir. Elle habite face à l'église, la grande maison.

Une nouvelle fois déçue, Carmen repartit et, avisant la vaste demeure, alla frapper à la porte. Elle cogna plusieurs fois avec le lourd marteau mais n'obtint pas de réponse. Derechef, elle recommença lorsqu'une jeune femme qui revenait du marché, les bras chargés de sacs, l'interpella :

— Vous désirez ? demanda-t-elle en approchant. Je suis la propriétaire.

Carmen se retourna. Mathilde reçut son regard en plein visage, le même visage que sa mère, sinon que sa peau était plus hâlée. Les mêmes yeux noirs en amande, le même port, la même chevelure, la même attitude. Soudain, tout sembla disparaître autour de Mathilde, un voile blanc l'ensevelit. Elle lâcha ses paquets et laissa son corps s'effondrer. Carmen poussa un cri d'effroi. Instinctivement, ses bras l'enveloppèrent afin qu'elle ne tombe pas lourdement sur le sol. Elle vit que les mouvements de son cœur se ralentissaient un à un, plus vagues chaque fois, plus doux, comme le vent qui s'épuise, comme un écho disparaît. Alors, Carmen la gifla doucement, puis plus fort. Elle passa une main dans ses cheveux, sur son front, où perlait déjà une bruine légère. Elle lui parla en la secouant :

— Madame, madame ! Que vous arrive-t-il ? Je suis désolée ! s'exclama-t-elle.

Des gens commençaient à s'approcher et à faire cercle en proférant des questions idiotes. Carmen, à genoux, continuait à lui parler, à la secouer. Elle avait calé sa tête contre un sac et soulevé légèrement les pieds.

— Elle a eu un malaise. Quelqu'un aurait-il un peu d'eau ?

Du café de la Halle, tout proche, on apporta une cruche, et Carmen en imbiba un mouchoir qu'elle passa sur le front de la jeune femme. Celle-ci resta au sol quelques minutes, le visage blanc comme un linge. Quand enfin elle rouvrit les paupières, le regard empli d'eau limpide, elle n'aperçut que deux grands yeux qui la fixaient avec angoisse. Sa figure exsangue indiquait qu'à l'intérieur d'elle-même un orage violent venait d'éclater, mais qu'il était en train de s'éloigner. Une lueur bizarre passa dans ses yeux. Puis ce fut un regard doux et pénétrant qui se posa sur celui de Carmen.

— Madame Angèle... Ah ! On dirait que ça va mieux. Madame Angèle ! Je vais vous aider à rentrer chez vous ! Vous avez dû avoir un malaise. Donnez-moi la main... Il faut vous relever !

Carmen entendit quelqu'un qui disait « ce n'est pas Mme Angèle ! » mais n'y prêta aucune attention. Il s'agissait de remettre debout cette personne qui, allongée sur les pavés, la fixait étrangement droit dans les yeux, silencieuse et suppliante...

Lorsque Carmen se pencha vers elle et passa une main sous sa nuque, ses cheveux dénoués encadrant son visage fin d'un sombre voile pudique, une sensation de vie nouvelle sembla la saisir, l'émouvoir au plus haut point. Elle remua les lèvres. Il fallut un certain temps pour qu'il en sortît des paroles.

— J'ai tellement espéré, murmura-t-elle faiblement en tendant la main vers le visage de sa petite sœur. J'ai tellement espéré, tu es Jeanne, n'est-ce pas ? C'est bien cela, tu es Jeanne ?

— Je m'appelle Carmen... mais aussi Jeanne... je crois... répondit-elle, soudain perplexe que l'on connaisse ce prénom.

— Tu es aussi Olympe ? Ou Olympe-Jeanne ?

Carmen ne comprenait pas, ou du moins concevait que cette personne divaguait. Il était temps de la ramener chez elle...

Couchée sur le sol dur, fascinée, tremblante, Mathilde ne put séparer ses yeux de celle à laquelle elle n'avait jamais cessé de penser. Une dame de haute taille aida Carmen à la soulever, et aussitôt l'attroupement se dispersa.

— Merci pour votre aide, madame, nous allons la ramener chez elle, elle a eu un malaise, mais je crois que maintenant ça va aller !

— Jeanne, reste avec moi et entre... Tu es ma sœur, j'en suis sûre ! reprit Mathilde avec plus de force. Oui, ma petite sœur, celle dont j'ai tant rêvé. Excuse-moi, j'en suis toute bouleversée.

Une larme de joie ou d'émotion tremblait sur sa joue.

* *
*

Voilà plus d'une heure que Mathilde avait subi son malaise, plus d'une heure que les deux femmes se dévisageaient, ne croyant pas encore à ce qui leur était arrivé. Si son cœur, ce jour-là, se mit à battre d'une manière étrange, elle ne voulut pas l'entendre, ne voulut pas prêter attention à cette sensation délicieuse qui venait de la prendre. Elle avait sorti un mouchoir dentelé de sa poche pour s'essuyer les yeux afin de regarder celle qu'elle avait devant elle, se demandant encore si elle rêvait.

Mathilde et Carmen étaient assises sur le sofa, côte à côte, se prenant les mains, les liant avec douceur, parfois avec violence. Cette étreinte représentait pour elles une parole plus forte qu'un geste d'amour. Parfois, dans un élan, Mathilde lui ouvrait les bras en grand et elle s'y jetait sans manière, confiante. Parfois, elle tombait sur elle comme un oiseau blessé et s'apaisait à sa chaleur. Elles se dévisageaient l'une l'autre, sans trop de paroles. Les regards suffisaient amplement... pour l'instant. Il y avait tant à dire...

Carmen-Jeanne était bien réelle, là, assise près d'elle, sur le sofa. Non ! Elle ne rêvait pas. Il s'agissait bien de sa petite sœur, avec dans ses prunelles sombres le reflet d'une vie intérieure intense. Son beau regard, qu'elle levait vers Mathilde, possédait quelque chose d'insaisissable, d'immatériel, d'unique... Il était vraiment le regard de sa mère, impossible de s'y tromper !

Parfois, après un échange difficile, toutes les deux se mettaient à pleurer en se prenant une nouvelle fois dans leurs bras.

— Abandonne-toi ! Je suis là, maintenant, pleure tout ton saoul, lui murmurait Carmen-Jeanne.

Elles ne discernaient plus rien autour d'elles, sinon l'atmosphère extraordinaire du moment, le roulement savoureux qui les emportait l'une vers l'autre, le cœur gonflé de félicité et de plénitude. Il leur fallut tout le reste de la journée pour se mettre à parler, pour commencer à expliquer leur quête, à exprimer leur vie, leurs souffrances, leurs inquiétudes. Souvent, leurs yeux s'inondaient de larmes. Mais tout ce qui rongeait jusqu'à présent leurs cœurs se dissipait, s'annihilait, fondait comme neige au soleil.

— Dis-moi, Mathilde, ma vraie mère m'a-t-elle embrassée, m'a-t-elle pressée sur son sein, m'a-t-elle fait entendre son cœur, ai-je goûté à son lait ?

— Oh oui ! Si tu savais comme elle t'aimait... Toi, tu viens de l'amour, exclusivement de l'amour ! Je vais tout t'expliquer ! Je n'oublierai rien, je te le promets ! Longtemps, j'ai cherché à composer ton visage en décomposant le mien et celui de maman, lui disait Mathilde. Si tu savais comme tu lui ressembles ! Je t'ai imaginée petite fille, puis adolescente, enfin jeune fille. Et là, maintenant, si tu te regardes dans une glace, sache que notre maman était comme toi... j'en suis bouleversée !

— Je ressemble donc beaucoup à ma vraie mère ?

— Oh oui ! À ta vraie maman ! À notre maman ! Malheureusement... elle est morte. Je te dirai bien des choses quand nous irons sur sa tombe... Nous n'avons pas de papa non plus. Tu vois, dans notre famille, il n'y a plus que toi et moi, mais c'est formidable que nous soyons aujourd'hui ensemble. Si tu savais tout ce que j'ai pleuré... Si tu savais combien j'ai prié pour toi, ma petite sœur, toi dont on ne donnait pas bien cher ! Alors qu'on m'avait dit que tu étais morte, je n'ai pas voulu le croire. J'ai toujours été persuadée que tu vivais quelque part... Je ne t'avais jamais vue, même bébé, je ne t'ai jamais connue, on n'a fait que me parler de toi, la belle enfant que tu étais, joufflue, rieuse, aux yeux uniques, et maman te chantait des comptines à longueur de journée ! Toi, ma petite sœur chérie, même sans te connaître, tu es toujours restée présente au fond de mon cœur. Maman t'appelait Olympe ! C'était le curé du village qui t'avait prénommée Jeanne, et cela sans son accord !

— Alors, tu peux m'appeler Olympe. Dès à présent, je change mon prénom. C'est un tournant inespéré dans notre vie, et c'est un hommage que nous rendrons à notre mère...

— C'est d'accord, Olympe ! Comme tu dis, c'est un bel hommage et j'adore ce prénom.

— Tes paroles sont comme un baume apaisant, vraiment, il me les fallait... Toute petite, on m'avait dit que ma mère était morte et que c'était moi qui l'avais tuée... et de ce fait que je devais faire pénitence pour racheter ma faute ! Mathilde, pourquoi tant de haine et de méchanceté ? Pourquoi n'avons-nous pas grandi ensemble... avec nos parents ?

— Ah ! Ma chérie, tu t'en poses des questions et je te promets d'y répondre. Dès à présent, nous serons deux à partager nos peines, tu verras, elles seront moins lourdes... Et puis je te ferai connaître Mlle Marguerite, la sœur du médecin chez qui je travaillais, une femme remarquable ! Elle a toujours été persuadée que tu vivais. Encore hier, elle me disait : « Quand quelque chose n'arrive pas, c'est parce que quelque chose de meilleur va vous arriver. » Elle avait raison ! Vois comme le destin peut changer du jour au lendemain !

Sur la terrasse, dans la fraîcheur vespérale où elles entendaient le pépiement des oiseaux, les deux sœurs s'étaient attablées face à face. Désormais, chacun de leurs gestes, la façon de se prendre la main au-dessus de la nappe, exprimait fortement leur intimité. Mathilde lui annonça qu'elle était désormais mariée avec un homme charmant, mais qu'il était actuellement en voyage. Ils habitaient cette grande maison depuis peu et s'étaient connus pour la première fois dans le village de Saint-Just-d'Aubrac, justement en allant lui parler de sa disparition. Elle précisa qu'elle était la voisine d'Angèle, la gouvernante du curé de la ville... Carmen, enfin Olympe, s'était tout simplement trompée de porte !

XLII

Confidences

RATTRAPER LE TEMPS PERDU ? Tel était désormais leur décision commune. L'une après l'autre se confiaient. L'une après l'autre apprenaient la vie de l'autre. L'une après l'autre se chérissaient de plus en plus. Les deux sœurs ne se quittaient plus et n'avaient même pas assez de temps, dans leur journée, pour aborder toutes les péripéties de leurs enfances respectives. Chacune absorbait goulûment la vie passée de l'autre. Chacune s'imprégnait des moindres détails, bons ou mauvais, qui avaient jalonné leur vie. Et l'on aurait pu voir dans leurs pupilles la lueur d'un feu qui brûle. Parfois, l'une souriait, mais l'expression mélancolique qui se devinait n'échappait pas à l'autre. Parfois, elles riaient aux éclats, alors leurs fossettes donnaient à leurs visages un aspect juvénile qui les faisait vraiment se ressembler.

Carmen se souvenait vaguement d'une matrone française qui s'occupa d'elle, avant qu'on la confie à une autre dont elle se rappelait… l'odeur. Elle était famélique et sale, les cheveux embrouillés, les vêtements déchirés, et surtout sentait mauvais ! Dans sa maison, où les poules de la cour vivaient comme dans leur poulailler, trois autres enfants avaient été accueillis. Lorsqu'elle revint au couvent de la Miséricorde de Pampelune, elle se trouva d'emblée entourée d'une vingtaine de gamines, aussi perdues et apeurées qu'elle-même.

Elle allait grandir dans ces lieux avec un gros poids au cœur, et se demandait si elle avait seulement une mère...

— Tu vois, Mathilde, malgré mon jeune âge, une colère, parfois prompte et brutale, me soulevait, m'aveuglait. J'étais triste, terrorisée par une sœur corrompue. Je devenais folle de rage, et ce qui m'a sauvée dans ce couvent, c'est que je me suis fabriqué un monde à moi : j'étais sourire lorsque ma bouche avait envie de mordre, j'étais tendre quand ma main désirait égratigner. Je devenais pire que ces nonnes sadiques qui me torturaient, et cela me permit de gagner une certaine liberté... D'ailleurs, c'est là, pendant ces lourdes années au couvent, que j'ai su que, plus tard, je devrais protéger les enfants, sans oublier les femmes auxquelles on volait leur bébé et que l'on maltraitait... J'ai voulu être celle qui aurait pu sauver la petite fille, fustigée par les nonnes, et qui mourut devant moi, sur le sol de la cour. C'était mon amie, Sophia... On avait le même âge...

À sa façon de plier les paupières, Mathilde lisait des nuances étranges dans les yeux de sa sœur, selon qu'elle exprimait liberté, coups, violence ou amour qu'elle avait vécus, mais encore les troubles et les frayeurs. Parfois, une ombre dure passait dans ses yeux, une ombre qui altérait son visage. Dans cet échange, chacune prenait conscience de la fragilité de cette découverte réciproque. Elles devaient obligatoirement trouver un équilibre subtil entre la retenue et la spontanéité. Néanmoins, dans ce qu'elles vivaient, c'était déjà un autre monde teinté de paix. Dans leurs discours, dans leurs analyses et avec le recul, elles regardaient craquer le fragile vernis des sociétés humaines.

Les deux sœurs ne voyaient pas le temps passer. Leurs rires, leurs paroles, leurs gestes tissaient graduellement une tendresse dans laquelle elles s'enroulaient voluptueusement, comme pour se protéger des heures assassines, des coups bas de la vie, des insultes et de la méchanceté. Se confier mutuellement ces moments difficiles leur permit de les expurger, non de leur mémoire mais de leur cœur. Comme Édouard n'était pas encore rentré de voyage, elles décidèrent de se rendre à Saint-Just-d'Aubrac, où elles logeraient au château.

Quelques jours plus tard, au volant de sa voiture, Olympe emmenait sa sœur sur les montagnes d'Aubrac. Mathilde voulait lui faire connaître la maison à demi ruinée de la forêt où elle avait vécu un temps avec sa mère. Rien n'avait changé, elle était toujours à l'abandon. Les ronces et le lierre commençaient à l'envahir. Mathilde poussa la porte qui grinça.

— Entre, Olympe ! C'est la maison où tu es née et où tu as poussé ton premier cri.

Les yeux de Mathilde se mirent à briller et des larmes vinrent, incontrôlables. Elle regardait le foyer, intact, devant lequel, avec sa mère, elle se chauffait autrefois. Olympe la prit par l'épaule et la serra dans ses bras. Un voile de sueur mouillait le front de Mathilde, en proie à une forte émotion. Tout en reniflant, elle dit à sa sœur :

— C'est ici que tu as bu ton premier lait. C'est ici que le curé est venu te baptiser de force, en te donnant le prénom de Jeanne, sans le consentement de maman. C'est ici qu'elle t'a prénommée Olympe. C'est ici que maman te berçait et te chantait du matin au soir des comptines... Je te montrerai une lettre où elle parle de nous deux, peu après ta naissance, une lettre inachevée que j'ai trouvée après son décès... Oh oui ! Elle t'aimait...

À travers les paroles de sa sœur, Olympe essayait d'imaginer sa mère. Certes, elle en possédait une image en se regardant dans le miroir, mais ce n'était pas suffisant. Elle voulait connaître ses mains, sa tendresse, ses cheveux, sa voix, ses perceptions. De jour en jour, elle discernait avec plus de netteté la vie qui s'était déroulée dans cette vieille masure, en présence de Mathilde. Elle avait un besoin viscéral de connaître sa vie volée, tant dans les gestes, la vivacité, le rire, les larmes ou les horreurs que dans l'énergie qui pouvait encore émaner de chaque élément de cette période.

Ce jour-là, elles allèrent se pencher sur la tombe de leur mère, à présent correcte, grâce à l'intervention d'Édouard. Elles firent aussi une visite à celle d'Hortense et de sa fille. Toutefois, Mathilde voulut absolument se rendre au couvent. Elle savait que la supérieure, sœur Pilar, avait rendu l'âme. Une nouvelle religieuse dirigeait l'établissement, et elle se demanda si elle était aussi revêche que la précédente. Cependant, sa démarche n'était pas de la rencontrer, car cela ne servait plus à rien, elle souhaitait tout simplement rendre visite à la sœur Marie-Véronique, la petite nonne qui avait été si prévenante avec elle autrefois. Alors qu'elle atteignait un âge canonique, cette fragile sœur au cœur généreux ne quittait plus son lit... et son chapelet, qu'elle égrenait du matin au soir.

Chaque fois que Mathilde se rendait à Saint-Just, avec son époux, elle ne manquait pas de lui rendre visite. Et pour la grabataire, c'était une bouffée d'air pur qu'elle lui ramenait.

Ce jour-là fut exceptionnel pour elle, car Mathilde lui présenta Olympe, sa petite sœur ! Celle qui, bébé, avait vécu juste quelques jours dans ce couvent avant d'être expédiée vers l'Espagne.

Dans la pénombre du lit, recroquevillée sur sa paillasse, sa tête légèrement inclinée, la petite nonne resta un moment sans bouger. Ses yeux, enfoncés dans des orbites colorées de cernes sombres, étaient si clairs qu'ils refusaient chaque jour un peu plus d'accomplir leur office. Puis ils s'inondèrent de larmes... de pleurs silencieux et doux qui semblaient lui apporter un bienfait incommensurable. Un léger sourire apparut enfin sur son visage ridé.

— Excusez-moi, c'est l'émotion ! Avec tes longs cheveux noirs, que tu ressembles à ta maman ! J'ai l'impression que c'est elle que j'ai devant moi... Mon Dieu, que c'est émouvant !

La malade ne sortait plus de sa couche depuis plusieurs mois, mais conservait l'esprit vif et la bienveillance de ses paroles.

— Ma chère enfant... murmura-t-elle de sa voix sifflante. Je savais que Dieu te protégerait ! Chaque jour, tu as fait l'objet de mes prières. Lorsque Mathilde venait me voir, nous ne faisions que parler de toi. Elle t'aime beaucoup, ta sœur, je puis te l'assurer ! On se demandait où tu pouvais être, ce que tu faisais, si tu étais jolie, si tu étais grande ou petite de taille... Et vois-tu, ta sœur et moi étions absolument persuadées que tu étais vivante et qu'un jour nous te reverrions... C'est un véritable lien qui nous a unies durant toutes ces années, et j'en remercie Dieu. Au début, on se rencontrait dans une sorte d'édicule où l'on n'aurait pu tenir qu'à peine toutes les trois… Dites-le lui, Mathilde ! Racontez-lui notre histoire dans ce petit coin qui ressemblait à un confessionnal.

— Un jour, la sœur Pilar a failli nous découvrir, reprit Mathilde. Elle avait entendu du bruit et voulut ouvrir la porte, mais nous, nous la maintenions de l'intérieur. Elle est partie en maugréant, pour revenir avec un outil, et là, miracle, la porte s'est ouverte sans aucune difficulté. Entre-temps, nous nous étions échappées et nous en avions bien ri !

Le visage de la sœur Marie-Véronique n'était qu'un foisonnement de rides au milieu desquelles ses yeux clairs se mirent à pétiller. Ah ! Qu'elle était heureuse lorsqu'on évoquait ces petites cachotteries !

Les anecdotes que Mathilde et la religieuse avaient vécues revenaient en leur mémoire pour le bonheur d'Olympe. Elle se rendait compte que jamais elle n'avait été oubliée, et ce fut pour elle autant de témoignages importants qui s'ajoutaient à la reconstruction de sa portion de vie.

— Maintenant, je ne peux plus marcher, reprit la sœur Marie-Véronique, mais lorsque je le pouvais, je dois vous dire, mes filles, que j'allais sur la tombe de votre maman, et chaque fois que j'en revenais, c'était avec la conviction encore plus forte que toutes les deux, un jour, vous reviendriez ici même lui rendre visite ! Voyez, les choses se réalisent !

— Merci, ma sœur, répondit Mathilde. C'est un bonheur immense que nous nous soyons retrouvées ! Il est vrai que nous avons toujours au cœur ce crime impuni. Pourquoi s'en est-on pris à notre maman ?

— Un jour ou l'autre, la clarté illumine les bas-fonds. Alors, on comprend… Dans le cimetière, terre bénie, je suis sûre que beaucoup d'impies s'y reposent. Et la mort ne fait pas de différence entre les bons et les méchants, et lorsqu'ils arriveront là-haut, ils seront jugés…

Un moment de silence s'instaura. Les grands yeux clairs de la religieuse tenaient toute la place de sa petite figure trop maigre. Elle releva lentement la tête, puis leur dit :

— On a fait trop de mal à votre maman ! Dieu ne pouvait admettre cela. Il a bien fallu qu'il se rattrape en vous protégeant...

L'émotion gagnait les deux sœurs qui s'étaient rapprochées du lit de fer. Néanmoins, elle fut à son paroxysme lorsque la vieille religieuse s'adressa directement à Olympe :

— Maintenant que je t'ai vue, après avoir prié tous les jours pour toi, je vais enfin pouvoir m'en aller. J'ai trouvé le temps long, tu sais... Et, vois-tu, je savais que je te connaîtrais avant de mourir... Dieu m'a accordé cette faveur... Mais vous, vous êtes jeunes ! Votre vie est devant. Allez, mes enfants, gardez votre foi et votre courage !

Les lèvres de la petite nonne se mirent à mâcher du silence. Elle reprit son chapelet. Mathilde comprit qu'elle était lasse et qu'il convenait de la laisser se reposer. Elle embrassa sa main ridée.

XLIII

L'enquête

DESCENDANT DE L'AUBRAC, après leurs différentes visites, les yeux de Mathilde semblaient fatigués, un peu gonflés, et Olympe trouva une sorte de gravité triste dans son regard.

— Que t'arrive-t-il ? lui dit-elle. Tu n'as pas l'air dans ton assiette.

— Oh ! Ce n'est rien, ça m'arrive parfois. Après avoir appris la mort tragique de maman, je n'étais plus la même, je me suis fabriqué une sorte d'armure, mais pas assez solide, car le moindre retour sur ces moments m'atteint toujours de plein fouet. Avec toi à mes côtés, ce sera désormais plus facile…

— Je te comprends, car pour moi c'est un peu pareil. Pour me protéger de ce que j'avais connu, j'ai dû, comme toi, me cuirasser ! Et pour cela, j'ai lu des tas et des tas de documents concernant la violence sous toutes ses formes : c'est effrayant ! Quel désastre ! Et dans cette violence, les femmes sont en première ligne, subissent, ne disent rien, acceptent tout ! Il faut que je te dise, Mathilde, qu'après avoir vu ma mère adoptive se faire tuer, je me suis considérée comme la fille d'un monstre. Depuis cette nuit tragique, il m'a fallu du temps pour refermer la plaie. Sous ma peau, cachée, je porte en moi une honte… C'est pour cela que j'ai décidé de défendre les femmes. Je puis te dire que je suis convaincue que ces bourreaux sont des lâches et méritent la prison !

Une vibration étrange commençait à atteindre Olympe. On aurait dit qu'elle plaidait ! Elle se tut un moment. Son esprit s'enflammait à ses souvenirs pernicieux, le feu de la colère s'emparait d'elle.

Les deux sœurs restèrent un moment sans parler, à regarder le paysage qui se déroulait paisiblement sous leurs yeux.

— Et dire que nous aurions pu jouer ensemble, vivre auprès de maman, articula Mathilde d'une voix sourde. On n'aurait pas demandé la lune ! Le plus simple nous aurait amplement suffi ! On a raté tout ça alors qu'on aurait pu être heureuses ! Tout ça à cause d'un meurtrier ! Pourquoi s'en est-on pris à notre mère ?

— Il faut que nous menions notre enquête ! Il faut que nous sachions qui a pu commettre ce crime ! intima Olympe en acérant soudain ses yeux. Quand même, il doit bien y avoir quelqu'un qui sait, quelqu'un qui se cache !

— Tu as raison, sœurette, j'ai pensé tout et n'importe quoi, et je ne trouve aucune réponse. Peut-être qu'à toutes les deux... On est toujours plus intelligents à deux que tout seul !

— Tu as raison ! reprit Olympe avec une lueur de défi dans les yeux. Dès ce soir, nous allons tout noter de ce que nous savons. Nous allons mettre en relation nos deux vies. Cela ne nous servira peut-être à rien, mais nous aurons déjà un départ pour notre enquête. Et puis cela nous permettra à toutes les deux d'exorciser ce mal qui nous a harcelées et qui nous perturbe encore. Il nous faut l'extirper de nous-mêmes, et cela nous fera du bien. Tu es d'accord ?

— Je crois qu'en tant qu'avocate tu es toute désignée pour mener à bien cette recherche !

Une semaine n'était pas passée depuis leur retour que le Dr Benoist vint annoncer à Mathilde le décès de sœur Marie-Véronique, au couvent de Saint-Just. Cela ne surprit pas vraiment la jeune femme, vu son grand âge, et elle en ressentit une peine immense. Pleine de reconnaissance pour cette personne au grand cœur, tant elle avait dispensé à son égard une somme rare d'amitié et d'espoir, Mathilde éprouva en son être un vide profond. Édouard, son mari, n'était pas encore revenu de ses affaires, alors les deux sœurs regagnèrent l'Aubrac pour les funérailles.

Elles virent la petite nonne, couchée sur le lit de sa cellule, où l'on avait fermé les volets, tiré le rideau, allumé le cierge des morts et mis l'eau bénite dans un bol où trempait un rameau de buis. Le rituel avait été parfaitement respecté. Un rituel qu'elle avait elle-même scrupuleusement exécuté pour les autres, durant plusieurs décennies. Le visage de la vieille religieuse, paisible et doux, témoignait d'une fin sans douleur et surtout sereine, certainement telle qu'elle l'avait souhaitée, mais en tout cas semblable à la vie qu'elle avait vécue. Mathilde murmura à sa sœur :

— Tu vois, c'est une sainte que nous avons devant nous ! Grâce à elle, j'ai cru en toi. Elle m'a soutenue dans mon désarroi... J'étais si seule !

Après les obsèques, Mathilde et sa sœur eurent l'idée de se rendre au presbytère afin de vérifier si la naissance d'Olympe était bien inscrite sur le registre des baptêmes.

— J'aimerais bien voir à quoi ressemble la signature de ce prêtre qui a osé me baptiser de force, sans le consentement de notre mère !

— À vrai dire, je n'ai nullement pensé à le vérifier ! Mais t'aura-t-il vraiment enregistrée ?

— Justement, on verra bien !

— À cette époque, c'était l'abbé Chaprouze qui t'avait baptisée, un homme dur qui n'aimait pas les femmes. Hortense m'avait raconté ton baptême. Tu étais dans les bras de maman lorsqu'il t'a soudain aspergée d'eau bénite, autant elle que toi. Tu braillais parce que tu avais faim. Je puis te certifier, Olympe, que maman ne se laissait pas conter des boniments. Même si elle ne souhaitait plus pratiquer, elle respectait la religion ! D'ailleurs, ce petit curé de campagne dépassait les bornes... Elle ne lui en voulait pas, mais le trouvait trop exigeant et trop sectaire vis-à-vis des femmes. Cet homme devait être certainement dérangé, car il n'est plus ici depuis quelques années. Il paraît qu'il est interné dans un hôpital psychiatrique…

Le nouveau curé de Saint-Just, l'abbé Béranger Clairmont, était en son jardin lorsqu'elles s'approchèrent du presbytère. C'était un brave prêtre, faible de complexion et de santé fragile. Il avait un visage singulier, avec des sourcils fins et noirs qui rendaient son regard léger. Il étendait sa bonté sur tous ses paroissiens, dont il était vraiment à l'écoute, et depuis qu'il avait repris cette paroisse ses ouailles ne célébraient que sa gentillesse et sa tolérance.

— Monsieur le curé, pourrions-nous vous déranger dans vos occupations ? lui demanda Mathilde.

— Oh ! Mes occupations peuvent attendre ! Que puis-je pour vous ?

— Serait-il possible de consulter le registre des baptêmes ?

— Bien sûr ! Il faut aller à la sacristie. C'est là qu'il se trouve. D'ailleurs, je devais y aller sans trop tarder, l'heure des confessions arrive.

Alors que tous trois se rendaient à l'église, l'abbé leur parla de ses activités. En effet, au-delà de son sacerdoce, le jardinage et l'apiculture occupaient sa vie. Sa conversation, très agréable et fluide, était emplie d'anecdotes.

Quand ils se dirigèrent vers la sacristie, ils passèrent devant le confessionnal, contre lequel se trouvait un recoin, abrité par un rideau noir derrière lequel on entreposait balais et pelles nécessaires au nettoyage de l'église. L'abbé Clairmont entendit un bruit. Il ouvrit la porte du confessionnal : rien. Il tira le rideau et vit Lucienne, couturière et marguillière, recroquevillée contre les ustensiles de ménage.

— Mademoiselle Lucienne, que faites-vous là, derrière le rideau ?

— Je… je… rangeais les balais… bredouilla-t-elle.

— Le rideau fermé ! Vous n'y voyez rien là-dedans !

— Si, si, mais ne vous en faites pas, monsieur le curé… et elle s'esquiva aussitôt, visiblement gênée.

— Bon, dit-il, laissons cela. Allons voir le registre !

Le prêtre fouilla dans un tiroir et en sortit l'épais document où étaient consignés depuis des lustres les actes des baptêmes, mariages et décès. Il le posa sur une large commode, l'ouvrit et consulta le répertoire annuel.

— Voilà, dit-il ! Delarbre Jeanne, numéro 63. Allons voir cela !

Le cœur d'Olympe fit un bond. Elle lut l'acte deux fois et constata qu'il s'agissait d'une écriture tremblante, mais dont le prénom et le nom avaient été écrits à l'envers :

Ce jour, 18 septembre 1941, j'ai baptisé chez elle, car sa mère n'a pas daigné venir sur les fonts baptismaux, Jeanne Delarbre, née de père inconnu et fille de Jeanne Delarbre, arrivée dans le village au cours de l'hiver 1939-1940.

Au bas de l'acte, le nom de Chaprouze apparaissait, suivi de sa signature.

— Monsieur le curé, pourquoi a-t-on écrit mon nom et mon prénom à l'envers ? Cela a été fait délibérément... C'est même infamant !

Le prêtre resta pensif quelques instants puis, d'une voix presque timide, il ne put s'empêcher de prendre une mine chafouine pour murmurer :

— Il s'agissait vraisemblablement, pour l'abbé Chaprouze, de marquer sa désapprobation. Je sais qu'il était un homme... comment dire... particulier... caractériel, et son internement actuel le prouve. Un désaccord certainement profond entre votre mère et lui...

XLIV

Oiseau de mauvais augure

LE BEAU TEMPS était au rendez-vous. Et si, en ces derniers jours d'avril, le soleil se cachait encore derrière les nuages, la température ne laissait aucun doute sur l'avènement de la saison. Toujours dans leurs recherches, les deux sœurs réfléchissaient ensemble, jusqu'au jour où Olympe eût une idée.

— Là-haut, à Saint-Just, on ne me connaît pas. Je vais aller habiter quelques jours dans la vieille maison de la forêt, comme au temps où tu y étais avec maman. Je resterai très discrète. D'ailleurs, j'en ai vraiment envie. J'irai au lavoir laver mon linge, je parlerai, j'écouterai, j'apprendrai peut-être quelque chose... J'irai voir les gens et je questionnerai tous les villageois, un par un s'il le faut ! J'y passerai ma vie s'il le faut ! J'irai jusqu'en enfer s'il le faut, mais je trouverai ! Il ne faut pas laisser ce crime impuni ! Ce n'est pas parce que nous sommes des femmes qu'on va se laisser faire.

— Si tu veux faire ça, il faut que tu te grimes un peu. Tu es trop jolie, Olympe, tu ne seras pas crédible !

— Je mettrai des vêtements de veuve, un foulard sur la tête, quelques vieilles nippes, cela devrait passer...

Les deux sœurs décidèrent de partir un matin de bonne heure vers Saint-Just. La voiture resterait discrètement au château, et Olympe rejoindrait la vieille maison en bordure de la forêt, où peu de monde passait. Mathilde la rejoindrait régulièrement pour lui porter ses repas.

Ce matin-là, elles roulaient vers la grande forêt de l'Aubrac qui dressait son immense barrière sombre. L'air était vif, et les deux sœurs s'en remplissaient les poumons. Olympe s'était bien grimée et offrait l'aspect d'une mendiante à qui l'on aurait volontiers offert un peu de soupe. Voûtée, elle paraissait, dans ses vêtements sombres de vieille femme, un mannequin qui se serait affaissé.

Pour sa première démarche, la jeune femme avait choisi le lavoir comme lieu idéal de rencontre. On lui avait demandé d'où elle venait et avait répondu qu'elle vivait provisoirement chez quelqu'un dans un village voisin et qu'elle était originaire de la Lozère. Le peu d'importance qu'elle offrait n'intéressait pas grand monde.

Plusieurs fois, elle avait rencontré Lucienne, couturière et marguillière, mais aussi très bavarde ! Celle-ci avait un visage émacié, auréolé de cheveux gris, un nez étroit, des lèvres fines. Ses yeux écartés sous des sourcils courbes, sa robe noire qui descendait jusqu'aux chevilles, elle présentait un regard d'oiseau de mauvais augure.

Alors qu'elle s'activait au lavoir le buste en avant, manches retroussées, une corbeille de linge à ses pieds, Olympe s'était approchée et elles avaient discuté. La jeune femme avait compris qu'elle était assez loquace, et que cela lui faciliterait la communication.

— Vous ne venez pas à la messe ? Je ne vous y ai jamais vue ! persifla Lucienne en la regardant de biais.

— Vous savez, ça me fait un peu loin et je n'ai pas pu ces jours-ci, car j'étais un peu souffrante… Mais je tâcherai d'y venir quand même, répondit Olympe pour ne pas la froisser.

— Il faut y venir, il y a assez de gens qui n'y vont pas ! Vous êtes peut-être veuve ?

— Oui ! mentit Olympe. Je dois prier pour mon époux mort à la guerre.

— C'est bien ! Vous avez raison. Il y a de ces veuves qui sont bien trop joyeuses ! L'abbé Chaprouze, que nous avions avant celui-ci, disait que la beauté d'une femme était un cadeau du diable. Il avait raison, les femmes, si elles sont jolies, ne pensent qu'au péché de la chair !

— Vous l'aviez bien connu, l'abbé Chaprouze ? marmonna discrètement Olympe, se faisant la plus humble possible.

— Ah ! Un saint homme. Lui au moins parlait justement de la religion. Il savait corriger les brebis égarées. Si vous l'aviez entendu parler du haut de sa chaire : c'était divin ! répondit-elle, acérant soudain ses yeux. Il y avait certaines paroissiennes qui en tremblaient... et je savais pourquoi elles tremblaient, ces garces !

— Il y a trop peu de prêtres comme ça, renchérit Olympe d'une petite voix. Tout va à vau-l'eau de nos jours. Il manque de la tenue, de la rigueur...

— Comme je vous comprends ! Voyez, celui que nous avons aujourd'hui n'arrive pas à la cheville de l'abbé Chaprouze... Ne dites rien, mais j'ai surpris bien des conversations... Au fait, quel est votre nom ?

— Marthe. Marthe Caylar.

Lorsqu'Olympe revint dans sa maison à demi ruinée, sa sœur l'attendait. Elle lui avait amené quelques victuailles qu'elles avaient partagées. Et, bien sûr, Olympe commença à faire le point sur cette discussion qu'elle continuerait de mener en temps utile.

— Je me suis mise de son côté, et je crois que cela lui a plu ! Elle ne doit pas être commode, celle-là, et possède des œillères ! Elle m'a dit que demain matin elle serait au lavoir pour rincer des nappes d'autel. Je lui ai proposé de l'aider : elle était aux anges ! J'apprendrai peut-être quelque chose d'intéressant...

Olympe avait compris que cette Mlle Lucienne était particulièrement dévote et très attachée au prêtre précédent. Elle vénérait sa rigueur impitoyable et cela correspondait aux paroles qu'avait entendues Mathilde au sujet de sa mère, des paroles dures et sans aménité. Elle ne manquait jamais aucun office, fleurissait l'autel, allumait les cierges et récupérait les morceaux de cire qu'elle refondait, chez elle dans un moule, afin de faire des économies à l'église.

Elle en voulait au curé actuel, car il n'était pas intransigeant comme l'abbé Chaprouze.

Ce fut avec un sourire radieux que Mlle Lucienne accueillit, le lendemain à l'aurore, la pseudo-Marthe. D'emblée, elle la remercia de s'intéresser aux affaires de la paroisse. Et elle se lança aussitôt dans une déclaration enfiévrée concernant les pécheresses, d'autant qu'Olympe l'avait mise sur la voie en lui disant que l'une de ses nièces commettait un sacrilège car elle allait se marier, alors qu'elle aurait bien pu rester au couvent, où elle était depuis déjà deux ans !

— Rendez-vous compte, lui avait-elle dit d'un air de réprobation, son fiancé est venu la détourner du couvent, où elle était si bien ! Je puis vous dire que, si j'avais été sa mère, les choses ne se seraient pas passées ainsi !

— Ah ! Mme Marthe, voilà une bonne réaction ! Il manque une réelle sévérité, c'est indéniable ! Et les bons prêtres nous manquent. L'abbé Chaprouze nous encourageait dans cette voie. Un jour, je lui ai même dit : « Voyez, monsieur le curé, si j'avais été un homme, j'aurais été à vos côtés. J'aurais fait curé de paroisse et j'aurais distribué des pénitences à n'en plus finir. Comme vous avez raison de redresser ces âmes impies ! »

Olympe écoutait. Lucienne semblait avoir confiance en cette veuve qui tendait une oreille ardente à ses paroles. Très souvent remballée par les femmes du pays qui en avaient assez de ses jérémiades, elle était ravie qu'une personne lui prête foi et même abonde dans son sens. Car Olympe ne s'en privait pas ! Progressivement, elle l'amena vers la vie du couvent, mais il sembla qu'elle n'eut aucun contact significatif ni aucune accointance particulière.

Dans sa façon de mener son enquête, Olympe sentit qu'il était nécessaire de continuer à fouiller du côté de Lucienne. Celle-ci, dans son euphorie maladive, lui avait confié qu'il lui arrivait d'aller se cacher dans un réduit près du confessionnal de l'église. Olympe se souvint alors que, lorsqu'elle était allée à la sacristie, accompagnée de sa sœur et de l'abbé Clairmont, elle était en effet cachée, sous le rideau de ce recoin… car il était bientôt l'heure des confessions. Intérieurement, elle en riait !

— Marthe, si vous saviez toutes les horreurs que j'ai entendues, vous n'en reviendrez pas ! C'est en ce lieu que j'ai appris les pénitences que donnait notre bon prêtre ! Ah ! Si j'avais pu, j'en aurais collé le double, le triple, à ces femmes qui lui racontaient les écarts de leur chair, et qui recommençaient sitôt sorties de là ! Tenez, je me souviens, il y a bien longtemps maintenant, de cette Cécile qui travaillait au château et qui n'arrêtait pas de forniquer avec le forgeron, mais avec d'autres aussi ! Je savais qu'elle n'avait pas tout avoué à M. le curé, car je la surveillais dans sa vie dissolue. Elle mentait à notre prêtre ! Elle ne disait pas tout, je puis vous l'assurer, Marthe ! Un jour, je l'ai rencontrée à l'étang aux carpes. Nous étions seules, alors je lui ai dit mes quatre vérités. Elle s'est moquée de moi, m'a traitée de folle et dit que j'irais en enfer ! En enfer ! Moi qui fais tout pour maintenir la religion debout ! En enfer, qu'elle m'a dit ! Je l'ai poussée et elle est tombée sur une pierre. J'ai bien compris que c'était Dieu lui-même qui l'avait foudroyée pour ses péchés inavoués. Voilà ce que c'est quand on se moque de lui ! Alors, je l'ai poussée dans l'eau…

Olympe frissonnait en écoutant les paroles de la marguillière, celles d'une démente, celles d'une personne obnubilée dans les méandres d'une religion à laquelle elle n'avait rien compris. Dans sa folie, elle venait d'avouer ce meurtre non élucidé, sans se rendre compte de sa gravité. La jeune femme devait continuer sa recherche en étant extrêmement attentive dans ses propos.

En fin de journée, lorsqu'elle retrouva Mathilde, les deux sœurs retournèrent au lavoir, que les femmes venaient de déserter. Perdues dans leurs pensées, elles regardaient l'eau savonneuse qui s'étirait.

— Ici même, notre maman a perdu la vie. Il a fallu qu'on la maintienne dans l'eau. Il a fallu quelqu'un de fort qui puisse le faire, car elle a dû se débattre, la pauvre, murmura Mathilde d'une voix blanche.

— Certes, quelqu'un de fort… ou de démoniaque, quelqu'un animé par une haine terrible… Ce ne peut être autrement. Je pense à cette Lucienne, mais elle n'a rien dit, soupira Olympe. Et puis, même si elle se cachait pour entendre les confessions, maman ne fréquentait en aucune manière le curé. C'est ce que tu m'as dit.

— Le curé n'était pas tendre avec elle ! Il allait constamment l'importuner. Maman ne demandait rien. Elle voulait vivre tranquille, avec toi, son bébé. Cependant, l'abbé, toujours nerveux, emporté, fanatique, se promenait sur les chemins avec son bâton fourchu, pour coincer les serpents, disait-il…

Soudain, Mathilde se tut. Une image venait de lui traverser l'esprit. Elle regarda Olympe dans les yeux et lui dit en bafouillant :

— Quelqu'un a dû bousculer maman dans l'eau… Avec un bâton fourchu, il lui a maintenu la tête sous l'eau… Ce ne peut être autrement… Sur l'arrière de son cou, caché par ses longs cheveux, il y avait une trace. C'est la petite nonne, sœur Marie-Véronique, qui l'avait remarquée…

XLV

Une diablesse

Ce jour-là, Olympe avait décidé de donner un coup de main pour nettoyer l'église. Heureuse de sa nouvelle aide pour les œuvres paroissiales, Lucienne devisait désormais facilement avec elle. Toujours abondant dans son sens et particulièrement discrète, voire effacée, chaque fois qu'elle la rencontrait, Olympe, *alias* Marthe, apprenait quelque chose, mais elle devait être prudente dans sa démarche. Cependant, il lui était facile de l'amener sur le terrain qui lui convenait.

— Mademoiselle Lucienne, il nous faut faire quelque chose ! lui dit-elle, alors qu'elle balayait la sacristie. L'abbé Clairmont est trop indulgent ! Il laisse ses ouailles s'évader. Bientôt, il n'y aura plus de filles sérieuses dans ce pays, j'en suis outrée !

— Ah ! Je suis bien de votre avis.

Olympe reprit à voix basse, comme si elle voulait lui confier un secret :

— J'ai appris qu'une jeune fille de la vallée est enceinte, et bien entendu on n'en connaît pas le père ! Ces filles vont, viennent, séduisent les hommes avec leurs tenues courtes ou leur corsage à moitié béant. Cela devient un scandale, il va falloir y mettre fin !

— Toute ma vie, je me suis battue contre la déchéance. Je n'ai jamais pris d'homme et suis fière d'appartenir à cette race de fille pure ! répondit hardiment Lucienne en s'arrêtant de balayer. Vous avez raison, Marthe ! Nous devrions aller voir M. le curé pour lui dire notre désapprobation.

— Une femme enceinte, sans mariage, sans époux, mais cela ne correspond plus à rien ! Heureusement qu'il reste des personnes comme vous et moi qui veulent maintenir la religion dans le droit chemin. Il paraîtrait même qu'ici, à Saint-Just, il y avait une femme dans cet état-là : pas de mari et elle attendait un enfant ! Même le prêtre de l'époque n'arrivait pas à lui faire comprendre sa conduite scandaleuse !

— Marthe, on vous a dit vrai ! répondit Lucienne en s'appuyant sur le manche du balai. C'était la Jeanne ! Oui, cette méprisable créature ! grommela-t-elle d'une voix vibrante. Ah, celle-là ! Elle vivait seule, là-bas, près de la forêt, et recevait des hommes... C'était pendant la guerre. Elle avait un toupet, cette femme ! Jusqu'à se promener le ventre en avant, le sourire aux lèvres, sans foulard sur la tête, alors qu'elle aurait dû rester cachée dans sa tanière. Elle narguait les honnêtes gens et se moquait de M. le curé !

— Elle se moquait de M. le curé ?

— Oui ! Parfaitement ! C'était l'abbé Chaprouze à l'époque. Il en tremblait ! Elle lui lançait des pierres et des insultes, elle était animée par le diable lui-même. On ne savait pas d'où elle venait, cette démone ! Elle aurait été capable de mettre le feu à l'église ! On avait même peur qu'elle nous contamine l'eau du lavoir quand elle venait par ici ! Cette eau où je venais laver les linges d'autel !

— Mon Dieu ! Que dites-vous là... elle était donc dangereuse !

— Plus que ça ! Elle ne méritait pas de vivre, et avec ça, elle accoucha d'une fille. Une mauvaise graine qu'elle a semée, ici, dans le village ! Plus personne n'en voulait !

Olympe avait du mal à tenir son rôle. Les paroles de cette femme déséquilibrée la torturaient. Pourtant, elle continua, faisant un effort considérable sur elle-même.

— Qu'est-elle devenue ? Elle a quitté le village ?

— Non ! Elle est morte... noyée !

— Morte noyée ?

— Oui ! C'est bien ce qu'elle méritait !

— J'espère que M. le curé n'a pas fait de messe pour cette âme damnée !

— Malheureusement, si ! D'ailleurs, je le lui ai reproché. Elle s'était suicidée... Et une suicidée n'a pas droit aux indulgences de l'Église[1] ! On est passé outre, et ça, je ne le supporte pas !

— Comment ? Elle s'est suicidée alors qu'elle venait de mettre au monde un enfant ?

— Sa fille a été donnée au couvent. C'est la meilleure des choses qui pouvait lui arriver, et j'espère qu'elle a été dressée comme il fallait ! Bien souvent, ces enfants de filles perdues continuent à faire pareil... C'est une calamité ! Vous le voyez bien, Marthe !

— On a su pourquoi elle s'était suicidée ? Peut-être à cause de ses péchés... Elle devait regretter ses trop nombreuses fautes. Il fallait qu'elle en finisse !

— Pensez-vous, Marthe, pensez-vous ! corrigea-t-elle d'une voix rauque. Fière comme elle était, elle n'allait jamais se confesser et ne regrettait rien... Ah ! Il fallait la voir quand elle promenait sa fille qui était en fait son péché ! Elle ne pouvait être plus prétentieuse, plus insolente devant les villageois ! Arrogante comme une diablesse, elle me faisait horreur !

— Ah ! Moi, j'aurais fait comme vous, Lucienne ! C'est pas normal de célébrer une messe pour une suicidée ! Je ne comprends pas l'attitude de M. le curé d'alors.

— Bon, je vous le dis à vous, parce que vous me comprenez... il a fallu un peu l'aider...

— Vous voulez dire... dans son suicide ?

— Bien sûr ! Ces femmes-là, vous n'arriverez jamais à les mettre sur le droit chemin ! Jamais ! M. le curé s'y est cassé les dents ! Je vous l'ai dit, c'était une diablesse. Elle aurait empoisonné toute la paroisse si...

1. *Avant le concile Vatican II (1962-1965), les obsèques étaient conditionnées par la situation religieuse du défunt, et par suite suicidés, divorcés et remariés en étaient privés.*

Lucienne s'arrêta soudain de parler et regarda Olympe. En disait-elle trop ? Se confiait-elle sans trop savoir ? Marthe reprit alors calmement :

— Si c'est M. le curé qui a eu ce courage-là, alors je ne peux que…

— Non ! Il n'a pas eu de courage, reprit sèchement Lucienne. Pourtant, je le lui avais dit qu'il fallait faire quelque chose avant qu'elle pourrisse notre paroisse. Je lui avais dit qu'elle était une âme damnée, une âme néfaste qu'il fallait supprimer ! C'est moi qui m'en suis occupée !

— Lucienne, vous avez eu ce courage ?

— Oui ! J'avais remarqué que la Jeanne venait au lavoir le matin, quand il n'y avait personne. Alors, je l'ai attendue. Quand elle a commencé à laver son linge, penchée sur le bassin, je me suis approchée doucement par-derrière et je l'ai fait basculer dans l'eau. J'avais tout prévu ! Avec mon bâton fourchu, comme celui de M. le curé, alors qu'elle allait ressortir, je l'ai coincée avec ma fourche, comme on coince les serpents. Quand j'ai vu qu'elle ne bougeait plus, je suis partie. Le soir, je suis allée me confesser. M. le curé ne m'a pas comprise, et c'est pour cela qu'il a quand même célébré la messe de sépulture ! Ça, je ne le lui pardonnerai jamais : c'était un signe de faiblesse !

* *
*

Quand les gendarmes se présentèrent au domicile de Lucienne, sur le pas de la porte il y avait un bâton fourchu. Olympe et Mathilde le regardèrent et n'osèrent le toucher. Elles l'indiquèrent cependant aux forces de l'ordre qui s'en saisirent. C'était son bâton de marche, qu'elle utilisait parfois dans ses déplacements. C'était peut-être celui qu'elle avait utilisé pour maintenir leur mère sous l'eau, d'où la marque sur la nuque…

Lorsque Lucienne fut arrêtée, elle se fit emmener sans violence, sans proférer un reproche, un cri. Elle n'essaya même pas d'obtenir des explications.

— Venez avec nous, madame, nous avons quelques questions à vous poser.

— Si c'est sur la vertu, je connais... avait-elle répondu fièrement.

Tranquille et hautaine, elle sortit de chez elle, encadrée par deux brigadiers. Olympe, belle et indomptable, avec ses longs cheveux étalés sur ses épaules, se tenait tout près. Lucienne ne l'avait pas reconnue, mais cette trop jolie femme représentait pour elle la beauté du diable. Dès qu'elle la vit, la marguillière lui dit d'une façon péremptoire :

— Vous pouvez bien cacher vos cheveux, vous ! C'est comme ça que l'on tombe dans le péché !

En peu de jours, grâce aux notes relevées par Olympe, l'enquête fut menée. Il fut alors aisé de tout reconstituer, et Lucienne, qui acquiesça fièrement sur tous les points concernant Jeanne, mais également sur le décès de la pauvre Cécile, fut par la suite internée. Même si l'on connaissait les excentricités de Lucienne, personne au village ne l'avait soupçonnée. La population fut sous le choc, d'autant que ce qui s'était passé à l'époque concernait l'épouse même d'Édouard, un fils du château, un fils de la grande famille des Foncourrieu. Un certain malaise s'était développé dans la bourgade, où l'on souhaitait que tout cela s'estompe au plus vite, car l'on appréciait beaucoup cette famille généreuse. Les deux sœurs se dirent que, finalement, tout se payait un jour ou l'autre, et qu'on finissait toujours par rendre des comptes. Peu à peu, au fil des jours, l'orage bouillant qu'elles avaient dans leur cœur s'éloignait lentement de leur être.

Mathilde eut cependant plus de mal à sortir de cette ambiance que sa sœur. Cela avait ranimé ses mauvais souvenirs. Quand elle se réveillait de quelque sommeil fragmenté, sa mémoire lui offrait alors la grâce de faire celle qui n'avait pas retenu les cauchemars qui l'avaient pourtant hantée.

Mathilde et Édouard correspondaient régulièrement. Elle ne lui avait pas encore annoncé la découverte de sa sœur, ni l'enquête qu'elle avait menée. Le résultat s'annonçait tellement aléatoire qu'elle ne voulait pas lui donner de fausse joie. Sur sa dernière lettre, Mathilde avait écrit :

J'ai plusieurs grandes et belles choses à t'annoncer, mon cher Édouard, mais je ne veux te les dire que lorsque tu seras en face de moi ! Je crois que tu en seras heureux ! Reviens-moi vite, ta présence me manque...

Édouard rentra d'Italie la semaine suivante. Il avait hâte de retrouver son épouse et de connaître ces « bonnes nouvelles ». Il avait pensé que sa chère Mathilde était peut-être enceinte, ce qu'ils attendaient depuis leur mariage. Toutefois, elle avait écrit « plusieurs »... Il faisait le tour de tout sans pouvoir découvrir quoi que ce soit !

Lorsqu'il arriva à Saint-Geniez, Mathilde entendit sa grosse voiture et vint au-devant de lui, se jetant à son cou.

— Mon cher Édouard, que ton absence fut longue ! Viens vite !

Ce retour de voyage correspondit à un envol de joie : Mathilde lui fit connaître sa sœur, lui annonça que désormais elle était une femme à deux cœurs, puisqu'elle attendait un enfant, et lui expliqua que, grâce à Olympe, les deux noyades de Saint-Just avaient été élucidées, ce qui leur permettrait de faire le deuil de leur mère.

Édouard avait été profondément ému d'apprendre tout cela et de constater avec quel bonheur et quel enthousiasme son épouse bien-aimée lui expliquait les choses ! Et lorsqu'elle lui avait présenté Olympe, il s'était presque senti gêné de troubler leur affection, car il avait compris qu'elles vivaient tournées vers elles-mêmes, repliées l'une sur l'autre. Après toutes ces années d'incertitude, il trouvait cela normal.

XLVI

Parfum de fraise

CETTE ANNÉE-LÀ, la saison de la fraise s'annonçait fabuleuse. Sur les coteaux pentus, l'on allait cueillir jusqu'à cinquante tonnes certains jours ! Le parfum de ce fruit se répandrait alors, semaine après semaine, titillant les narines de tous ceux qui pénétreraient dans la vallée. Bientôt, trois à quatre cents filles et jeunes femmes, arrivant de tous les horizons, envahiraient littéralement les pentes cultivées pour une récolte qui ne devait pas attendre. Et chaque soir, la ville trépignerait sous l'exubérance d'une jeunesse intègre et dynamique, où les amourettes occuperaient une large part. Une nouvelle vie allait se répandre au sein des rues et des places, jusqu'au fin fond des venelles de la cité qui abriteraient, un temps restreint, des amours furtives mais passionnées. Cette fraîcheur éclatante, issue d'une jeunesse affairée, modifiait fondamentalement l'ambiance de la saison et l'activité locale. Le moment venu, les festivités de la fraise allaient unir tout ce monde dans une ambiance extraordinaire, dynamique et, de surcroît, enthousiaste.

Olympe avait été étonnée de sentir cette douce fragrance qui s'élevait tous les jours davantage et pénétrait progressivement les hautes murailles de la cité. Et lorsque Mathilde lui transmit à son tour l'histoire fabuleuse de cette fraise unique, dont les étals des grandes villes, Paris compris[1], ne pouvaient se passer, elle voulut en savoir davantage.

— Crois-tu que je pourrai participer à la récolte ? demanda-t-elle à sa sœur. Je pourrais te remplacer. Avec le ventre que tu as, tu ne pourras pas te baisser !

— Il n'y aura aucun problème, je te l'assure. Il manquera certainement des fraiseuses au regard de la saison qui s'annonce ! Et puis, si tu pouvais rester un peu plus, au moins jusqu'à la naissance du bébé… vers la mi-août. Tu n'es pas malheureuse ici.

— Ah, non ! Et je ne demande pas mieux. Mais je ne veux pas vous gêner, vous êtes un couple tout fraîchement marié et…

— Et Édouard serait ravi que tu restes ! coupa nettement Mathilde. Tu sais, il t'apprécie beaucoup !

Un grand bonheur habitait la future mère. Lorsqu'elle se regardait dans la glace de l'armoire, son ventre bien rebondi, sa poitrine généreuse, le nombril conquérant, elle souriait divinement à la vie. Alors, avec volupté, elle passait une crème grasse sur son ventre tendu comme la peau d'un tambour. Bien que ne travaillant plus dans la famille du médecin, elle lui rendait régulièrement visite, sans oublier Mlle Marguerite. Bien sûr, celle-ci avait été malheureuse que sa jeune amie les quitte, d'autant que le chien Joli-Cœur avait suivi sa maîtresse ! Mais la vie était ainsi.

Le Dr Benoist fut enchanté d'accueillir Olympe sur sa fraisière et lui annonça que Rebecca, la fille de l'un de ses confrères, allait également se joindre à l'équipe.

— Merci de venir, Olympe, vous nous rendrez un bon service ! Vous allez rencontrer une jeune femme sublime avec laquelle vous allez bien vous entendre, lui déclara-t-il. Rebecca exerce la médecine en la ville de Rodez. Tous les ans, elle se libère pour une ou

1. *Afin de donner une idée, en 1929, la gare de Campagnac-Saint-Geniez expédia 284 727 kilogrammes de fraises répartis ainsi : vers Paris, 26 wagons, vers Béziers, 23 wagons, vers Montpellier, 12 wagons. De plus, de Saint-Geniez partaient vers tous les horizons de très nombreux camions pour distribuer cette fraise si odorante. En 1955, la récolte dépassait les 1 000 tonnes.*

deux semaines de récolte et voit arriver cette période avec bonheur. D'ailleurs, elle vous dira elle-même : « Cela me détend et me fait un bien fou ! »

En effet, lorsque, sur les fraisières, Olympe et Rebecca se connurent, un lien sincère ne tarda pas à s'établir, car toutes deux parlaient le même langage et semblaient aimer les mêmes choses. Rapidement, elles se confièrent leurs parcours professionnels puis leurs accointances respectives.

Rebecca avait huit ans de plus qu'Olympe. Personne brillante, superbe, sportive, aux cheveux mi-longs, couleur châtaigne, elle était très dynamique et s'adonnait à l'escrime, sport où elle excellait. Elle utilisait le fleuret, mais aurait voulu manier le sabre et l'épée, armes non permises[1] au soi-disant « sexe faible » ! La jeune femme râlait de cette situation.

— Je crois que toute leur vie les femmes seront obligées de se battre. Et cela dans tous les domaines, lui disait Olympe.

— Au club, on n'a pas la loi. Nous ne sommes que deux femmes pour dix-huit hommes, mais nous nous faisons respecter !

— J'aimerais bien essayer ce sport... Il doit être passionnant.

— Je pense qu'il devrait te plaire... Je reprends mon travail à Rodez au lendemain de la fête des Fraises. Viens me voir, j'en serais très heureuse...

À l'instar de toutes les équipes de fraiseuses, les deux jeunes femmes « allaient aux fraises », et c'est ainsi que l'on disait dans la région. D'ailleurs, tout ce qui s'orientait vers la fraise possédait naturellement une connotation amoureuse, voire érotique. Car il y avait encore la fête des Fraises, on élirait la reine des Fraises, on irait au bal des Fraiseuses. On sentait la fraise, il fallait cueillir la fraise, goûter la fraise, butiner la fraise et dévorer la fraise jusqu'au bout[2]... Bref, on ne pouvait venir à cette saison, en la

1. *Le fleuret fut autorisé pour les femmes seulement en 1924. Le sabre leur fut permis pour les jeux Olympiques en 2004, et l'épée en 1996.*
2. *Depuis fort longtemps, on attribuait à la fraise la réputation de fournir d'excellents philtres d'amour.*

ville de Saint-Geniez-d'Olt, sans avoir le sourire aux lèvres et le cœur qui tambourinait joyeusement. Indubitablement, les récoltes s'accompagnaient de danses, de boissons et d'amours soudaines qui, d'habitude, transformaient cette saison en une période festive.

Ce n'était que plus tard, dans la matinée, à cause de son état de future mère, que Mathilde allait retrouver ses amies sur les chemins pentus des fraisières, pour assister, ravie, au jeu des ramasseurs ou des ramasseuses. Fascinés par les jolis minois des nombreuses et nouvelles filles, les garçons n'étaient pas timides pour leur conter fleurette ou leur colorer le visage de fraises trop mûres. Ils savaient alors s'y prendre et ne souhaitaient que réparer leur méfait en se penchant, avec une attention particulière, sur leurs lèvres... qu'ils barbouillaient de baisers. Rebecca n'était pas la dernière dans ce badinage ! Que ce soit Mathilde ou Olympe, toutes deux eurent droit de sa part à une coloration odorante et sucrée. Et si le Dr Benoist pointait le bout de son nez, il n'en réchappait pas davantage ! Vivre ces moments-là, teintés de fous rires et de bonne humeur, n'empêchait nullement de travailler.

La fête des Fraises fut une nouvelle fois éblouissante ! Olympe et Rebecca allèrent au bal et dansèrent ensemble jusqu'à la fin. Quelques émotions les avaient troublées tout au long de la cueillette qui, cependant, était loin d'être terminée. Toutes deux trouvèrent la saison trop éphémère, surtout Rebecca qui dût, dès le lendemain des festivités, rejoindre son travail à Rodez. Le cœur battant la chamade comme une collégienne, elle quitta la ville, ses fraisières et... sa nouvelle amie.

— Viens me voir avant de repartir à Bordeaux, lui avait-elle dit dans un soupir.

Le 11 août, Mathilde accoucha de jumelles qu'elle prénomma Lily et Olivia. Le bonheur des jeunes parents, mais aussi celui du Dr Benoist et sa famille, rejaillissait. Olympe devint marraine de l'une, et Guillaume, le frère d'Édouard, parrain de l'autre.

— Tu m'avais dit que tu étais une femme à deux cœurs, ma chérie ! C'était en fait à trois cœurs ! lui avait murmuré Édouard, totalement ébahi, le jour de l'accouchement.

— Pas étonnant que tu aies eu un si gros ventre, rajouta Olympe. J'avais toujours peur que tu tombes quand tu venais sur les fraisières. Tu aurais pu rouler jusqu'en bas !

— Toi, alors ! renchérit Mathilde. Depuis qu'on s'est retrouvées, il ne s'est pas passé un jour sans que tu me parles de fraisières. Tu les as dans la peau !

— À vrai dire, ma chère sœur, j'aimerais bien en acheter une comme celle du Dr Benoist, moins grande, bien sûr ! Et même une petite vigne !

— Ça peut se trouver, Olympe, ça peut se trouver... J'en parlerai à Édouard.

— On ira en famille ramasser des fraises, et tes petites poupées viendront avec nous. On invitera Rebecca et tous tes amis.

— Tu seras trop loin. Tu ne pourras pas être là aussi souvent que tu le voudras. Il faut s'en occuper d'une fraisière ! La récolte est une chose, et l'entretien régulier en est une autre.

— Pas de souci, Mathilde ! J'ai bien compris et j'ai mon idée...

Quelques jours après les naissances, Olympe rejoignit Bordeaux, non pour y poursuivre son travail, mais pour liquider toutes ses affaires. Elle abandonna cette ville qui lui rappelait trop de mauvais souvenirs. Voulant rompre totalement avec la vie qu'elle avait vécue auprès de ses parents adoptifs, et le département de l'Aveyron lui ayant beaucoup plu, elle s'était rapprochée du parquet de Rodez. Elle s'installerait donc comme avocate dans cette ville. Ainsi vivrait-elle non loin de sa chère sœur, sa seule famille, qu'elle venait de découvrir et à laquelle des liens nouveaux s'étaient ajoutés lorsqu'elle devint marraine d'une jolie petite fille. De plus, elle retrouverait Rebecca, qui lui avait fait palpiter le cœur...

Épilogue

OLYMPE prit le nom d'Olympe Delarbre, mais Édouard aimait bien l'appeler Olympe d'Aubrac, car elle était aussi forte et inaltérable que cette terre qui l'avait vue naître. Désormais installée à Rodez, où elle avait ouvert son cabinet, elle ne tarda pas à se faire une bonne clientèle. Dans son bureau, une copie d'un portrait d'Olympe de Gouges, réalisé par Alexandre Kucharski[1], trônait à bonne place. Sa spécialité dans le droit concernait, comme elle l'avait toujours voulu, la défense des femmes, des enfants et des êtres faibles. Féministe, elle s'accrochait à ses convictions. Sa première plaidoirie consista à défendre courageusement une jeune Aveyronnaise violentée par son mari. En cette période où les droits de la femme n'avançaient que timidement, le procès qu'elle gagna fit école dans le monde judiciaire.

Olympe ne se maria jamais. Elle vécut avec Rebecca durant près de trois décennies. Les liens qui l'unissaient à sa sœur ne firent que se consolider, d'autant que Mathilde eut, après ses jumelles, deux autres enfants, un garçon et une fille. Lily exerça le métier d'avocate et Olivia devint médecin à Montpellier. Une autre fille, Alicia, professeur d'histoire et géographie à Toulouse, revint par la suite à Rodez, tandis que le cadet, Barthélémy, suivit la trace de son père. Il dut le suppléer assez tôt, car Édouard fut victime d'une crise cardiaque, à l'âge de cinquante-huit ans.

1. *Peintre polonais né à Varsovie en 1741 et décédé à Paris en 1819.*

Alors qu'un jour de foire Mathilde allait faire quelques courses, elle rencontra Baptiste, le sympathique langueyeur et rebouteux. Il lui avait demandé des nouvelles de son chien et, tout heureux, lui avait annoncé qu'il allait définitivement « poser ses guêtres », comme il aimait le dire, et que dorénavant il vivrait au pays.

— Je vais me marier, dit-il, les yeux plus pétillants que jamais !

— Mes félicitations ! Je partage votre bonheur. L'heureuse élue est-elle de la région ?

— Oui ! Du hameau des Charlottes, c'est juste au-dessus de la ville. Voyez-vous, c'est en venant contrôler des cochons dans cette ferme que j'ai rencontré Mlle Sylvette, et nous allons nous marier dès l'automne prochain, ici même, à Saint-Geniez.

— Eh bien ! Je vous souhaite tout le bonheur que vous méritez et d'être très heureux dans votre couple. Je vous promets que je viendrai chanter à votre messe de mariage… et vous aurez notre cadeau !

Mathilde restait très attentive aux affaires du pays et de la paroisse, rendant aussi de nombreux services à l'hospice. L'hiver, elle confectionnait de ravissants paniers d'osier, art de la vannerie qu'elle avait appris jeune fille auprès des vignerons de la région, et qu'elle offrait pour des kermesses avec un petit présent à l'intérieur. Sur les pentes de la vallée du Lot, Olympe possédait sa fraisière et sa vigne. Elle avait embauché des salariés qui faisaient valoir son bien. Lorsque la belle saison des fraises approchait, lorsque le parfum subtil se répandait, c'était en compagnie de Rebecca, de Mathilde et de toute sa famille qu'on se rendait, la chanson aux lèvres, sur les pentes de la vallée. Les enfants de Mathilde n'étaient pas les derniers à se frotter mutuellement le museau à la pulpe douce et suave de ce fruit magique. Ainsi, la tradition se perpétuait.

À la fin de sa vie active, Olympe se retira à Saint-Geniez, dans la maison où justement vivait sa sœur Mathilde. Celle-ci dira plus tard qu'elle n'avait pas connu de plus grand bonheur que les années passées auprès d'Édouard.

Fin

Table des matières

Achevé d'imprimer en juin 2022
sur les presses de la Source d'Or
63200 Riom
Numéro d'impression : 206446

Imprimé en France

Imprimé en France
Dépôt légal : avril 2021
ISBN : 978-2-8129-2872-7
ISSN : 1769-1788
www.deboree.com
livres@centrefrance.com